F.A.H

PRSONA

Portada Original

Portada del libro de Ethan Adorno. Ilustraciones de Alland Adorno

Fotografía: Yandel Diaz Torres

Escrito por F.A.H.

Editado por: Sra. Judith Torres y Dra. Luz Ruiz, PhD

1ª edición

ISBN Libro de Bolsillo: 9781737033752

ISBN Libro Digital: 9781737033769

CONTENIDO

Dedicatoria

Por mis estudiantes y todas las generaciones futuras. Ojalá que les enseñen en la escuela la versión verdadera de la historia, para que no se tengan que pasar la vida tratando de corregir las mentiras que me enseñaron a mí.

Blanca "Blanki" Hernández

Y por mi madrina Blanca "Blanki" Hernández (1956-2022), pues ella fue una de las personas que me enseñó a valorar mi educación cuando yo no sabía ni para que iba a la escuela.

"Él que no conoce su historia está condenado a repetirla."

Cinceron, Napoleón, Marx, Churchill, Santayana

Nota del Autor

Desde niño siempre me intrigó la historia. Eso me motivó siempre a leer libros que me hablasen de los tiempos pasados y de cómo todo lo que sucedió antes de que yo naciera afectó la forma en que se vivía en mi niñez. Además de esto siempre disfrute de preguntarle a las personas mayores acerca de sus vidas y como las cosas que habían sucedido en ellas guiaron su manera de vivir y de tomar decisiones que afectarían sus vidas y las vidas de sus familias. Recuerdo haber leído libros que hablaba de los viajes de Marco Polo, las historias de Genghis Khan y hasta las travesías del supuesto descubridor de América. De este último, trato de no mencionar ni su nombre, pues no vale la pena. No digo esto porque soy de las personas que tratan de juzgar el pasado pretendiendo ser más moral que otros que vivieron antes que yo. Lo expreso así porque entiendo a las personas que ahora se quejan de que a este individuo se la haya pintado como a un dios ante nuestros ojos, cuando en realidad era un asesino y violador. Pienso que, si la historia de nuestra gente se nos hubiese enseñado con la verdad como la guía principal, nadie estaría tan molesto con lo que pasó, pues, al fin y al cabo, esa era otra época. Y aunque no podríamos ignorar las atrocidades cometidas, tendríamos la oportunidad de juzgar lo ocurrido aplicándole los valores del tiempo en el que sucedieron. De esta manera no tendríamos el rencor de haber sido engañados por una sociedad que formuló su realidad basándose en la ofuscación y la mentira.

De esta tendencia de ocultar verdades tenemos muchos ejemplos como las cosas que sucedieron con el presidente Abraham Lincoln en los Estados Unidos, adonde solo se enseña la versión oficial de que éste liberó a los esclavos y nunca te dicen que él estaba ofreciendo dos versiones de su visión. En una versión ofrecía en el norte del país la abolición de la esclavitud, mientras que en el sur ofrecía otra versión en la que decía que, si él pudiese mantener la esclavitud a la misma vez que preservar a la nación unida, esa sería su opción. Esto último no elimina su eventual contribución a la abolición de la esclavitud en esa nación, pero, aun así, hay que mencionar que no todo fue color de rosa como lo pintan los libros de historia. Otro ejemplo que se puede mencionar es la forma en que se presentaba a las tribus nativas en los libros y en las películas del cine. Es estos formatos siempre se les tildó de violentos y salvajes; cuando en realidad estas personas solo estaban tratando de mantener su forma de vida, además de sobrevivir los abusos y las masacres de las manos de los europeos.

Aun en estos tiempos podemos observar a gente que trata de reescribir la historia desde el mismo momento en que sucede. Digo esto porque en el 6 de enero de 2021, el mundo fue testigo de un intento de insurrección en contra del gobierno de Los Estados Unidos de América. Aquel día el mundo entero vio con sus propios ojos aquella revuelta violenta en contra del gobierno de parte de la gente que representaban al candidato que perdió las elecciones presidenciales. No obstante, al pasar el tiempo y para evadir responsabilidades nacieron diferentes versiones de lo que sucedió. Muchas personas en el poder gubernamental se inventaron realidades alternas que iban desde una protesta que se salió de orden hasta una visita turística que resultó en el caos que vimos todos en la televisión con nuestros propios ojos.

Este último evento me ha llevado a preguntarme algo que quisiera que ustedes mismos se pregunten: Si en este tiempo en que todos podemos ver lo que pasa con nuestros propios ojos, en el momento que está sucediendo, aun nos mienten sin pudor: *¿Qué otras mentiras nos dijeron acerca de lo que sucedió antes de que nadie pudiese grabar o escribir honestamente acerca los acontecimientos del momento?* Es por eso por lo que esta historia titulada PRSONA es mi forma de explicar cosas que estaban en mis libros de historia en los que me dijeron más mentiras que verdades. Quiero decirte antes de que leas este libro que para mí fue muy importante respetar las identidades y culturas de algunos de los personajes que has de encontrar en la misma. Es por eso por lo que el libro utiliza muchas notas al pie de la página en un esfuerzo de mantener intacta la identidad y cultura de los personajes como no creo haberlo leído en ningún otro libro. Espero que leyendo este libro te entretengas, aprendas y hasta que dudes de lo que sabes acerca de la historia o no. Y si al terminar te quedas con algo de lo que has leído, sabré que he hecho bien mi trabajo. Ojalá que disfrutes leyendo esta historia que como mucha de la que nos enseñaron en la escuela pudo haber existido o no.

Las Colinas Encantadas

LAS GOTITAS DE AGUA resbalaban desde las hojas húmedas rumbo a desparramarse en el suelo. Habían nacido en la noche anterior, cuando el rocío nocturno las parió desde la humedad que cargaba el aire. Ahora en la mañana, ya estaban listas para caer al suelo a mojar los pastos y el piso. Mojarían todo, alrededor de los árboles de mango, guanábana, pumarosas y caimito, en el campo de aquel barrio Los Infiernos. Al mismo tiempo en que éstas se desparramaban, un gallo parado en las ramas de un árbol de limón cantaba su anuncio mañanero de cu, cu, ru, cú, en expectativa de que su llamado levantaría al sol, para que le diera comienzo oficial al día. En los pastos adyacentes, los coquís dormían en la humedad, entre las yerbas, un poco cansados de la serenata que le habían cantado a luna, el amor eterno de sus vidas, en la noche anterior. En el horizonte se comenzaba a divisar el sol ascendiendo lentamente, a hacer su trabajo de calentar aquella isla del caribe llamada Puerto Rico. Mientras el sol completaba su ascenso a los cielos a darle comienzo a lo que de seguro sería un día de intenso calor como era lo normal en el caribe, las personas del barrio corrían de un lugar a otro sin prisas, pues aún les quedaba tiempo antes de que el calor se tornara insoportable.

En las lomas y montañas de la isla, la luz solar comenzaba a desplazar las sombras de la noche, para dejar que el barrio se hiciese visible para todos. Poco a poco las casitas del barrio comenzaron a hacerse visibles cuando la luz llegaba a sus umbrales. Este barrio era uno de los muchos barrios de la isla, donde vivían un sin número de personas de diferentes posiciones económicas, y con un sin número de experiencias de vida. A través sus diferentes carreteras, se podían observar gentes que iban y venían enfocados en completar faenas mañaneras, antes de que el calor comenzara a picar en las pieles de diferentes complexiones de los habitantes de aquel lugar. Hombres y mujeres caminaban a diferentes destinos, como lo eran lugares de trabajo, citas médicas y algunas otras faenas mañaneras. Otros abordaban sus vehículos para hacer excursiones de placer a los ríos, lagos y las poquitas playas, a las que aún se tenía accesos gratis en aquel lugar, adonde poco a poco se les vendió a personas adineradas acceso exclusivo a la naturaleza. En otros rincones algunos niños jugaban en los barrios con juguetes improvisados y los jóvenes buscaban en sus teléfonos celulares una oportunidad de encontrar una manera productiva de gastar las energías de su juventud, condenada al letargo por los errores de líderes inescrupulosos que vendieron sus futuros al que mejor les pudiera pagar por los mismos. Todo esto sucedía en aquella mañana, en la que el sol brillaba en el cielo alumbrando a aquella isla y sus habitantes.

Dentro de todos los lugares que aquel sol alumbraba, estaba el barrio Los Infiernos, el cual había sido fundado en el año 1899 por una población mulata. En ese lugar la gente estaba tan acostumbrada a ser usada, abusada e ignorada por los más poderosos, de manera que nadie parecía darle importancia a la rutina de vida. Las faltas de oportunidades habían definido y condenado a más de una generación al letargo de unas vidas adonde la gente pretendía vivir respirando mientras esperaban sus muertes. Este lugar parecía ser una mezcla de tiempos en su apariencia física y su composición humana. Allí se podían encontrar gentes de descendencias Nativas, europeas, Africanas y algunos extranjeros viviendo juntos a aquella mezcla original de gentes que le había dado origen al mestizo criollo.

Desde lo lejos se podía observar que el barrio era un lugar dividido en sectores, con caminos de nombres curiosos de personas que nadie se acordaba en el presente, como el sector Alemán, sector Cortés, sector Talánco y otros. Todos éstas diferentes regiones eran compuestas de un sin número de casas de diferentes estilos de construcción, que muchas veces eran una buena forma de determinar la posición económica de sus dueños. Las casas de concreto con ventanas de cristal y patios amplios y lujosos les pertenecían a los extranjeros que en los últimos años habían comenzado a invadir el lugar apoyados por el gobierno local. Las casas de concreto de colores llamativos y simples ventanas de estilos Miami eran de algunos de los vecinos que habían nacido en el lugar y habían construido sus casas con mucho esfuerzo a través de los años haciendo añadiduras y alteraciones según se los permitiese su estado económico. Por último, las casas de cemento y/o madera con techos de zinc, le pertenecían a la mayor parte de los habitantes que siempre parecían vivir atrapados en una pobreza heredada.

Todos estos lugares se encontraban en diferentes puntos del pueblo y las casas estaban localizadas en diferentes tipos de terreno, como llanos, lomas y montañas. Todas las viviendas eran conectadas por diferentes carreteras de asfalto, que a su vez se conectaban con una carretera principal enumerada, que llegaba desde el barrio hasta el pueblo o ciudad. En el presente, el barrio Los Infiernos era uno de los muchos lugares en Puerto Rico que había comenzado a mudar su color mulato, así como una culebra muda el cuero, pues el sitio se estaba llenando de extranjeros que habían invadido el lugar, atraídos por ofertas del gobierno local que les vendía a éstos la isla sector por sector y barrio por barrio. Todos compraban barato, pues muchos de los nativos se habían ido al extranjero huyendo de una situación económica que de seguro los condenaría a una pobreza más intensa de la que estaban acostumbrados a vivir. Esto era el resultado de la podredumbre la clase política de la isla, la cual en su corrupción sin escrúpulos había dejado a toda la isla en banca rota. Luego de esto impusieron reglas de austeridad cerraron escuelas, hospitales, centros de envejecientes, y un sin número de servicios que la gente necesitaba para sobrevivir.

En una de las esquinas del barrio Los Infiernos, se podía observar un monte de espeso verdor en la distancia, que por razones inexplicables había sobre-vivido todo la compraventa que había cambiado la complexión humana de aquel barrio rural. Desde los lejos aquella maleza espesa compuesta de varias montañas parecía estar atrapada en el tiempo y por alguna razón todavía nadie se había atrevido a cortarla para convertirla en un centro de entretenimiento turístico, para todo extranjero que no pudiese comprar su pedacito de isla. A aquel monte se llegaba por un viejo camino de polvo mejor conocido para los locales como El Camino Real. Este había sido desarrollado siglos atrás, cuando el gobierno de los invasores europeos se vio necesitado de trasportar lo que se robaban de los diferentes lugares de la isla, a los centros de la ciudad adonde la mayor parte de éstos vivían como reyes sin coronas.

El Camino Real mantuvo esta función por muchos años, antes de que el último invasor tomara los reinos de la isla y lo abandonara cuando se decidió a construir carreteras de asfalto y cemento que le permitiesen moverse de un lado a otro de una manera más rápida y eficiente; para de esta manera seguir robándose lo que los primeros invasores no tuvieron tiempo de llevarse. En el presente el camino lucía su edad y también el abandono, pues ya nadie caminaba por él por mucho tiempo y la última vez que tuvo uso constante fue cuando la vaquería del barrio aún estaba en operación algunos cincuenta años atrás. Luego de que este negocio se fuese a quiebras, el camino pasó a ser usado esporádicamente cuando alguno que otro vecino necesitaba llegar a las colinas y/o quebradas que lo rodeaban en busca de frutas, verduras y hasta los camarones de agua dulce, que se podían encontrar en una quebrada que corría en la parte baja de las montañas. Hoy en día solo daba la impresión de ser un túnel debajo de los árboles que podría trasportar a cualquier ser humano a una época que ya no existía.

El camino se extendía de un pueblo a otro entre una espesa naturaleza, la cual ya había comenzado a reclamar su espacio nuevamente. Era por eso por lo que lucía como un túnel que estaba compuesto de árboles, que cubrían lo que anteriormente era una carretera rustica de tierra para el trasporte de productos mediante el uso de carretas tiradas por caballos o bueyes. A lo largo del mismo se podía caminar debajo de una sombra continua que se extendía por una larga distancia y solo si se salía de este por uno de los muchos caminos adyacentes a la vía principal, se podía ver la luz intensa del sol. Estos caminos adyacentes al camino principal habían sido creados por la compañía lechera la cual era la dueña de los terrenos que rodeaban gran parte del tramo del camino, cuando Gonzalo aún era un niño. Era por estos por los que los empleados de aquella compañía lechera llevaban a las vacas a las diferentes áreas de pastoreo, y también por donde se llegaba a la quebrada que corría hacia la parte baja del pueblo para encontrarse con un rio local. Eran aquellas las aguas donde las vacas iban a refrescar sus lenguas, cuando el calor intenso del sol les quemaba el cuero.

Otra cosa que se distinguía en el camino era una diversa cantidad de árboles frutales como lo eran arboles de mango, pumarosa, acerola, toronjas, aguacate y panas. Todo esto crecía a los alrededores del camino con la ayuda de las aguas de aquella quebrada mejor conocida para la gente del barrio como la quebrada de las dieciséis. El nombre se debía al hecho de que la propiedad de la vaquería estaba compuesta por un terreno que abarcaba dieciséis cuerdas de terreno, el cual se usaba para pastorear el ganado de la compañía. Luego de que ésta se fuera a quiebras lo único que aun sobrevivía de la misma era su terreno. Los herederos de los dueños del negocio se rehusaron a venderlo, pues este lugar les recordaba un pasado adonde su situación económica era prospera aún. Esa nostalgia por aquellos buenos tiempos mantenía a aquella familia añorando el pasado y sus buenos tiempos. A través de todo aquel camino atrapado en el tiempo, las frutas eran diversas y usualmente se les podía encontrar desparramadas en el suelo, pues ya casi nadie caminaba por el mismo a recogerlas.

Ya dentro de la propiedad casi todos los caminos adyacentes al Camino Real conducían de una forma u otra a aquella quebrada que cruzaba el lugar y en esta quebrada se podían encontrar diferentes charcos a los que los habitantes locales conocían por nombres que sus antepasados les habían asignados desde la fundación del barrio. Los charcos eran nombrados con nombres como La Jíbe, El Palo Blanco, El charco de la Cruz, La Jácana y otros nombres curiosos de los cuales nadie en el presente tenía idea acerca de sus orígenes y/o motivos por los que fueron llamados de estas maneras. En el pasado estos eran los charcos adonde las mujeres locales lavaban ropa usando las lajas en las piedras alrededor como tablas de lavar y las aguas limpias que la quebrada traían. En el presente solo eran usados por los jovencitos del lugar, que iban a los mismos a brincar dentro de sus aguas para refrescar sus energías incansables.

Uno de estos charcos mejor conocido por todos como el charco de La Encantada, era uno que se encontraba en aquella quebrada, que se originaba uno o dos pueblos anteriores al lugar adonde estaba ubicado. Aquella quebrada era un cuerpo de agua natural que amarraba a varios manantiales a través de su largo camino a un rio local que desembocaría en el Rio Grande de Loíza, que a su vez vomitaba sus aguas en el océano Atlántico. Allí había varios charcos de profundidades diferentes y la vegetación adyacente era saludable porque se alimentaba de las aguas que la quebrada cargaba rumbo al rio. En el pasado era algo muy común para la gente ir a aquellos charcos a bañarse, y a disfrutar de la naturaleza y su verdor. Aun en estos tiempos, donde todo había dejado de ser lo que siempre fue, el charco de La Encantada y aquella quebrada continuaban siendo lo que siempre habían sido, un lugar visitado ocasionalmente por los habitantes del barrio Los Infiernos.

En esta mañana a lo lejos se podía observar a un hombre de descendencia mulata, caminando en dirección al camino. El hombre que se llamaba Gonzalo tenía la piel negra y cabellos lacios. A la misma vez contaba con rasgos físicos que lo diferenciaban de cualquier otra raza. Tenía una nariz ancha y labios pequeños. Unos ojos semi verdosos que no eran comunes para personas de su complexión física. También era un poco alto y esbelto, aunque ya el peso de los años se le pronunciaba en la piel un poco arrugada por el paso inevitable del tiempo y alrededor de su barriga. Estaba vestido con ropas del siglo anterior, un pantalón cortado más arriba de los tobillos, una camisa de algodón con botones, un sombrero de hoja estilo pava y unas botas de goma.

Gonzalo caminaba lentamente rumbo al Camino Real desde una de las calles del barrio en dirección al charco llamado La Encantada. En aquel momento las ansias de un presentimiento amarraban su respiración cansada, pues según él recordaba con un poco de temor, aquel charco era una de las destinaciones en la quebrada al cual a la gente del barrio no les gustaba frecuentar. La Encantada era un lugar que estaba rodeado de leyendas, que iban desde lo divino hasta lo demoníaco, lo que producía una mezcla de miedos y/o curiosidad en la población local aun en el presente. Otra de las razones por la que a nadie le gustaba caminar hasta allí, era la larga distancia que había que caminar desde El Camino Real, para llegar a aquel charco. En la rara ocasión de que alguien se aventurase a ir allí, el viaje que tomaba bastante tiempo y a nadie le gustaba encontrarse en el sitio cuando el sol comenzaba a descender en el horizonte. Según los relatos de los ancianos del lugar, allí se podía aparecer un espíritu a cualquier hora del día. Pero era cuando comenzaba a obscurecer, cuando aumentaban las posibilidades de que alguno de éstos enseñara su esencia linda o fea, a alguno que otro desafortunado que caminase por allí cuando bajaba el velo de la noche.

El lugar específico donde se encontraba el charco de la Encantada estaba situado en el mismo medio de un monte compuesto de árboles frondosos de una naturaleza verde, la cual parecía estar fuera de tiempo en medio de un lugar que había sufrido miles de cambios hechos alrededor de este. Estaba localizado en un valle a la parte abajo de dos de las montañas que rodeaban el lugar. En estas montañas se podían observar muchas casitas de penumbras en diversos puntos en medio de estas. Todo aquel verdor estaba ya fuera de lugar, pues en su intención de mantener su mano en el poder, el gobierno local había vendido todo lo que pudo a todo el que pudiese comprar. Y con cada compraventa transada, se había desaparecido gran parte de la naturaleza que definía el lugar.

Gonzalo había regresado unos días anteriores desde el exterior adonde residía con su mujer, ya que sus hijos se habían independizado unos años atrás y habían formado sus propias familias, de las cuales él era el patriarca. Luego de su regreso a la isla había visitado a sus familiares, algunos de los que aun vivían y también a los familiares en el cementerio, los cuales habían partido a sus descansos eternos. Visito lugares que poseían valor sentimental para él, aunque ya no hubiese muchos de estos. Durante esos días se encontró con una realidad que ya él conocía bien, la gente era diferente, la música era diferente y el lugar era diferente. También observó las muchas estancias vacías con pancartas de – "Se vende o For Sale" esperando ser compradas de seguro por otros extranjeros más, como lo prefería la clase política. No se sorprendió de que mientras se preparaba para su objetivo principal de aquella visita, escuchó cosas en la radio que en su juventud eran determinadamente prohibidas. Y mucha de la programación en la radio se transmitía en su segundo idioma, el inglés, para complacer a los nuevos habitantes del lugar. Éstos habían decidido que, en vez de intentar aprender el idioma local, era mejor cambiarlo para no tener que pasar trabajo.

Durante unos días observó a los habitantes de aquel barrio que lo había visto nacer y notó tantos cambios que habían ocurrido en su ausencia que se sintió como un perfecto extraño en su propia casa. En las varias ocasiones que se animó a caminar allí, miró a muchos jóvenes que parecían tener taquicardia o un tic nervioso en los dedos, pues los movían en sus manos de izquierda a derecha constantemente, víctimas de la adición a los teléfonos celulares que dominaban sus vidas, mientras que alumbraban sus rostros. Éstos ya comenzaban a parecerse a zombis de una película de horror. Pensó en su juventud y cuan diferente fue la misma de lo que ahora experimentaba la juventud mundial, incluyendo en todos éstos a sus propios nietos. La gente nueva del lugar era de apariencia ruda y más de una vez lo miraron como se le mira a un enemigo. Los pocos de sus conocidos que quedaban estaban en un estado de deterioro similar o peor que él, pues en aquella isla hasta la medicina salió huyendo de la corrupción política, que pagaba por medicina de animales para curar a sus seres humanos. De los pocos primos que le quedaban, su primo Alejandro al que visito una o dos veces, era la persona que más resemblaba un pasado atrapado en su vieja memoria. Éste era su primo hermano y su compañero de andanzas en su juventud con el que anduvo muchos de aquellos montes a los que ahora intentaba regresar. Trató de convencerlo de que fuese con él a su destinación, pero Alejandro se negó por cuestiones de salud y también porque según él mismo, aun él estaba cuerdo. Después de unos días, Gonzalo salió de la casa de su difunto abuelo Paulino, la cual había heredado muchos años atrás y tomó su rumbo a El Camino Real. Estaba vestido con un pantalón brinca charcos, una camisa estilo guayabera y unas botas de goma como las que se usaban en el pasado para mezclar cemento. Llevaba con él un termo de café caliente, unas botellas de agua congelada y una fiambrera de alimentos, pues no estaba seguro de cuánto iba a durar su incursión en aquel monte.

Era una mañana en la que el sol se preparaba a arropar de calor la isla y Gonzalo caminaba lentamente en dirección a los árboles del camino que por el momento lo cubrirían del sol. Andaba con la mirada clavada en el suelo y envuelto en pensamientos, que al parecer estaban atrapados en el tiempo. Éste daba la impresión de estar vencido ante el peso de su propia vida, como el preso que camina hacia la silla eléctrica sin el recurso de una apelación final. Caminaba lentamente, seguro que su viaje duraría mucho tiempo, pues a esa edad caminar por caminos como aquellos, no era algo que una persona en su condición física debería de intentar. Más, sin embargo, se dirigía allí determinado, aunque fuese lentamente y casi titubeándose cada vez que tomaba un paso adelante. Desde El Camino Real, habría de tomar una salida anexa que lo conectaría con otro camino. Al tomar esta salida habría de descender por algunos minutos para luego ascender al tope de la siguiente loma, caminando por un camino de polvo sin nombre definido. Sin lugar a duda aquel viaje no sería fácil, pues para una persona de esta edad era algo peligroso de intentar. Aun si éste estuviese acompañado de alguna persona más joven que él, lo cual no era el caso. Por esa razón el viaje tenía riesgos.

Ya dentro del Camino Real, Gonzalo se detuvo varias veces a recuperar un poco de las fuerzas que se le agotaban y a orinar, pues a su edad la incontinencia era ya una realidad molestosa que atacaba su vejiga de cada rato. Cada vez que se tomaba un descanso se tomaba un sorbo de café y se entretenía mirando el verdor de aquella naturaleza que él recordaba de su niñez, la cual había transcurrido unos años antes de que él al igual que muchos otros de su generación habían inmigrado al exterior en busca de oportunidades económicas, que en este su país de origen parecían estar seleccionadas siempre para las mismas personas. En medio de aquel verdor vio que había una que otra vaca lechera que le pertenecía a uno que otro habitante del lugar.

En algunas partes de la loma, algunos caballos comían pasto y varios pájaros volaban espontáneamente de un árbol a otro, de seguro buscando comerse alguna fruta madura o insecto. Gonzalo miró todo esto por unos momentos y se fascinó de saber que allí todavía existía algo de aquel mundo que él había dejado atrás en su juventud. Pero unos segundos más tarde sintió otro recuerdo volver, la memoria de los mosquitos picándole los tobillos para sacarle sangre, como vampiros que no le temían a la luz del día. Éste reaccionó de inmediato dándose una palmada en el lugar adonde sintió la picada y luego se miró los pies, para verificar que había aplastado al ingenuo insecto con su mano. Casi de inmediato comenzó a sentir el picor que le ocasionaba la picada de otro mosquito que se había dado a la fuga. Le mentó la madre dos o tres veces al insecto y entonces reanudo su andar un poco lento y mientras tanto repasaba en su mente memorias pasajeras de su pasado y en estas buscaba algunas con referencias a las colinas y La Encantada. Mientras tanto pensaba en su objetivo del día, mientras que el picor de las picadas de mosquito comenzaba a incomodarlo.

"Tengo que llegar a La Encantada, para ver si lo que mi abuelo me contaba es verdad. Ya no me queda de otra. Debo de tener fe, si hay una oportunidad de que estos fantasmas me bendigan y me curen la mente, la debo de tomar. ¿qué más pueden hacer? Maldecirme sería una redundancia, pues yo creo que ya yo cargo una maldición. Ojalá que las historias de abuelito Paulino sean ciertas, no tengo miedo, quiero saber y estoy dispuesto a todo. Cuando llegue descanso un poco y después me quito la ropa y me tiro, pa' que los espíritus del agua me den el alivio que necesito o que acaben conmigo de una vez y por todas."

Luego de hacer este inventario mental se vio atacado por la duda y se volvió a sentar en un rincón, a rascarse las picadas de mosquito, y también porque estaba un poco sofocado por el calor que traía un viento húmedo que provenía desde el barrio. En su pecho un sentimiento de vacíos llenaba sus pulmones de aires de dudas y sus piernas que ya se sentían cansadas, comenzaban a pesarle como si fuesen dos cubos de piedras amarrados a sus tobillos. Observando toda la naturaleza del camino, se dio aires de juventud y se trazó la meta en su mente de llegar a su destino, aunque le tomara cinco horas y repetidos descansos para aliviar el pesar de su cansancio de hombre viejo. Nuevamente su vesícula mandó un mensaje, era tiempo de orinar otra vez. *"Carajo es una pendejá ponerse viejo."*- se dijo a sí mismo, mientras se bajaba la bragueta para descargar aquel pesar de su cuerpo. Reanudó su lento caminar, internándose más adentro del camino, convenciendo a su mente dudosa, de que todo aquel esfuerzo tendría una inmensa recompensa para su espíritu. Sí y solamente sí encontraba en su destino, lo que la desesperación de su mente andaba buscando.

El viaje continuó lentamente entre los árboles mientras que a la misma vez él trataba de hacer memorias de lo que su abuelo le había relatado muchas veces durante su niñez. Entre todas aquellas historias fantásticas o tenebrosas el tema que recurría siempre era el de que el lugar estaba habitado por figuras místicas capaces de mirar el alma de la gente que se entraban al charco. Si éstos encontraban bondad en el corazón de algún enfermo podría ser que se decidiesen a curarlos y librarlos de sufrimientos extremos. Esta era la razón por la que Gonzalo se había internado en aquellos montes en busca de una solución para su enfermedad presente a la que según los médicos de su país del exterior ya no le encontraban solución, pues él no cooperaba con lo que la ciencia diagnosticaba.

Cargado de todas aquellas emociones y lleno de una pregunta que lo eludía, Gonzalo logró subir por el último camino de polvo a la última colina, de la cual se desviaría monte abajo para llegar a La Encantada. Y con un poco de suerte y toda la fe del mundo recibiría la cura que andaba buscando para su alma enferma. El sol aun alumbraba su paso mientras que a su vez hervía su piel obscura y éste sabía que debería de avanzar y bajar a la parte baja de la colina para resguardarse del calor que ya volvía a sofocarlo. Se dobló para cruzar por debajo de unos alambres de púa que marcaban la esquina del camino y cuando rodaba por debajo de los mismos se le encajó su camisa, lo que lo mantuvo unos minutos atascado hasta que pudo hacer suficientes fuerzas para que el alambre lo soltara desgarrando así su vestimenta y cortándole la piel detrás de su espalda.

"Maldita sea la madre de este cabrón alambre, primero los mosquitos de mierda jodiéndome la existencia y ahora me corto con este hijo de puta alambre. Me cagó en la madre, coño." -gritó enojado mientras se paraba del suelo, a mirar adonde se había cortado y se limpiaba el polvo de su ropa.

Rabioso miró hacia abajo de la colina y comprendió que la maleza había crecido bastante en su ausencia y llegar al charco se le iba a hacer un poco más complicado de lo que él esperaba. Había muchos más arboles de los que él recordaba y a su vez una maleza mucho más espesa que había reclamado su lugar. Levantó su mirada hacia el cielo y luego al matorral y se resignó a la idea de cruzar el mismo lentamente para evitar que su sudor se mezclase con la hierba y le causase más picor en su piel envejecida. Entonces comenzó a andar lentamente por la vertiente a la parte baja de la colina. Lo hizo tomando pasos tentativos como un niño que tomaba sus primeros pasos, pues a esa edad podría ser que si se tropezaba no tendría la oportunidad de levantarse sin ayuda. Poco a poco, pasito a pasito, Gonzalo avanzaba en su misión de llegar a La Encantada, y con cada segundo y cada paso se encontraba más cerca de su destino, más cerca de la oportunidad de encontrar la cura a aquella enfermedad que lo agobiaba por mucho tiempo y a la cual le buscaba un remedio milagroso, como el que él llevaba en su mente.

No importaba si aquel remedio que él buscaba estaba basado en leyendas fabulosas de generaciones antepasadas y en cosas que la ciencia y las experiencias de vida podían comprobar como falsas. Creer en fantasmas o seres místicos para un hombre de su edad era algo insólito, pero aun así él creía, porque entendía que su fe en las historias de su abuelo era la misma que sentía una persona religiosa que leía acerca de un Dios al que nunca habían visto y en la historia de un hombre que había vencido a la muerte después de tres días. Para Gonzalo su fe y la fe del cristiano eran las mismas, y las razones de creer en cosas como estas que la ciencia no apoyaba eran iguales. Era por eso por lo que estaba allí, pues cada cual busca la salvación a su manera y en este momento para él aquella búsqueda de seres místicos era su mejor manera de encontrarle respuestas a aquellos vacíos existenciales que arropaban su alma como una sábana arropa el cuerpo. Además, para él no hubo nunca una persona más sabía que su abuelo Paulino; y ningún libro o cuento habría de reemplazar la fe que él tenía en aquel anciano que se había ido muchos años atrás cuando él era un hombre joven con muchos sueños y esperanzas, las cuales estaban tan muertas como su abuelo en el momento que éste bajaba colina abajo en busca de La Encantada y sus mitos.

Fue así como Gonzalo continuó bajando lentamente por la vertiente a la parte baja de la colina. Llegó frente a unos matorrales que debería de sacar del medio con sus propias manos para llegar al punto adonde se encontraba el camino que él recordaba. Había un enredo de matorrales en los diferentes árboles que se encontraban parados adonde alguna vez hubo un pequeño camino que la gente había hecho de tanto pisar en el mismo lugar rumbo a la quebrada. Gonzalo haló y dobló bejucos y matorrales abriéndose paso entre los mismos, mientras que las matas de pequeque le dejaban sus semillas enganchadas en la ropa y el moriviví se escondía temeroso de sus pisadas. Esto le causó una incomodidad de la que ya se había olvidado, pues en su juventud caminar entre estas plantas era una de los mayores inconveniencias a los que se exponía la gente para llegar a aquel charco. Fue cuando el sudor de su cuerpo se mezcló con las semillas pegadas alrededor de su ropa, cuando éste comenzó a sentir aquella sensación incomoda que había olvidado en todos los años de su ausencia. Entonces comenzó a caminar más rápido para salir de aquel matorral y llegar al charco. Ahora en su mente la necesidad de bañarse en sus aguas había tomado un carácter más mundano, librarse del picor que experimentaba en varias partes de su cuerpo. Ya llevaba picadas de mosquito, pequeques pegados en la ropa y una que otra cortadura en sus piernas, víctimas de las yerbas semi-afiladas, las cuales habían rayado la corteza de la piel en sus piernas cuando se le levantó el pantalón de más y dejó expuesta su piel.

Aun así, con todo lo incomodo que estaba sintiendo, dentro de su pecho, su corazón latía entusiasmado por la oportunidad de estar allí, en aquel lugar adonde había gastado un poco de su juventud brincado al agua refrescante de aquella quebrada. Repasaba memorias en su mente y mezclaba pasados con presentes en un rollo de imágenes que entraban y salían de su cabeza como una película de los mejores momentos de una vida que ya no existía. Así continúo rompiendo bejucos, esquivando matorrales que se veían un poco más anchos de los que él podría romper con las fuerzas de un hombre de su edad.

Al pasar unos minutos ya podía escuchar el rugir de las aguas bajando en la quebrada, lo que confirmaba que su destinación ya estaba más cerca y ya podría relajar su cuerpo en las aguas que seguramente estaban frías y refrescantes. Se puso a pensar en el viaje que lo había traído allí. Y aunque en aquella mañana éste había comenzado el viaje desde la casa de su difunto abuelo, el origen de este había ocurrido a miles de millas de distancia en un pueblo de un país del exterior. Uno de los muchos en que vivió buscando algo que hasta el presente no había encontrado nunca. Entonces procedió a arrancar bejucos más rápido inspirado por el sonido de las aguas y con cada uno que halaba para dar un paso más al frente, su corazón trotaba con una emoción juvenil con la que él ya no contaba. Al pasar unos minutos de frenética energía Gonzalo ya casi llegaba al lugar preciso que él recordaba y desde donde entraría oficialmente a las aguas de la quebrada.

Fue así como guiado por el rugido de las aguas y su desesperación por una cura para el alma y un alivio para el picor, que no se percató de que el tiempo y la corrosión se habían llevado un pedazo de la tierra que componía el camino y la entrada oficial al lugar. Esto causó que Gonzalo se tropezase con una raíz expuesta, y se fuera de bruces al frente causando que cayera al suelo y comenzara a rodar monte abajo en rumbo a la quebrada. Dio vueltas en el suelo por lo que se sintió como una eternidad de molestias corporales y vio como sus suministros caían al vacío. La botella de agua congelada, la fiambrera y el termo de café cayeron desde aquella esquina haciendo un ruido que envió señales de terror a la mente de Gonzalo. Nervioso por no poder detener su rodaje a la esquina del monte, su corazón dio un brinco cuando pensó en las piedras de la orilla, y se dio cuenta de que caería sobre las mismas desde una altura de algunos cinco pies, algo que para él podría ser fatal. Gonzalo trató desesperadamente de parar su rodaje antes de llegar a la esquina, pero irónicamente allí ya no había bejucos de los cuales agarrarse. Unos segundos más tarde cayó desde la esquina a las piedras y sintió un fuerte dolor en su cabeza al golpearse en estas. El dolor fue tan intenso que Gonzalo terminó desmayándose, quedando así inconsciente en la esquina de la quebrada a unos pasos de su destinación, el charco La Encantada.

Luego de unos minutos Gonzalo comenzó a recuperar sus estribos y al recuperar un poco de su conciencia sintió dolores en su cabeza, sus costillas y en una de sus piernas. Se sentó en las lajas de la quebrada, buscando inútilmente un lugar de adonde apoyarse para ponerse de pies. En su cara la expresión de terror se mezclaba con un intenso dolor que provenía desde el lado izquierdo de su lumbar derecho. Gonzalo se levantó la camisa mojada, a mirarse esa área de su cuerpo de donde provenía un calor ardiente que lo quemaba desde adentro para afuera. Observó que esta región estaba cambiando de un color obscuro rojizo a un color negro sólido, más obscuro que su tono normal de piel, el moretón no tardó en llegar. Luego se tocó el lado izquierdo de su frente desde adonde una gota de sangre salía de su cráneo poquito a poco, y sintió como su pierna derecha se le inundaba de un calor lento. Al mirarse el pantalón vio como desde su bolsillo derecho permeaba lo rojizo de su sangre. Al parecer tenía una cortadura profunda más arriba de su muslo derecho, por lo que tendría que quitarse su pantalón para chequear la profundidad de esta. Como resultado de todo, el dolor le impedía ponerse de pie como él quería hacerlo. Estaba todo machucao[1],

---

1. machucao: maltratado, lastimado

como se le solía decir en aquella isla y eso podría resultar en un desastre para un hombre de su edad. *"¡Ay Bendito sea Dios! ¡Tanto nadar para morir en orilla!"* -se dijo a sí mismo. Fue este último dicho que lo hizo palidecer, al pensar en aquel viaje que había tomado en contra de la voluntad de todos en su familia. Esto parecía confirmar lo que todos le advertían unos meses atrás, cuando los dejo en su último país de residencia, buscándole una cura a una enfermedad del alma. Y cuando ya no se pudo parar por sí solo, recordó las palabras de su esposa Ildefonsa y las conversaciones en la que ésta le pedía que recapacitara y buscara de Dios como una solución divina a su problema de mortal.

"A la verdad que creo que te estás volviendo loco." -decía Ildefonsa, a la vez que se sentaba en una silla del comedor y con una taza de café en la mano, mirando a su esposo ofreciéndole una mirada de confusión preocupada, después de haber escuchado acerca de una idea de éste, de viajar a su pueblo natal en Puerto Rico. Los dos habían sostenido varias conversaciones a través de unos días desde que la idea se le había metido en la cabeza a aquel hombre. Ildefonsa, apoyando su cuerpo en la mesa, trataba en vano de hacer que Gonzalo recapacitara de aquella idea loca de un viaje, sin motivos, ni razón. Confundida por la insistencia de su marido, trataba de balancear la rabia que sentía en su inhabilidad de convencerlo de quedarse, con la preocupación de que a éste le fuese a pasar algo grave en aquella incursión desatinada. Él por su parte le respondía con una desesperación en su voz:

"Es que ya no encuentro que hacer con mi vida."

"Lo que a ti te falta es buscar a Dios y pedirle su ayuda. Por favor ven a la iglesia conmigo una última vez, para que los hermanos oren por ti."

"Tú sabes que yo ya no creo en eso, no me preguntes más que eso yo no lo puedo hacer. No puedo meterme en un lugar adonde me siento como el hipócrita más grande del mundo."

"Pues deberías de creer y meterte de cabeza en la iglesia, porque bastante falta que te hace tener fe."

"Eso de la fe es una historia que la gente creen porque quieren. Vi a mi madre gastarse una vida entera orándole a tu dios y lo único que siempre tuvo fue enfermedades y dolores. Pa'qué carajo yo voy a hacer lo mismo. Tú me perdonas, pero yo creo que eso de la religión es una historia pendeja."

"¿Y lo que tú me cuentas no te suena como una historia pendeja también? Fantasmas que te juzgan en el medio de un monte como si estuvieran en una corte improvisada."

"A lo mejor, pero esta historia pendeja la escuché de mi abuelito Paulino."

"Y yo a mi Dios lo conocí en la biblia y de mi mamá desde que era una niña, así como tú lo conociste también. Y aunque te hayas olvidado de él, Dios no se olvida de ti."

"¿Tú sabes que ese libro lo escribieron personas nómadas de un desierto? A lo mejor sufriendo de un calor que los puso delirantes. Con ese calor la gente se inventa cualquier cosa pa' matar el tiempo."

"¿Y la historia que tú me cuentas quién la escribió? ¿en qué biblioteca la encuentro? -preguntó Ildefonsa sarcásticamente."

"Nadie la escribió y me la contó mí abuelo muchas veces cuando era niño. Y aunque no lo encuentres en un libro publicado para mi es tan real como las historias de tu biblia."

"¿Y tú crees algo que te contó tu abuelo y no en la biblia escrita por Dios?"

"Al menos yo conozco al autor de mi historia; mi abuelo ¿y tú como sabes que Dios escribió la tuya? Tú no estabas ahí."

"Yo tengo fe en mi Dios y con eso es suficiente para mí."

"Y yo tengo fe en mi difunto abuelo Paulino, y para mí eso basta y sobra."

"No es lo mismo, no lo puedes comparar así. Una historia de barrio con la biblia que es la palabra de Dios."

"Si es lo mismo si lo miras de una manera objetiva. Tú crees en una historia que la ciencia no puede comprobar y yo creo en una historia que la ciencia no puede comprobar. Así que, de una manera u otra, es lo mismo."

"Pero mi historia es real, yo tengo mi biblia y mis hermanos en la fe de prueba." - dijo Ildefonsa indignada.

"Tan real como la mía, además ese libro lo escribieron un montón de hombres que querían controlar a sus mujeres y darle esperanzas al muerto de hambre." -contestó Gonzalo con la misma indignación.

"No vuelvas con la misma teoría religiosa de las tuyas, vamos a parar aquí. Yo creo que tú necesitas ayuda, ya sea profesional o espiritual." - comentó la mujer con finalidad.

"Yo también mujer solo que algo en mi continúa buscando eso que no he encontrado nunca, ni con los médicos, ni con tu dios." - dijo Gonzalo agradando con su mujer a la vez que miraba al suelo.

"¿Y a ver qué es eso que buscas?" - preguntó ésta con curiosidad.

"No lo sé exactamente, pero tengo que tratar esto para morirme en paz." - dijo él con pena.

"Yo no estoy de acuerdo con esto, creo que es una locura irte a meter a ese monte a esta edad. Para mi deberías de tomarte tus pastillas y aceptar tu enfermedad."

"Yo sé que suena así, pero tengo que hacerlo, algo en mi corazón me dice que tengo que hacerlo por mi sanidad mental que no está tan mal como tú lo piensas."

"Tus hijos están preocupados por ti, especialmente Nazaria. Me ha dicho que ha hablado contigo y no quieres escucharla."

"Ellos pueden acompañarme. Y si Nazaria está tan preocupada ¿por qué no va conmigo?"

"Sabes que están todos ocupados en sus trabajos y con sus familias. Tú sabes bien que esa niña te adora y si pudiera iría contigo, pero no puede. Ella también tiene obligaciones."

"Entonces tú deberías ir conmigo. Tú no tienes nada que hacer aquí."

"Yo no puedo, pues creo que si te acompaño en algo así le estoy faltando el respeto a mi Dios. Además, yo no estoy pa' caminar en montes como tengo mis rodillas to fastidias."

"Entonces me iré solo, si nadie puede ir conmigo, pues me voy solo."

"¡Bendito Gonzalo!, piénsalo bien por favor que tú no estás pa' eso hombre."

"Tengo que hacerlo mujer. Si quiero morirme es paz, tengo que hacerlo."

"Está bien, pero prométeme que no vas a ir solo para ese monte. Que vas a ir con alguien más joven que tú por si acaso sucede algo impredecible." -dijo Ildefonsa vencida por la insistencia de su esposo.

"Te prometo que voy a buscar con quien ir, aunque tenga que pagarle para que vaya conmigo."

"Promete que me vas a llamar y vas a volver rápido."

"Eso es lo que pienso hacer, yo solo quiero una respuesta y me regreso más rápido que ligero."

Con esas últimas palabras de aquella memoria el hombre comenzó a hacer un inventario de lo que le dolía y lo que no. Pensó en la posibilidad de morir solo allí a la orilla de la quebrada, y también de lo que su mujer sentiría al enterarse que él había roto aquella promesa de ir acompañado al monte, pues buscó y buscó, pero no encontró a nadie que estuviese en condiciones de internarse en aquella maleza con él. También pensó en lo que sus hijos habrían de pensar y en los sufrimientos que les causaría además de la vergüenza de que él había encontrado su final en un viaje sin sentidos. Así pasaron los minutos y entre el dolor físico y los dolores del arrepentimiento Gonzalo recordó aquel intento de encontrar compañía para aquel viaje y se encontró escuchando las palabras de su primo Alejandro cuando fue adonde él a sugerirle la incursión.

"¿Y si nos cae un aguacero que hacemos?" -preguntaba Alejandro.

"Usted piensa que va a llover con esta sequía de julio. ¡No joda!" -respondió Gonzalo.

"El calentamiento global lo ha cambiado to, algunas veces está el sol quemándote el cuero y de momento se te tira un diluvio que es capaz de ahogarte."

"Tanto así, usted como que está exagerando."

"No primo no exagero usted puede ir por ahí y preguntar. Si nos vamos pa'llá y nos cae un aguacero nos jodemos."

"Eso no va a pasar."

"Primo yo a usted lo adoro, pero me gusta más estar vivo."

"Y a mí también, que usted cree que no."

"Yo creo que no, ¿qué le pasa a usted que quiere meterse en esa maleza? "

"Nada, yo solo quiero ver el lugar una vez más, recordar esos viejos tiempos."

"Pues yo lo siento en el alma, pero pa'llá no me meto yo ni por un millón de pesos. Prefiero recordar sentadito en mi sillón."

"Está bien primo, pues me voy a tener que ir solo porque nadie que yo conozco quiere ir conmigo."

"Primo no se meta pa'llá que esa maleza ya no está como usted la recuerda."

"Desde la casa de abuelito Paulino se ve igual."

"Pues desde la casa de abuelo usted no va a ver las culebras, los alacranes y hasta los caimanes que andan metios en ese monte."

"¡Caimanes! Ahora sí que está jodiendo conmigo. Yo le creo lo de los alacranes y las culebras, pero eso de los caimanes no."

"Primo, ¿hace cuánto tiempo usted se fue de aquí?"

"Yo llevó más de treinta años viviendo allá afuera."

"Pues en ese bando de años la gente compró un montón de animales exóticos y después los soltaron por los montes. Ahora mismo tenemos culebras y caimanes en el monte. Y pa' dos viejos como nosotros que no podemos correr ni tres pies sin respirar profundo, eso no es bueno."

"Primo yo a usted lo aprecio, pero esto es algo que tengo que hacer mientras tengo fuerza. Así que con todo y los caimanes me voy a meter a las aguas de La Encantada."

"Primo usted está loco, ¿para qué se quiere meter a esa jungla? Nosotros ya no somos unos nenes de teta, estamos muy jodios pa' eso."

"Eso yo lo sé."

"Piénselo bien y no se vaya pa'llá."

Alejandro tenía una razón en su reticencia, pues en el lugar dónde estaba aquella quebrada estaba rodeado de montañas y cuando llovía el agua se desplazaba por las muchas vertientes a la quebrada que se hinchaba repentinamente y crecía de una manera impredecible y sumamente peligrosa pare cualquier ser humano, especialmente para un par de viejos que ya habían visto sus mejores tiempos pasar. Si por la mala suerte les caía unos de esos aguaceros repentinos, la corriente del agua podía ser muy peligrosa, especialmente si el agua había caído a unos kilómetros del lugar, por lo cual no tendrían ninguna advertencia antes de que la quebrada los arrastrara en su creciente.

Después de recorrer aquella memoria Gonzalo comenzó a recuperar un poco la movilidad. Fue así como se arrastró en las piedras para llegar a las aguas de la quebrada. Tomo un poco de estas en su mano y se mojó la cara para limpiarse la sangre que tenía en una esquina de esta. Mirando hacia abajo vio como el agua se coloreaba semis-rojiza momentáneamente antes de reclamar su claridad cristalina. Luego de limpiarse intentó en vano de ponerse en pie. Buscó alrededor algo de lo cual sostenerse como algún pedazo de palo seco y a lo lejos divisó una rama seca que había caído de un palo de algarrobos y que estaba a orillas de la quebrada.

Arrastrándose poco a poco a la vez que sentía la aspereza de las piedras en su cuerpo lastimado, llegó hasta aquella rama seca y aun envuelto en aquel dolor corporal comenzó a romper las ramitas más pequeñas para tratar de hacerse un bastón improvisado. Al terminar pelar la rama ya contaba con una esperanza de que aquel utensilio de improvisación lo ayudara a ponerse de pie para continuar su viaje a La Encantada, la cual estaba aún un poco retirada de donde éste había venido a caer dentro de la quebrada. En un momento volvió a pensar en su familia y escuchó aquella voz colectiva que representaba a Ildefonsa y sus hijos: *"Por favor piénselo bien y no vaya para allá viejo."* Más, sin embargo, ya era demasiado tarde para echarse atrás y la única opción que él veía en su desesperación por encontrarle una respuesta a lo que su alma sentía estaba todavía en aquel charco y en las palabras de su abuelo.

Intentó pararse apoyado por aquella rama seca y cayó al suelo de inmediato. Duró unos minutos en el suelo y volvió a intentar pararse, solo para caer al suelo nuevamente. Pensó en rendirse, pero su determinación y su orgullo no lo dejaban aceptar el fracaso como una posibilidad. Otra vez trató de pararse y al fin logró mantenerse de pie por unos momentos, aunque un intenso dolor en sus costillas y en su pierna derecha le informaron que estar de pie era lo mínimo que podía hacer. Y en medio de un intenso dolor Gonzalo tomó sus primeros pasos después de haberse caído como una guanábana madura en la esquina de la quebrada. En medio del dolor que le ocasionaba cada paso y las lágrimas que derramaba sin querer, continuó su trayecto al lugar que vino buscando. Ahora con cada paso que tomaba, la intensidad del dolor le informaba que había una gran posibilidad de que este fuese su último viaje en busca de respuestas que lo habían evadido toda una vida.

Ya, en el cielo, el sol comenzaba a descender lentamente y con su descenso se llevaría la poca luz que penetraba la vegetación que rodeaba el lugar. Además de llevarse su luz, también se llevaría su calor que en aquel lugar lleno de vegetación no era mucho, por lo que Gonzalo comenzó a sentir el sereno en sus huesos y el frio que este le causaba. Nuevamente se envolvió en pensamientos de reflexión y pensó en que pasaría allí la noche sin luz alguna, pues, aunque era una noche de luna la luz de esta solo alumbraba un lugar específico en medio de aquel monte y este lugar era La Encantada. Es por eso por lo que se le hacía más urgente llegar al charco lo más pronto posible. Y con cada doloroso paso que daba se le aproximaba el destino y la posibilidad de contestarse la pregunta más urgente en su mente: *¿Habré cometido un error?*

Después de haber caminado por varios minutos apoyado en aquel pedazo de palo y mientras sentía como si todos los huesos de su cuerpo estaban estillados como cuando se cae una taza de cristal que no se rompe, Gonzalo pudo divisar por fin el charco de La Encantada. Y con su destino al frente pudo por fin respirar aires de alivios al saber que al menos había llegado allí como se lo había dispuesto en la terquedad de su mente. El charco se veía igual a lo que él recordaba. Era una piscina natural en medio de dos paredes de piedra sedimentaria que a su vez estaban cubiertas de bejucos y otras hierbas de monte. A la parte norte de este se encontraba el lugar más profundo adonde él mismo brincaba desde una de las esquinas del charco en su juventud cuando las energías de su vida eran nuevas, eternas y recargables. A la parte sur que era desde donde Gonzalo llegaba era un poco más bajito. Esta parte era considerada el final del charco y en esta esquina especifica se podía observar una piedra ancha que servía de sillón al que quisiera sentarse a mojarse los pies sin entrar de lleno a las aguas profundas del lugar. Gonzalo tenía toda la intención de zambullirse en el agua como lo había planeado, pero en aquel momento en que él llegaba ya estaba muy lastimado para nadar o flotar lo que lo obligaría a sentarse en aquella piedra y a solo mojarse los pies, mientras le encontraba una solución a su problema de estar lastimado físicamente.

Cuando por fin pudo llegar a su destino Gonzalo ahora tenía más preguntas de las que había traído desde un principio y la más urgente de contestar era: *¿Como he de regresar a casa?* Y para esta no tenía respuesta alguna que no incluyese un milagro más grande del que él había llegado a buscar en aquellas aguas cristalinas en el medio de las colinas de aquel barrio. Se sentó en la piedra y se levantó la camisa para ver los moretones que adornaban su lado derecho. Juzgando por el color más obscuro que de costumbre en su piel morena y la hinchazón que ya se le notaba un poco en sus costillas era obvio para él que algunas de estas estaban lastimadas o rotas. Respiró profundo al pensar en su predicamento del momento y en la posibilidad de que La Encantada se convirtiese en su tumba oficial. Resignado a esa posibilidad miró hacia el agua y pensó en lo fútil que podría haber sido aquel desesperado viaje en busca de respuestas que siempre lo habían eludido.

Luego de hacer algunas reflexiones esporádicas cerró sus ojos para pensar en las posibilidades de que al llegar la noche podría tener la oportunidad de encontrar la paz que andaba buscando. Y de tanto pensar en tantas posibilidades se encontró de repente frente a los ojos de su abuelo Paulino, un hombre de edad avanzada con esencias de honestidad incomparables. Y era en los ojos de este adonde Gonzalo había encontrado las fuerzas para vivir y el alivio a sus penas cada vez que su abuelito lo aconsejaba o le daba ejemplos de vida. Y entre todas aquellas memorias volvió el día en que aquel hombre se había ido de su vida y también volvió a sentir el vacío de la presencia de su abuelo en su alma. Al sentir aquella sensación atrapada en el tiempo Gonzalo dejo escapar una lagrima de dolor nostálgico del que nunca se pudo liberar a través de los años. Así continuó su repaso de memorias y llegó a una especifica memoria que lo había traído de regreso a su pueblo natal en aquel momento en que tenía dudas existenciales.

En otro momento específico se encontró de frente con los ojos de su abuelo Paulino, aquella figura inconfundible de un hombre al que él admiraba más que a nadie en el mundo, y al que conservaba vivo con cada recuerdo que guardaba celosamente en su memoria. Paulino era un hombre de pocas palabras, siempre pensativo y deliberado en su manera de actuar. Era un hombre de tez blanca evidentemente de herencias europeas, esbelto y fuerte para su edad. Éste era el abuelo paterno de Gonzalo y vivía a una corta distancia de la casa de su nieto. Por esa razón, los años formativos de Gonzalo ocurrieron en presencia de su abuelo, y éste adoraba a su nieto, aunque nunca lo expresaba de manera abierta y siempre trataba a su nieto con rectitud y firmeza. Fue en su casa adonde Gonzalo encontró refugios para sus dudas de niño y en esa misma casa donde encontró la fortaleza y la firmeza de su carácter de hombre, además de la determinación de siempre ver terminadas las cosas que había comenzado.

En aquella ocasión se preparaba para ir a divertirse con unos amigos y se había detenido a ver a aquel viejito antes de salir en busca de su rumbo. Entró a la casa del viejo y éste lo abordó de inmediato como solía hacer por aquel su nieto preferido:

"Mijo tomate un poco de ese café." - escuchó a su abuelo decirle en una de sus memorias.

"Pónmelo ahí papá, que se ve que está muy caliente."

"¿Y pa' onde vas vestido así?"

"Pa' La Encantada con los muchachos."

"¿Pa' La Encantada? Ten cuidado, que ese lugar no es para niños chiquitos como tú."

"¿Y por qué no? Eso es solo un charco pa' bañarse."

"Ese charco está maldecío por algo, está lleno de fantasmas y apareciós."

"Fantasmas y apareciós ¿de verdad?"

"Sí, en La Encantada pasan cosas raras, y la gente dice que han visto fantasmas ahí. Tenga mucho cuidao por esos rumbos."

"Fantasmas, ¡Ay abuelo eso no es verdad! Los fantasmas no existen. Tú me estás bufeando[2]."

"Mijo, yo no estoy relajando. En ese lugar viven seres misteriosos que la gente dice que te pueden ayudar con tus problemas o te pueden chaval si encuentran que no eres buena gente."

"¿Quién te dijo eso?"

"Aquí en este barrio to' el mundo sabe eso, solo los chamaquitos como tú no lo han oío[3], pero eso no quiere decir que no debes de tener cuidao."

---

2. bufeando: mofándose de una persona

3. oío: oído

"¿Y cómo es que esos fantasmas se ven? -preguntó Gonzalo con una sonrisa pícara en sus ojos, mientras se comenzaba a reír.*"*

"Mire muchacho del carajo, yo no estoy relajando. Tenga más respeto que yo soy su abuelo, de mí no se ría." -dijo Paulino incomodo al percibir que su nieto se burlaba de él.

"Perdóname papá yo no quería..." -dijo el niño antes de ser interrumpido.

"Está bien mijo tú eres de la gente joven, de los que nunca han visto. Yo lo que te digo es esto: Ten cuidao de que no se te vaya a aparecer un demonio d'eso[4]*, pues de esas cosas nadie se olvida. Así que si vas pa' La Encanta, sal de ahí antes de que caiga el sereno."*

"¿Y qué es lo que pasa si te encuentras con esos espíritus?" -preguntó el niño intrigado por la seriedad y el tono que su abuelo exhibía.

Paulino comenzó a relatarle a su nieto la historia de como alguno que otro habitante del barrio se había internado en los montes del barrio buscando frutas y víveres en estos. También de los que se iban a pescar camarones y buruquenas [5] en las aguas de la quebrada después de que hubiese caído el sol. De allí habían vuelto más de una de estas personas con historias espeluznantes de aparecidos y/o mensajes divinos. Alguno había dicho que los espíritus los habían atacado o le habían predicho de algún percance o tragedia que les habría de suceder. Otros contaban como los espíritus que ellos encontraron les habían hablado de amor y los habían curado de alguna que otra enfermedad que los agobiaba.

Los relatos cambiaban dependiendo de quien los contaba. De esta manera fue que se dispersaron rumores acerca de lo que ocurría en el charco de La Encantada a través de todo el barrio Los Infiernos y se habían repetido por más de dos generaciones. Estas historias se habían escuchado en tantas casas y por tantas personas que llegaron a formar parte del pensar de aquella gente. Y fue así como nació la costumbre de ir a aquella quebrada buscando curas, maldiciones o momentos de intensidad por la expectativa de un encuentro. Cuando Paulino ya había concluido su relato, Gonzalo se quedó intrigado por el mismo. Y en muchas ocasiones le hizo preguntas a su abuelo acerca de aquel tema y con cada uno de los relatos y cada una de las respuestas, el niño se convenció de que lo que el anciano decía debería de ser cierto. Luego ando por el barrio a cada casa adonde vivía una persona que había dicho tener un encuentro con los fantasmas de La Encantada, y en cada una escuchó una historia diferente. En ocasiones dudo de la

---

4. d'eso: de eso

5. buruquenas: jaibas

veracidad de los relatos, pues él iba a la iglesia y el pastor siempre hablaba de ángeles y demonios aquí en la tierra, pero nunca de fantasmas y/o aparecidos místicos. Con el pasar del tiempo llegó a la conclusión de que podría ser cierto lo que todos los viejos le contaban de maneras elocuentes. Y se hacía la pregunta: *¿Quién quita que uno u otro de esos ángeles y/o demonios residiera en medio de aquel monte del lugar?*

Recordó que en una ocasión escuchó de un anciano del barrio la historia de Don Guillermo, un hombre pobre que vivía en una de las lomas más cercanas a La Encantada. Según el conocimiento popular, este era tan pobre que un día decidió venderle su alma al mismo diablo y luego de firmar aquel pacto con su propia sangre, su fortuna cambio y se volvió rico de la noche a la mañana. Luego de esto el hombre vivió casi o más de cien años, pero a la llegada de su muerte se vio obligado a pagar una penitencia que no terminaría nunca. Y según los habitantes del lugar, a éste se le podía escuchar gritando los horrores de su residencia en el infierno cada vez que la luna estaba llena.

Al final de aquel recorrido mental Gonzalo abrió sus ojos y miró alrededor, allí no había nadie. Sintió un fuerte dolor en sus costillas al moverse un poco y se pensó perdido. Luego la decepción lo invadió y comenzó a maldecir el momento en que pensó que encontraría una solución a sus problemas en el medio de un monte persiguiendo un mito de un viejo supersticioso al que él adoraba. Más aun así su fe en aquel hombre todavía invadía sus juicios y le proveía con la esperanza de que aquellas historias del pasado tuviesen algo de veracidad. Unos minutos más tarde, ya la naturaleza comenzaba a anunciar la noche. Los grillos, las chicharras y el coquí comenzaron a hacer sus fiestas de alboroto nocturno, mientras que en algún árbol del lugar un búho se unía a la orquesta de sonidos naturales. Gonzalo sintió su corazón acelerar el ritmo y con este la expectativa de ser abordado o ignorado por los seres mitológicos de los que Paulino le había hablado.

Ya con la noche obscureciendo todo el lugar y los rayos de la luna permeando las ramas de los árboles Gonzalo comenzó a sentir un cansancio profundo del que no se podía liberar. No sabía si era por su vejez, el sereno o por la gotita de sangre que aún se derramaba de su cabeza, pero su cuerpo sucumbía a un agotamiento físico que éste no había experimentado anteriormente. En medio del dolor y el desgaste físico, comenzó a sentirse mareado, por lo que decidió recostar su cuerpo encima de aquella piedra fría, aunque aún tuviese los pies metidos en el agua. Cerró los ojos momentáneamente y perdió la noción del tiempo, como ese que se va en un sueño de anestesia médica, antes de una operación quirúrgica. De manera que, se quedó profundamente dormido y estuvo allí sangrando lentamente sobre la piedra por varias horas. Eventualmente cada gotita de sangre que bajó desde la cortadura en su cabeza llegó a formar una línea roja en la piedra, encontrando al final de esta las aguas que provenían de

La Encantada. Y con cada gotita roja que se disipaba en las corrientes de agua, las esperanzas de obtener una respuesta que aliviara su pesadumbre espiritual se desaparecían quebrada abajo.

Guazabara

GONZALO ABRIÓ LOS OJOS lentamente al sentir el calor de una hoguera quemándose a su lado. Cuando se sentó ya no estaba acostado en la piedra adonde se había dormido, sino que estaba postrado en la esquina de las aguas arropado por una especia de tela que parecía tener unos siglos de haber sido tejida. Esto causó que Gonzalo se asustara y pensara que estaba en un peligro inminente. Miró al frente y vio aquel fuego arder con unas llamas azules que no parecían ser naturales y se preguntó: *"¿Quién carajo prendió ese fuego?"* Al mismo tiempo que se hacía más de mil y una preguntas a las que no podía ponerle respuesta. Su corazón latía rápidamente a la expectativa de lo desconocido y lo que le podía pasar en aquella noche de luna llena. Inmediatamente se dio cuenta de que el lugar había sufrido unos cambios inexplicables mientras él dormía su siesta de golpes.

Lo primero que notó fue que estaba postrado en una amplia llanura de grama, llena de flores como gladiolas, rosas amarillas, rosas rojas y anaranjadas. Estas se encontraban alrededor de la orilla del charco. Por razones inexplicables esta llanura estaba situada exactamente adonde estaba una de las colinas que rodeaba La Encantada. Los árboles del lugar parecían haberse encogido y esto permitía que la luna se mirase más cerca de la tierra que del espacio, tan cerca que Gonzalo sintió deseos de levantar su mano y tocarla con sus dedos. El cielo estaba repleto de las estrellas más brillantes que Gonzalo había visto en su vida, mientras que unas luces bajaban del mismo a tocar la tierra, y lo único que se asemejaba a aquella imagen eran las luces norteñas del ártico que él había visto solo en la televisión. Allí no se escuchaban los sonidos de la naturaleza de siempre, parecía que el coquí se había quedado mudo y las chicharras y los grillos estaban tan callados que no se oían gritar sus acostumbradas serenatas nocturnas. Tampoco se escuchaba el viento correr entre las ramas de los árboles que al parecer se movían por su propia voluntad. Era algo tan extraño que Gonzalo se quedó enfocado en el cielo por unos minutos, olvidándose momentáneamente de que había llegado de día y también de que el lugar había sufrido unos cambios extraños imposibles de explicar.

Estuvo mirando el cielo por un largo tiempo y cuando por fin bajó su mirada se llevó la sorpresa más grande de toda la noche, pues al mirar al charco de La Encantada encontró que sus aguas cristalinas habían sido reemplazadas por aguas fosforescentes, que daban la impresión de que había un millón de luciérnagas nadando adentro del charco, a la misma que iluminaban sus aguas y sus alrededores con su propio fulgor. Lo más peculiar era la sensación de que en las aguas entraban y salían seres a los que Gonzalo no podía ver. Se escuchaban ruidos, como si hubiera personas tomando pasos y entrando al charco, aunque el agua de este no parecía moverse de una manera u otra. Al parecer toda la complexión del lugar había experimentado cambios mientras Gonzalo dormía su siesta obligada para descansar los golpes. Estos cambios eran algo inexplicable para el hombre que se dio a la conclusión de que estaba soñando o alucinando, y debería de levantarse para ver si su cita con los fantasmas de los mitos de su abuelito Paulino tomaría lugar o no. Por esta razón intentó levantarse pellizcándose a sí mismo, pero esto no le causó ningún dolor. Después trató de decirse a sí mismo que esto solo era un sueño y le instruyó a su mente que despertara de inmediato, esto tampoco trabajó. Fue entonces cuando miró más allá de las hogueras azules de aquel fuego quemándose enfrente de él y encontró que no estaba solo en aquel lugar.

Al otro lado de las llamas se notaban las siluetas de varias personas que parecían estar en medio de una ardua discusión a la cual no le encontraban solución. Gonzalo se puso un poco nervioso y trató de ponerse de pies sin ningún éxito. Buscó a su lado el bastón improvisado que había hecho anteriormente, pero no lo encontró. Aunque no sentía ya dolor en ninguna parte de su cuerpo, no se podía mover. Estaba como pegado en el suelo frente a la hoguera, sin poder moverse a ver quiénes eran las personas que sostenían semejante discusión. Unos minutos más tarde encontraría su respuesta.

Una mujer de avanzada edad apareció desde la parta de atrás del fuego y miró a Gonzalo fijamente antes de sentarse frente a éste sin pronunciar una palabra. Gonzalo la miró y saludo diciendo: *"¡Hola!"* A lo que ésta no respondió ni tan siquiera con una mirada. Después de que esta mujer le pasase por el lado, un hombre de media edad apareció de la misma forma que ella lo había hecho. Gonzalo trató de saludarlo de la misma forma: *"¡Hola!"* El hombre lo miró con aires de indignación y no respondió a su saludo. Finalmente, apareció otra mujer un poco más joven que las dos personas que se habían sentado frente a él y lo miró con unos ojos que reflejaban sufrimientos inexplicables. Nuevamente Gonzalo dijo: *"¡Hola!"* Otra vez fue ignorado por aquella mujer que solo miró hacia abajo tentativa y con aires de pánico.

Pasaron unos minutos con los cuatro sentados unos frente a otros, en un silencio profundo que silenciaba hasta a la naturaleza alrededor de aquel lugar. Gonzalo se preguntaba quiénes eran estos seres sentados frente a él y también porque no hablaban nada. Entonces continúo mirándolos poco a poco tratando de determinar algo acerca de éstos que le diera una pista de quienes eran y que querían con un hombre enfermo como lo era él.

De esta manera concentró su mirada en la mujer que se le había aparecido primero. Una anciana de piel cobriza, cabellos lacios, pequeña en estatura y prácticamente desnuda, pues solo tenía un corto pedazo de tela que le cubría sus genitales. En su cuerpo se podían distinguir una gran cantidad de cicatrices de cortaduras. Tenía perforaciones en su cara y alrededor del cuerpo. A ésta también se le veía una teta sin pezón y una mano adonde le faltaba uno de sus dedos. Era evidente que esta mujer había sido víctima de muchos percances físicos. La anciana cargaba con un arco hecho de palo en su espalda, unas flechas, y lo que parecía ser un cuchillo hecho de piedra, amarrado con un bejuco en el medio de su cintura; además de un bultito de tela. Al ver a aquella mujer Gonzalo recordó una imagen que había visto en algún libro de escuela muchos años atrás. Pero él nunca había sido testigo de ninguna persona que se vistiese así, desde que él tenía uso de razón. La mujer miraba al suelo con una mirada de tristeza profunda y un silencio total. De repente se puso de pie y caminó lentamente en dirección a la fogata. Luego se sentó frente a la misma. Gonzalo trató por más de una vez de mirarla a los ojos, pero no tuvo éxito alguno. Ésta no parecía estar interesada en compartir con él una palabra y mucho menos una mirada.

Luego dirigió sus ojos al hombre de tez blanca que aparentaba algunos cuarenta o cincuenta años. Éste tenía una mirada prepotente y cuando se percató de que Gonzalo lo miraba, le devolvió su mirada con una resequedad que se reserva para personas a las que se les odia hasta la muerte. Éste estaba vestido con una vestimenta fuera de los tiempos como lo estaba la anciana de piel cobriza, pues tenía un casco de metal con un agujero en la parte derecha, ornamentas de soldado y un rifle viejo lleno de oxido. Otra vez Gonzalo pensó que aquel hombre también se veía fuera de lugar o de tiempo. Entonces mirándolo se sintió juzgado por él. Pero de todas formas trató de establecer una conversación con él, pero éste lo ignoró completamente, como si él no estuviese allí.

Finalmente, vio a la otra mujer, la cual era mucho más joven que sus dos acompañantes, pues aparentaba tener algunos treinta años. La mujer era de piel negra, pelo estilo afro y un cuerpo esbelto cubierto de cicatrices que iban desde una simple cortadura, a partes de su espalda donde la piel estaba desgarrada por la profundidad de las cortaduras de heridas profundas que causaron la cicatriz. La mujer tenía cadenas rotas en sus manos y piernas, además de una que otra cortadura que le sangraba lentamente. Ésta estaba vestida con unos trapos de telas que alguna vez fueron blancas y andaba descalza, con los pies polvorientos y sucios. En su mirada expresaba un terror interno del que al parecer sufría por mucho tiempo. Gonzalo se mostró confuso, pues la mujer ni tan siquiera lo miró mientras él intentaba establecer una conversación con ella. Éste volvió a decir: *"¡Hola!"* Pero la mujer solo miraba al suelo y en su cuerpo se podía notar como sus nervios la hacían temblar de una manera incontrolable.

Totalmente confundido por aquella extraña situación, Gonzalo volvió a distraer su mirada alrededor y todavía no comprendía el porqué de los cambios tan drásticos de aquel lugar que él conocía tan bien. Todo se había transformado desde que se había quedado dormido en la piedra al lado del charco. Aun así, una pregunta recorría su mente con una intensidad persistente: *"¿Y quién me sacó de la piedra y me acostó aquí?"* Podría haber sido uno de aquellos desconocidos o sería que él mismo llegó allí y no se acordaba. De todas maneras, algo no tenía sentido, pues el sitio estaba cambiado y él se acordaba que había llegado allí de día y el lugar estaba como él lo recordaba desde su niñez. Entonces se dijo a sí mismo:

"¿Será que estoy soñando o que ya me morí del golpe que me di? ¡ay caramba estoy tan confundido! ¿y quién carajo son esta gente?"

Después de hacer esta observación, Gonzalo reconcentró su atención en sus compañeros desconocidos. Los observó por varios minutos y éstos lo miraban a él sin decir una palabra. El silencio de unos segundos se sintió eterno y él no tenía una eternidad para seguir allí callado. Fue entonces que se decidió a pararse e ir a La Encantada a mirar de cerca aquel fenómeno de aguas fosforescentes bajo un cielo estrellado. Esta vez su cuerpo le permitió moverse, y al ponerse de pie Gonzalo se encontró aliviado, con más fuerzas que nunca y sin ningún dolor físico, algo que no tenía explicación para un hombre que prácticamente se desparramado como una guanábana madura que cae de un árbol.

Caminó unos metros hasta la orilla de las aguas y se encontró asombrado por su brillo. Algo en él le dijo que debería de entrar en el charco y mojarse con su luminosidad. Entonces se sentó al lado del charco sin ninguna dificultad, respiró profundo y se quitó sus zapatos, dispuesto a zambullirse en el agua cuando de repente escuchó una voz que le gritaba:

"Wu'a[1], wu'a."

Gonzalo buscó de adonde provenía el sonido de aquella voz y observó a la anciana de piel cobriza mirándolo mientras le amagaba con sus manos caminando en su dirección a la vez que decía:

---

1. *wu'a: no, pero con fuerza*

"Guarico[2], guarico."

Confundido por aquellas palabras Gonzalo se detuvo y vio como la mujer le hacía señas con sus manos. Entonces caminó de regreso al frente de la fogata observando detenidamente a aquella anciana. Inmediatamente la mujer le dijo:

"Tau[3]."

"¡Hola!" -respondió Gonzalo cortésmente.

"Siéntate frente al guatu[4]." -ordenó la mujer con autoridad.

"¿Cómo dice?"

"Uara'[5] estás aquí buscando las respuestas a la pregunta."

Gonzalo escuchó a la mujer usando aquel dialecto que él nunca había oído. Y aunque no se lo podía explicar, éste entendía todo lo que ella le decía como si ésta le estuviese hablando el idioma español. Se mostró sorprendido de que aquella anciana supiese que él andaba buscando algo, aunque él mismo no sabía qué. Entonces se sentó frente a la fogata y la mujer mirándolo con una profunda calma, lo vio directamente a los ojos y comenzó a hablarle mientras que el hombre blanco y la mujer negra miraban a otros lados sin mostrar ningún interés en lo que estaba pasando a unos metros de donde estaban ellos. Gonzalo mirando a la mujer directamente a los ojos comenzó haciéndole una pregunta:

"¿Quién es usted?"

"Daca[6] Anani." -respondió la mujer mirándolo a los ojos.

"¡Mucho Gusto! Yo me llamo Gonzalo."

"Uara' Gonzalo, daca Anani."

"¿Cómo fue que llegué aquí?"

---

2. guarico: venga

3. tau: hola

4. guatu': fuego

5. uara': tú

6. daca: yo soy

"Uara' llegaste aquí por uara' propia voluntad."

"Yo sé, pero como llegué a este llano y este lugar que no conozco."

"Uara' viniste aquí solo y ahora estás pisando un cu[7]."

"¿Un sitio sagrado? Cuando yo llegué este lugar era conocido para mí y ahora no lo reconozco. Y usted me dice que es un lugar sagrado."

"Estás en un cu'."

"¿Por qué es un lugar sagrado?"

"Da[8] ita[9]'."

"¿Entonces cómo sabe?"

"Solo sé que li[10] es."

"Entonces estoy en una tierra santa." -dijo el hombre incrédulo.

"Han[11]." -respondió Anani mirándolo con ternura.

"¿Y cómo llegó usted aquí?"

"Ua'[12] roco[13], solo sé que llegue aquí en una noche de taicaraya[14]."

"¿Y desde donde llegó?"

"Daca de aquí."

"¿De adonde exactamente? Yo soy del barrio Los Infiernos del pueblo de Tru..." -trató de decir Gonzalo antes de ser interrumpido por la anciana.

---

7. cu': sitio sagrado

8. da: yo o mi

9. ita': no sé

10. li: él, lo, ellos

11. han: si

12. ua': no

13. roco: recuerdo

14. taicaraya: buena luna

"Daca de aquí, daca de aquí." -respondió la mujer exhibiendo un poco de impaciencia.

"¿Si, pero de qué lugar?"

"Borike'n.[15] *"*

"¿De Puerto Rico?"

"Wu'a, Wu'a. Daca de Borike'n."

"¡Sí, eso es Puerto Rico!"

"Wu'a, es Borike'n."

"Está bien, está bien, pero yo lo conozco como Puerto Rico. "

"Borike'n." -repitió la mujer de manera persistente.

"¿Entonces usted es una india Taíno?"

"Wu'a india, daca Taíno, ua'india...Taíno." -corrigió la mujer poniéndole énfasis a su identidad Taíno.

"Ok. Taíno, perdóneme es que nunca he conocido a alguien así en Puerto Rico."

"Daca Taíno de Borike'n, ua india, daca Taíno de Borike'n." -repitió la mujer con firmeza.

Al ver la insistencia de Gonzalo en llamar a la isla por aquel nombre la mujer miró hacia su lado a aquel hombre blanco que estaba sentado frente a la fogata. Y en esa mirada se mostraba un rencor reprimido, además del dolor de un orgullo lastimado por eventos que habían tomado lugar mucho tiempo atrás. Al parecer aquella mujer de piel cobriza todavía no se conformaba con aceptarlos. El hombre blanco la miró con la misma prepotencia que había mirado a Gonzalo y luego se volvió a reconcentrar su murada en el fuego de la fogata que los alumbraba a todos. La mujer miró a Gonzalo nuevamente y señalando a aquel hombre dijo:

"Akani[16]*, akani."*

"Su enemigo, me imaginé que como estaban aquí juntos eran amigos. ¿por qué lo llama enemigo?"

---

15. Borike'n: Puerto Rico

16. akani: enemigo

La mujer miró a Gonzalo con asombro, como si ésta esperara que él recordara algo acerca de la situación que unió el destino de ella con el de aquel hombre al que ella llamaba Akani. Y con un gran sentido de resignación en su mirada miró a Gonzalo detenidamente y comenzó a relatar una historia que Gonzalo nunca había escuchado o leído en algún libro.

"Daca de Borike'n y desde da niñez vivía en el yucayeke[17] de Aymaco, cerca del bagua[18]. Mi Baba[19] era parte de mi gran familia bajo el guey[20]. Gua'kia[21] éramos ara'[22] comunitaria y todos contribuíamos al bienestar de lo demás. Para gua'kia era muy importante cuidar y proteger a los miembros de la comunidad. En Borike'n había varias familias con sus propias reglas y sus propios cacikes[23], todos gobernados por el gran cacike Agüeybana. Aun así, todos éramos natiaos[24] bajo el guey. Yo tenía muchos natiaos y todos vivíamos en armonía con la Ke[25] 'y su Ki'[26]. Durante los días trabajábamos en diferentes cosas, pero la más importante era la siembra de kai[27]. Todos teníamos una responsabilidad que nos permitían vivir en armonía uno con li otro."

La mujer continuó con su narración de cómo era la vida en aquella isla cuando ella apenas era casi una adolescente. Según ésta la rutina de trabajos y obligaciones estaban divididas en tres diferentes clases sociales. Ella pertenecía a la clase naboría[28] y por lo tanto parte de sus obligaciones incluían la plantación y las cosechas de productos para el bienestar de su comunidad.

---

17. yucayeke: villa

18. bagua: mar

19. baba: padre

20. guey: sol

21. gua'kia: nosotros

22. ara': gente

23. cacike: jefe o líder

24. natiaos: hermanos

25. Ke': tierra

26. ki': espíritu de tierra

27. kai: alimentos

28. naboria: clase trabajadora

"Da sembraba jiribia[29]*, batata, y ector*[30] *para el beneficio de mi yucayeke."*

"¿Ustedes sembraban todo eso? Caramba a la verdad que yo no sabía eso."

"Han, ese era el kai principal de los Taínos de Borike'n."

"Yo había oído del casabe, hasta lo he probado, pero de que ustedes sembraban todo eso, no."

"Casabi, ua' casabe, CASABI."

"Ok, ok, casabi. ¿y que más comían ustedes?"

"Casabi, guanime, arepas, qu'emi[31]*, y otras cosas."*

"Usted sabe que todavía nosotros comemos de todo eso, casabi, arepas y guanime."

"Han, da sé."

"Y lo triste es que no sabemos que eso es parte de la herencia Taíno, nadie no los ha dicho nunca, excepto por el casabi."

"Da sé."

Anani pertenecía a aquella clase trabajadora mientras que en las otras tres clases sociales se encontraban los lideres religiosos mejor conocidos como Bohíques. Los nitaínos que eran denominados nobles guerreros y familia principal del Cacike. Y en la tribu de Anani siempre había uno de cada uno. Por último, allí también se podían encontrar al cacike, jefe de la tribu y líder oficial de esta. Aunque existía una jerarquía que se definía por linajes de sangre, la población vivía en armonía y hasta religiosidad. La mujer procedió con su relato mientras que Gonzalo la miraba atentamente tratando de explicarse a sí mismo lo que estaba sucediendo.

"Un taiguey[32] *mi natiao*[33] *regresó al yucayeke después de cazar qu'emi e ir a pescar en el bagua. Cuando llegó fue a buscar a mi baba y a mi bibi*[34]*, pues había visto una piragua*[35] *en el bagua y a unos i'ro*[36] *con la piel de mabuya* [37] *en una canoa."*

---

29. jiribia; sandia

30. ector: maíz

31. qu'emi: conejo.

"¿Piel de mabuya?" -repitió Gonzalo curioso.

"Han, mabuya." -dijo la mujer mirando en dirección del hombre blanco.

"¿Eso fue cuando llegó Col...?"

"Anki[38]*, Guami'Ke'Ni'*[39]*."* -gritó la mujer interrumpiéndolo y parándose inmediatamente, tomando unos pasos de un lado a otro en una muestra de rabia incontrolable.

Luego de escuchar aquel nombre, el semblante de la mujer cambio, de ser uno de tristezas y añoranzas, por un brillo obscuro en sus ojos que reflejaban un odio y una rabia incontenible. Sin tan siquiera un gemido, dejó escapar lagrimas que bajaban por sus mejillas arrugadas rumbo al suelo. Gonzalo la miró con pena y en aquel momento pensó en lo que ésta estaría pensando de aquel fatídico día en que aquel desalmado había llegado a la isla de Borike'n. Anani por su parte lo miró a él y en acto inmediato de orgullo se secó las lágrimas y fijó su mirada en los ojos de Gonzalo antes de resumir su relato.

"Mi baba fue a ver al cacike para decirle acerca de la piragua en el bagua y los i'ro en las canoas. El cacike consultó con el bohiti[40] *y éste propuso hacer un areito*[41] *en el batey*[42] *para consultar a Y'ay'a*[43] *acerca de los arijua*[44]*."*

"¿Y qué pasó después de que le dijeron?" -preguntó Gonzalo.

"Después del areito el cacike y los nitaínos sostuvieron una discusión larga acerca de lo que Y'ay'a había dicho."

"¿Y qué decidieron que harían?"

"Mal interpretaron a Y'ay'a."

"¿Cómo así?"

---

38. anki: persona malvada

39. Guami'Ke'Ni': nombre taíno para Cristóbal Colon

40. bohiti: Shaman, líder espiritual

41. areito: un baile y canto histórico tradicional

42. batey: patio

43. Y'ay'a: el creador o gran espíritu

44. arijua: extranjeros

"Decidieron recibir a los arijua como si fuesen guaitiao[45] y ellos eran solo ari'[46] con un maboya[47]."

Anani explicó que después del areito en el batey el cacike Aymamón y el bohiti habían sostenido un debate extendido de qué hacer con aquellos visitantes. El bohiti estaba en favor de recibirlos como iguales y el cacike se inclinaba por observarlos antes de tomar una decisión final. Después de que el debate terminó sin ser resuelto, se decidieron a esperar al otro día, para ver si A'ay'a les comunicaría sus deseos de una manera más clara.

A través del yucayeke había consternación y un poco de miedo, pues después de todo los únicos extranjeros que visitaban aquel lugar eran los Caniba[48] unos habitantes de las islas adyacentes a la isla Borike'n, los cuales compartían muchos rasgos físicos con los habitantes locales. Éstos invadían los territorios esporádicamente para robar cosechas y secuestrar mujeres del lugar. Además de éstos, ni Anani ni su familia inmediata habían estado en contacto con otras personas que no fuesen de su mismo proceder. Era por esa razón por la cual aquella visita de extranjeros de piel extraña causaba gran preocupación en el lugar. Además, era una cosa muy poco común que el cacike y el bohiti no recibieran instrucciones claras de su dios, pues éstos siempre tenían una decisión definitiva después de un areito.

Un día, después del primer areito, Aymamón envió unos espías a mantener sus ojos en los extranjeros mientras que al mismo tiempo envió emisarios a otros yucayekes para avisarles a los demás acerca de aquel acontecimiento. Mientras tanto en el yucayeke la gente ya hablaba acerca de la indecisión y la incomodidad que les causaba no saber cuáles eran los siguientes pasos que tomar. El cacike convocó a todos al batey y les explicó que por la noche se practicaría otro areito y después del mismo se tomaría una decisión final acerca de lo que se habría de hacer con los extranjeros en las costas de Aymaco.

En la tarde los espías regresaron a reportar lo que habían observado en la costa. Según éstos los visitantes se habían internado un poco en el monte buscando suministros y agua fresca. Aun así, lucían curiosos como si ellos ya supieran que no estaban solos en aquel lugar. Habían plantado unos palos con unos pedazos de tela de colores en la arena y tenían unos dibujos y/o insignias muy extrañas, así como ellos mismos. Además de esto no habían observado nada que pudiera interpretarse como peligroso para la

---

45. guaitiao: amigos

46. ari': invasor

47. maboya: espíritu maligno

48. caniba: Caribes

tribu. El Bohiti tomó esto como una señal de que era seguro recibir a aquellos seres como sus iguales. Por su lado el cacike todavía esperaba una respuesta más clara de su dios.

"En la noche despúes del areito el bohiti convenció al cacike de recibir a los arijua en Aymaco." -continuó Anani.

"¿Eso es en Aguadilla?" - preguntó Gonzalo

"Aymaco, Aymaco- contestó Anani irritada.

"Está bien, está bien. No se moleste."

"Mi baba ua' estaba de acuerdo con el bohiti, pero nada podía hacer."

"¿Y entonces qué hizo?"

"Mi baba y mi bibi estaban nerviosos con la presencia de los arijua y comenzaron a hablar acerca de lo que los preocupaba."

"¿Y usted qué pensaba?"

"Yo era una nana[49] *y no sabía que pensar de todo aquello."*

"¿Pero recuerda lo que pasó?"

"-Han[50]*. ¿quién podría olvidar algo así?"*

Según aquella anciana al próximo día Aymamón y el bohiti se dirigieron al lugar adonde habían desembarcado los extranjeros. Con ellos llevaron alimentos y alguno que otro regalo para dejar claro que no eran enemigos y que deseaban recibirlos en paz. Al llegar a la orilla del océano se encontraron con aquellos extraños cansados y hambrientos. Fue entonces cuando se presentaron y se introdujeron con dificultad, pues los extranjeros hablaban un idioma que ellos no entendían. De todas maneras, éstos aceptaron las provisiones y comieron hasta saciarse del pan de casava, frutas y vegetales que los locales les habían ofrecido. Pero había algo que el cacike no les ofreció y esto era algo que los visitantes obviamente deseaban poseer.

El cacike y el bohiti habían llegado hasta donde se encontraban los visitantes vistiendo ornamentas oficiales y entre todas estas había partes hechas en oro, algo que los extranjeros venían buscando con un deseo desenfrenado. Los visitantes comenzaron a señalar las partes de la ornamenta del

---

49. nana': nena

50. han: sí

cacike en las que ellos estaban interesados. Éste por su parte no le dio mucha importancia al suceso y le comunicó al bohiti sus deseos de recibir a aquellos hombres de piel rara en el yucayeke de Aymaco, para darles un recibimiento oficial.

Los emisarios de Aymaco regresaron al yucayeke y convocaron una reunión comunal para informarles al pueblo que los extranjeros no eran de temer y de que se debería de comenzar preparaciones para recibirlos en el batey como se hacía con otros visitantes de otras tribus. Los locales comenzaron a relajar sus nervios al ver que sus lideres estaban de acuerdo acerca de los extraños visitantes. Al otro día el cacike envió a unos guías que habrían de traer a los representantes de los visitantes a la aldea, mientras que los otros hacían los preparativos finales para recibir a aquellos hombres como se hubiese hecho con otros visitantes en tiempos anteriores. A esta parte de la narración Gonzalo interrumpió y preguntó:

"Espere un momento. ¿no que ustedes pensaron que ellos eran dioses?"

"Wu'a, ara[51]*."* -respondió Anani.

"Es que yo he leído en los libros de historia que..."

"Guata[52]*, ara', ara'."* -dijo la mujer poniéndose de pie molesta con el comentario de Gonzalo.

"Está bien, no se ofenda. ¿y qué pasó en la ceremonia?"

La mujer comenzó a relatar como fue que el gran jefe de los extranjeros había llegado a la villa de Aymaco, y de como el cacike y los nitaínos les habían preparado un recibimiento político como el que se le daba a cualquier emisario de otra tribu. En la reunión los Taínos ofrecieron un areito en honor de los visitantes de piel de espíritu. Éstos a su vez solo observaban a todos alrededor y se les llenaban los ojos de brillo cuando miraban las ornamentas oficiales de la clase alta Taíno. Los demás solo miraban desde las esquinas sin atreverse a interrumpir la ceremonia oficial de lo que el cacike y los nitaínos esperaban fuera el comienzo de una relación política beneficial para ambas partes. En los alrededores de la tribu, los naborias se hablaban entre si expresando desconfianza en lo que estaba sucediendo en el batcy. El padre de Anani era uno de los que más dudas tenían.

"Mi baba no estaba convencido de que los arijua eran buenos." -comentó la anciana.

---

51. ara': gente

52. guata: mentira

"¿Entonces qué hizo?"

"Mi baba y mi bibi se reunieron en el bohío y hablaron de estar preparados para irse de Aymaco a Otoao."

"¿Eso no era peligroso?"

"Ua'."

"¿Y se fueron de inmediato?"

"Ua'."

"¿Por qué no?!bendito sea Dios!, si fuera yo me hubiese ido de una vez."

"Mi baba quería esperar a ver lo que pasaba."

"¿Y su mamá?"

"Mi bibi quería irse de inmediato."

"¿Entonces por qué no se fueron?" -preguntó Gonzalo levantando las manos.

De acuerdo con la mujer luego de que la fiesta de recibimiento había concluido, el cacike le presentó a los extranjeros una canasta llena de frutos y artículos comestibles. Además, adentro de la canasta incluyeron unas ornamentas de oro, a lo que los extranjeros respondieron con gran emoción.

"Una vez vieron el caona [53] *se volvieron locos."* - recordó Anani con pena.

"Eso si lo dicen los libros." -respondió Gonzalo.

"Los libros del akani no cuentan la verdadera historia."

"Eso dice la gente y algunas otras cosas que yo he leído."

"Una cosa es leerlo, fue otra cosa vivirlo..."

Con estas palabras la cara de Anani se arrugó, como si ésta estuviese sintiendo un dolor intenso en su cuerpo envejecido y ese dolor provenía desde el fondo de su alma. Con una mirada agonizante la viejita miró a Gonzalo a la misma vez que se tomaba un respiro profundo, como si se preparase a zambullirse en las aguas turbulentas de un pasado al que ella no quería revisitar si no fuese necesario. Pero ya ella había determinado que era muy importante relatar su historia, aunque le causase un dolor profundo, revivir pesadillas de las que nunca pudo despertar. Gonzalo

---

53. caona: oro amarillo

la miró y comprendió al mirar la profundidad de aquella mirada que la mujer se preparaba a dar un viaje en el que ella no se quería embarcar. Fue entonces que éste trató de evitarle aquel sufrimiento y le dijo:

"No se preocupe señora no me tiene que decir, ya yo entiendo."

"Ua', da tengo que decírtelo."

"No es necesario." -insistió Gonzalo con una mirada de pena en sus ojos.

"Daca Anani, daca Taíno, daca guazabara[54]*."*

"Guazabara, ¿entonces usted era una guerrera?"

"Han, daca guazabara Taíno."

"Ahora me tiene curioso, entonces cuénteme."

"Da guaroco[55]*..."*

Reanudando su relato nuevamente la mujer Taíno explicó que una vez que los extranjeros recibieron aquellas ornamentas de oro, éstos comenzaron a tratar de cambiar varios artículos de los que se les había regalado y los que no parecían tener ningún valor para ellos por aquel mineral metálico. Aymamón se molestó con la actitud de aquellos hombres y les pidió que abandonaran el yucayeke para el poder consultar con los nitaínos acerca de las demandas de los extranjeros. De esta manera los Taínos llevaron a los visitantes de regreso a las playas de adonde los habían encontrado y allí con una gran dificultad les pidieron que esperasen por una respuesta del cacike.

Al día siguiente los extranjeros encontraron el camino de vuelta a Aymaco y esto ocasionó pánico en el lugar. Los Taínos aun no estaban convencidos de las intenciones de aquellos hombres y el cacike se mostró iracundo con la falta de respeto que éstos habían cometido regresando al lugar sin haber sido invitados. De esta manera comenzó la mala voluntad entre aquellas personas. Nuevamente, el cacike envió a sus guías a regresar a los visitantes a la playa y otra vez les ordenó que esperaran por su decisión.

En la noche se convocó una reunión en el batey, y en esta los nitaínos debatían los méritos de las acciones que se habrían de tomar si aquel conflicto cultural no se resolvía de una manera amigable. Los naborías no estaban convencidos de que haber recibido a los extranjeros era algo prudente y

---

54. guazabara: guerra o guerrero

55. guaroco: el recuerdo o conocer

expresaron su desagrado con aquella decisión. La madre de Anani fue una de las más vocales expresando su preocupación.

"Los akani cargan con maboya en los ojos." - dijo la mujer con una mirada de consternación en su rostro.

"Uara' ua' sabes eso." -dijo el bohiti con una mirada de sorpresa en el rostro.

"Da, han sé." -respondió la madre de Anani.

"Y'ay'a ua' se equivoca, uara' estás equivocada."

"Li arijua, ua' Taíno, arijua." -repitió la mujer.

"Wu'a hay más discusión." -enfatizó el bohiti irritado por la insistencia de aquella mujer naboria.

Aymamón por su parte aun dudaba de haber tomado una decisión prudente. Por esta razón envió sus mensajeros oficiales a las diferentes tribus de Borike'n para avisarles a sus compueblanos acerca de aquellos visitantes de color extraño. Envió a su mensajero más rápido a avisarle al cacike Agüeybana. Después hundido en aquel pensamiento perdió las nociones de lugar y tiempo. Al cabo de unos minutos de ardua discusión entre el bohiti y aquella naboria, los dos se dirigieron a éste como para clarificar de lo que serían los siguientes pasos por seguir. El cacike los miró sorprendido, pues en medio de su pensar se había perdido aquel dialogo hostil que las dos personas habían sostenido en su presencia. Entonces decidió consultar a su dios en la soledad.

"Da y bohiti iremos al kur'[56] *a consultar a Y'ay'a más de cerca."* -decidió Aymamón desde su dujo[57].

"¿Y gua'kia?" -preguntaron algunos Taínos consternados por la falta de información.

"Esperen por la decisión de Y'ay'a." -respondió Aymamón.

Ya con sus mensajeros despachados a lugares como Otoao, Turabo, Abacoa, Daguao y otros yucayekes de Borike'n; Aymamón y el bohiti de Aymaco se dirigieron al lugar de adoración buscando una respuesta definitiva de su dios. Mientras tanto en la playa los extranjeros ya llenos de deseos por el oro que podrían encontrar desarrollaban un plan a seguir si sus demandas por el metal no eran cumplidas. Después de todo era la segunda vez que

---

56. kur': lugar o templo sagrado

57. dujo: asiento ceremonial

se encontraban con estas gentes y en su primera parada en la isla de Haití ya habían causado estragos en la población. El almirante en la cabina de su barco ya se hacía ideas de la grandeza que habría de obtener si lograba robarse todo el oro de aquel lugar al que él en su poder de hombre lleno de mierdas había nombrado San Juan Bautista, en honor a un santo de su religión la cual usarían en los siguientes días para cometer crímenes inexcusables en contra de aquella gente nativa.

Por su parte la madre de Anani no estaba dispuesta a esperar por una repuesta de los dioses. Por esta razón espero al anochecer para empacar lo que pudo y preparar a sus hijos a un viaje al interior de la isla adonde estarían distanciados de aquellos hombres que le causaban un terror que ella nunca había sentido, ni aun cuando los caniba invadían los yuacayekes en busca de mujeres y niñas. Anani con apenas unos doce años aun no comprendía las implicaciones de aquellas acciones que su mamá estaba tomando.

"Bibi estaba tan zinato[58]*."* -recordó Anani con tristeza en sus ojos.

"¿Y se fueron monte adentro esa noche?" - preguntó Gonzalo.

"Han esa misma noche."

"¿Y adonde iban?"

"Al yukayeke de Otoao."

"¿Y su papá?"

"Li se quedó en Aymaco."

"¿Y qué pasó?"

"Esa fue la última vez que li vi." - dijo Anani volviendo a dejar que una lagrima se le escapara de sus ojos.

"Perdone no quería molestarla." -dijo Gonzalo con una gran pena en su voz.

"Mi baba tenía ri[59]*."* -contestó la mujer con resolución.

"Ya yo veo. Yo me hubiese ido más rápido que ligero."

"Ua' mi baba, li era ri."

---

58. zinato: irritado

59. ri: valiente, valor bravo espíritu

"¿Y usted se enteró de lo que pasó con él?"

"Han."

Después de haber empacado sus pocas pertenencias, la familia de Anani se marchó bajo el telón de la obscuridad por los caminos menos usados por los habitantes nativos. Lo único que preocupa a la madre era la posibilidad de encontrar a los caniba en uno de estos y de ser secuestrada junto con su única hija. Aun así, el miedo a los extranjeros de piel clara era más grande que el que ella le tenía a aquellos sus enemigos mortales. Fue de esta manera que la familia que consistía en la mujer, dos hijos menores y su hija mayor comenzaron aquella incursión que los llevaría al yucayeke de Otoao. Ya a mitad de camino, la mala suerte los atrapó y en aquel camino encontraron a los Caniba, solo que esta vez no fueron atacadas, ni llevadas a la fuerza, sino que fueron invitadas a una reunión con el líder de aquellos.

"Espere, entonces ustedes se encontraron con los caribes en el camino y ellos no los lastimaron."

"Ua', ya gua'kia ua' éramos sus akanis principales."

"¿Por qué no?"

"Li sabían que los arijua eran akani y que Aymaco estaba en peligro."

"¿Y cómo ellos ya sabían eso?"

A esta pregunta Anani guardo silencio y miró alrededor como para tratar de huir de sus propios pensamientos y las palabras que habrían de salir de su boca para contestar la misma. Gonzalo la miraba y sin saber porque experimentaba un gran sentido de culpas de los cuales no podía escaparse. Por un lado, entendía que aquella pobre mujer estaba reviviendo los horrores más dolorosos de su vida y eso le causaba pena, pero por otro lado el relato era algo que él nunca había escuchado acerca de su propia historia y la curiosidad lo inundaba como se inunda un barco con hoyos en el fondo. Anani por su parte estaba decidida a no dejar pasar aquella oportunidad de relatar su historia como la había vivido. Entonces respiró profundo antes de decir las siguientes palabras:

"Da baba, da arocoel[60], da aracoel[61], bara[62] esa noche." -pronunció Anani con una profunda tristeza.

---

60. arocoel: abuelo

61. aracoel: abuela

62. bara: matar o muerte

"Murieron esa noche; ¿y cómo?" -preguntó Gonzalo curioso.

"Akani los bara a todos."

"¿Y cómo sabes que murieron esa noche?"

"Los caniba ya sabían de Haití y los akani. Li también sabían de Aymaco, pues tenían espías en el lugar. Li nos dijeron que..." - dijo la anciana tomándose una pausa.

"¿Qué le dijeron?" - preguntó Gonzalo intrigado.

De acuerdo con la versión de los caniba, en la noche anterior mientras Aymamón se encontraba consultando a los dioses y la familia de Anani viajaba por los caminos del monte, los extranjeros habían regresado a Aymaco borrachos de ambición con su almirante. Al entrar de lleno en el batey demandaron una reunión con el cacike ausente, pero la falta de familiaridad del lenguaje causó confusión y enojos de ambas partes. Los habitantes del lugar exigieron a los extranjeros que abandonasen el lugar de inmediato y éstos se rehusaron. Después de unos minutos intensos, dos de los invasores tomaron a una pareja de ancianos como rehenes y decretaron sus deseos de ser tratados como se lo merecían. Los nativos se enardecieron al mirar esto y comenzaron a rodear a aquellos individuos. Luego de unos gritos y amagos los invasores obligaron a los dos viejos a arrodillarse frente de ellos y los ejecutaron como a dos animales salvajes.

Al terminar esa parte de su relato Anani miró hacia abajo para esconder sus lágrimas de la mirada consternada de Gonzalo, al mismo tiempo que apretaba los puños de sus viejas manos en una muestra de una rabia reprimida a través de los tiempos. La mujer calló por unos minutos tratando de recomponerse de aquella travesía que era el recordar algo como aquello. Gonzalo por su parte se mantuvo en silencio por miedo de añadirle más dolor a aquella anciana que experimentaba una crisis emocional delante de sus propios ojos. Dejándose llevar por sentimientos de ira miró al otro lado de la fogata adonde estaba sentado el hombre que Anani llamaba akani. De repente escuchó a la mujer musitar las siguientes palabras:

"Da[63] arocoel, da aracoel." - dijo la mujer con más lagrimas bajándole por su rostro antes de caer al suelo de rodillas, pero sin llorar abiertamente.

"¿Sus abuelos?" - preguntó Gonzalo sorprendido.

"Han y da baba también." - contestó la mujer.

"¿Está usted segura?" - volvió a preguntar el hombre.

---

63. da: yo, mi

"Han, estoy segura." - reitero Anani con su mirada triste aún.

"¿Y cómo usted sabe que eran ellos?"

"Todos los ancianos de da yucayeke fueron bara en el medio del batey esa noche."

"¿Mataron a todos los viejos del pueblo?"

"Han, a todos, incluyendo a da aracoel y da aracoel."

Gonzalo sintió su sangre calentándose dentro de sus venas y se puso de pie de inmediato. Miró al hombre sentado al frente de la fogata y sintió unos intensos deseos de ir al frente de éste y matarlo como se lo merecía, pues de solo pensar en lo que él hubiera hecho si alguien hubiese lastimado a su abuelito Paulino, le causaba escalofríos de un odio incontrolable. Y por, sobre todo, lo más que ofendía su dignidad humana era la imagen de su abuela paterna Balbina, una mujer con ojos de sufrimiento, la cual compartía varios rasgos físicos con Anani, pues ésta era de piel cobriza, baja en estatura y poseía un cabello negro que los años no pudieron cambiar con el paso del tiempo. La figura de su abuela atacaba los pensamientos de Gonzalo, y en ella identificaba la indignación del abuso y las catástrofes del desosiego, empujándolo más y más a un choque violento con un hombre al que nunca había visto anteriormente. La sangre se le hervía provocándole un calor asesino que nunca había experimentado en su vida. El hombre sentado frente al fuego miró en su dirección y le ofreció una leve sonrisa pícara, lo cual él interpretó como una burla. Entonces Gonzalo se levantó y comenzó a gritar obscenidades en dirección a aquel individuo:

"Hijo de la gran puta, desgraciado, a que te parto la cara, cabrón de mierda, abusador. Debería de matarte como a un cerdo, degollarte delante de estas mujeres..."

Enardecido por causa de la injusticia, reaccionó violentamente ante aquella anciana. Esto era algo que heredaba de su papá Rafael, él cual se tornaba violento frente a los abusos y las injusticias. Gonzalo sentía deseos de hacer algo violento para dejar escapar aquel coraje que experimentaba pensando en lo que Anani había sufrido cuando apenas era una adolescente. Ésta por su parte miraba al hombre perder su control de una manera que ella no lo hubiese hecho nunca. Entonces puso su mano en una de las piernas de Gonzalo; y éste se calmó inmediatamente al sentir aquel toque espiritual. No sabía porque, pero aquel contacto con los dedos de la vieja mujer le produjo una calma casi angelical, como si ella poseyera un analgésico en sus dedos. Algo como esto él no había sentido desde mucho tiempo. Así fue como se sentó otra vez al frente de la mujer, esperando que ésta resumiera su relato. Entonces la miró a los ojos y aunque en ellos, él podía ver el sufrimiento, también podía ver determinación. Anani lo miró y dijo con resignación:

"Calma, guazabara sin calma es guazabara muerto."

"¿Calma y cómo con tan gran abuso, no joda?" - respondió Gonzalo indignado.

"Da mantuve la calma para luego vengar a da familia."

"Yo no podría, yo los mataría a todos si tuviera la oportunidad." - dijo Gonzalo con su rabia ya un poco calmada.

"Han ua' tienes calma, mueres antes de poder hacer algo."

"Yo lo hubiese hecho, aunque me mataran como a un perro."

"Da, bara akani por mucho tiempo, da tuve calma y da oportunidad de venganza."

Anani aun luciendo su pesar en los ojos le relato a Gonzalo lo que había escuchado de los caniba acerca de la noche que le había puesto final a su manera de vivir. Según el relato durante esa noche masacraron a la mayor parte de los hombres del lugar y violaron a muchas de las mujeres y niños. El crimen fue tan grande que, hasta algunos niños, niñas y todos los ancianos de Aymaco habían sucumbido durante la noche. Cuando llegó la mañana ya el yucayeke de Aymaco estaba bajo el control de los invasores y no dejaban dudas de su maldad, pues la forma que habían dispuesto de los Taínos en la noche anterior fue algo tan macabro que los mismos caniba lo encontraron muy inhumano. Fue en ese momento en que Anani pasó a formar parte de una tribu caniba adonde ésta se desarrollaría como una de las guerreras más valientes y astutas que se hubiese visto en la isla de Borike'n. Por su parte su mamá y sus hermanos continuaron su viaje a otro yucayeke, esta vez escoltados por unos caniba.

"¿Entonces se quedaron con los caniba?" -preguntó Gonzalo.

"Mi bibi se quedó por un día, pero luego se fue con mis natiaos al yucayeke de Turabo. Da me quede con li."

"El Turabo, ¿No que iban a Otoao?"

"Han, pero estaba muy cerca de Aymaco y ua' era buena idea quedarse allí."

"¿Y usted que hizo?"

"Da me quedé con los caniba."

"¿Por qué no se fue con su mamá?"

"Da quería vengarme por da baba, da aracoal, da aracoel y mis natiao. Desde ese momento da solo quería venganza, nada más sería suficiente."

"¿Qué pasó después? ¿qué hizo?"

Anani continuó su historia narrando que había escuchado que Aymamón se encontraba en su viaje de regreso cuando le llegó la noticia. Éste se llenó de ira y se dispuso a regresar a Aymaco con los pocos hombres que lo habían acompañado en el viaje a disponer de aquellos invasores. Los nitaínos expresaron preocupación con la decisión del cacique y luego de una ardua conversación con éste, lo convencieron de esperar un poco para darles un tiempo para avisarles a Agüeybana acerca de lo que había trascurrido en la noche anterior. Por su parte ellos habrían de esperar una respuesta del gran cacique antes de tomar una decisión definitiva. Esta espera no duro mucho, pues sus mensajeros regresaron con la noticia de que Agüeybana, ya estaba enterado de la masacre en Aymaco. Según el mensaje, el gran cacique había convocado una reunión de emergencia para lidiar con los invasores de manera definitiva.

Al cabo de unos días Agüeybana, ya tenía a sus espías observando el movimiento de los invasores en el yucayeke de Aymaco. Así era como cada día éstos regresaban con historias de los sobrevivientes sufriendo bajo el látigo y los abusos de aquellos hombres. Una cosa prevalente era la manera en que el gran jefe de los invasores se servía de violar a las jovencitas Taíno que habían sobrevivido la masacre inicial. Los mensajeros expresaban grandes deseos de poder matar a los invasores sin mucha espera, pues sus mujeres, sus hijos e hijas estaban siendo abusados por aquellos monstruos y ellos no podían aguantar más aquel abuso. Agüeybana, por su parte buscaba el mejor momento de un ataque sorpresa y ya había ordenado el reclutamiento de los guerreros más jóvenes de Borike'n para armar la ofensiva de su gente.

Gonzalo escuchaba la historia con un poco de esperanza de que aquella ofensiva terminara en una victoria para la gente de Anani, sin percatarse de que aquella historia él la conocía más o menos a través de las mentiras que le habían enseñado a creer en sus clases de estudios sociales. Una historia curada de pecados y de las atrocidades cometidas por gente a la que le habían enseñado a admirar, omitiendo sus crímenes más atroces y enfocando a todos en una realidad que nunca existió. Anani compungida por el recuerdo observaba en aquel hombre las mismas esperanzas que ella sintió al escuchar que Agüeybana, se dirigía al yucayeke de Aymaco a rectificar la situación causada por los invasores. Entonces se mantuvo en silencio por unos momentos como para darse los ánimos de recordar la versión de los hechos que había sido eliminada de los documentos oficiales del gobierno de los colonizadores. Gonzalo la miró de frente con una de esas miradas que hace una pregunta sin que la persona abra la boca. La anciana por su parte respiraba profundamente con un pesar eterno y al mirar a aquel hombre esperando por sus palabras, se resignó a la idea de revivir la pesadilla de aquella invasión una vez más.

"¿Uara' quieres saber más?" - dijo la mujer mirando a Gonzalo a los ojos.

"Si por favor." - respondió el hombre con el brillo de la esperanza en sus ojos.

"Uara' ya sabes cómo terminó todo."

"Solo sé lo que me enseñaron en la escuela que por lo que veo no fue nada."

"¿Qué te enseñaron?"

"Que fue una batalla corta y que los españoles ganaron fácilmente, pues sus armas eran superiores."

"¡Han es verdad! Los akani ganaron, pero no fueron sus armas solamente, sino que también sus enfermedades extrañas."

"Enfermedades que trajeron de su país. ¿entonces qué pasó?"

"Muchos Taínos se enfermaron y murieron de esa forma."

"Entonces no fue una batalla tan fácil y corta como no los pintaron?"

"¡Wu'a! La batalla fue corta, pero el horror fue largo..." -dijo Anani con resignación.

"¿Qué fue lo que sucedió realmente?"

"Los akani tenían armas que escupían fuego, enfermedades que causaban bara y los Taínos ua' eran guazabara, aun así..."

La mujer continúo relatando como fue aquel primer encuentro violento entre la gente nativa y los invasores de piel clara. Según aquel relato después de que los invasores masacraron a la mayor parte de su pueblo, las fuerzas de Agüeybana, rodearon el territorio de Aymaco y esperaron el anochecer para iniciar su ofensiva. Durante todo el día observaron a los invasores golpear a los pocos sobrevivientes de su primer ataque y los forzaron a llevarlos a diferentes puntos en busca de oro y cualquier otra cosa de valor. Por su parte el gran jefe de los akani disfrutaba de las jovencitas Taíno que le traían a su bohío para su uso personal. Este individuo coronado de su propia santidad violaba a aquellas muchachas y luego las entregaba a sus hombres para que éstos disfrutaran de aquellos cuerpos jóvenes que su dios les había proveído. Los hombres nativos por su parte se encontraban amarrados como animales y en una de las esquinas del yucayeke se encontraban las cenizas de las llamas en las que habían quemado a los viejos y niños que habían masacrado. Entre ellos estaban los abuelos de Anani.

Al llegar la noche, los nativos estaban enardecidos de la rabia, y solo esperaban una oportunidad de vengarse de aquellas atrocidades. Y fue así como cuando Agüeybana, dio la autorización que iniciaría la guerra, sus hombres corrieron en dirección de la aldea con todas las intenciones de devolverles a aquellos hombres el horror y la maldad que ellos mismos habían traído. La batalla comenzó bajo el brillo de las estrellas y en aquella noche murieron muchos Taínos además de una cantidad de invasores. Al acabar la noche y bajo el cielo de la mañana, no había ganador alguno y las fuerzas de Agüeybana, se retiraron a planificar su segundo ataque. Según Anani el cacike de Aymaco, Aymamón, fue uno de los muchos que pereció aquella noche en busca de una venganza que nunca alcanzaría.

"La atabey[64]*..."* -dijo Anani antes de detenerse conmocionada.

"¿Cómo fue?" -preguntó Gonzalo con preocupación como si su pensar pudiera cambiar el pasado.

"Guara[65] *estaba ita*[66] *de moin*[67]*."* - dijo la anciana estrujándose los ojos como para tratar de borrar aquella imagen que todavía residía en su mente desde que observó en la distancia los daños en su barrio.

"¿Mucha sangre?" - preguntó Gonzalo con una nerviosa curiosidad.

"Al bajucu'[68] *todo el yucayaque estaba ita con la moin de los akani y los Taínos."*

"¿Cuánta gente murió en esa batalla?"

"Casi todos los BOricu'a[69] *de Aymaco y bastantes akani se encontraban en el batey bara."*

"¿Y qué pasó luego de que terminó ese día?"

---

64. atabey: la madre tierra

65. guara: el sitio

66. ita: rojo

67. moin: sangre

68. bajucu': alba, luz del amanecer

69. BOricu'a: la gente valiente de la casa sacreda

"El jefe akani los junto en una esquina e hizo un guatu con los cuerpos."

"¿Prendieron en fuego a los muertos?" -preguntó Gonzalo sorprendido.

"El yucayeke se llenó de humo que olía a bara..."

De repente una duda atacó al hombre y éste observó a la mujer envejecida antes de preguntarle acerca de algo que lo inquietaba desde que comenzó aquel horroroso relato.

"Un momento, yo me acuerdo de que en los libros de historia dice que Agüeybana, fue el que mandó a ahogar a un muchacho inocente que quería cruzar un rio sin mojarse, para ver si éste era un dios de verdad o no. Y luego se quedaron observándolo por tres días a ver si él resucitaba. ¿usted qué sabe acerca de eso?"

Anani lo miró incrédula como si éste no hubiese estado escuchando lo que ella le estaba relatando por las últimas horas. Entonces se paró y miró a Gonzalo de frente antes de decir:

"Ocama[70] da ua' estoy aquí para mentirte."

Al mirar a la mujer ofendida por su inquisición Gonzalo se disculpó y le pidió a ésta que continuase su relato a la vez que le decía que él solo estaba tratando de balancear las mentiras que se le habían enseñado desde su niñez con la historia que ella le estaba contando. Anani entendió el punto que él estaba haciendo y se volvió a sentar. Luego miró a Gonzalo a los ojos y mencionó un nombre que éste había escuchado muchas veces en su vida de estudiante:

"Diego Salcedo era otro Akani más de los que llegó a esta isla, lleno de boya."

"¿Entonces usted sabe acerca de Diego Salcedo?" -inquirió Gonzalo sorprendido y emocionado a la vez por la curiosidad.

"Han li[71] conocí cuando andaba con los caniba."

"¿Y cómo fue que pasó eso?"

---

70. ocama: oye

71. li: él, lo, ellos

"Este akani había enviado a dos guali[72] de Aymaco a cazarle una iguaca[73] en el jiba[74]."

"¿Iguaca es una cotorra verdad?"

"Han. Y cuando los guali regresaron con la iguaca, éste los bara, pues li solo quería la iguaca."

"¿Cómo qué mató a los niños?"

-Salcedo era otro akani más, otro asesino más."

"¿Entonces como usted lo conoció, escuchó esta historia de los caniba?"

"¡Wu'a! Esa fue la primera vez que da bara a un akani, da solo era una nana."

"Espere, espere. ¿fue usted la que mató a Salcedo?"

"Han fui da."

"¿Dígame cómo fue que lo mató?"

"Li iba cruzando un ama[75] y da lo herí con una flecha hecha por los caniba."

"¿Una flecha envenenada?"

"¡Han! Li estaba derramando moin en el ni[76] y da fui y le corté el cuello." -dijo Anani con una mirada de absoluto odio en sus ojos mientras se le dibujaba una leve sonrisa de satisfacción en su rostro.

"¿Entonces lo degolló como a un cerdo?" -dijo Gonzalo con una mirada de admiración.

"Han, eso era lo que se merecía por bara a los guali de da yucayeke." -respondió Anani con una mirada llena de vindicación.

"-Lo que yo no entiendo es, ¿por qué lo pusieron en los libros de historia como una simple víctima del momento? -preguntó Gonzalo en voz alta.

---

72. guali: niño

73. iguaca: cotorra verde.

74. jiba: monte o bosque

75. ama: rio, cuerpo de agua

76. ni: agua

"Si uara' hubieses llegado a un guara y hubieses bara a toda la ara'[77] sin razón; ¿lo hubieras escrito en algún lado?" - preguntó Anani de una manera sarcástica.

"¡No! Jamás en la vida, la verdad que no se lo hubiese mencionado a nadie."

"Eso fue lo que los arijua hicieron, usaron a este asesino para esconder sus crímenes."

"¿Pero por qué a ese infeliz?"

"Da ita[78]."

"Caramba a la verdad que esto está difícil de creer."

"Los akani son los que guata[79] Da ua'[80] guata." -dijo Anani levantando un poco la voz.

"Yo no dije eso, por favor no me mal interprete."

Aun envuelto en el regocijo de la admiración, Gonzalo no dejaba de pensar en las palabras de Anani: *"Yo maté a Diego Salcedo."* Y por esa razón se le llenaba la cabeza de más y más preguntas; y alguna que otra duda. *¿Por qué a ese individuo se le había exaltado a una posición de víctima inocente?, ¿Por qué el atroz comportamiento de los españoles?, ¿Por qué Anani estaba en el medio de todo?* Y nuevamente se le repetían las palabras de la anciana: *"Han uara' hubieses llegado a un guara y hubieses bara a toda la ara' sin razón; ¿Lo hubieras escrito en algún lado?"* Estuvo sumido en aquellos pensamientos por un rato largo y por primera vez en su vida, se arrepintió de no haber aprendido más de la historia arreglada que le trataron de enseñar en la escuela. Pues allí frente a él estaba sentada una persona que había sido testigo de las tantas verdades acerca de las cuales se le había mentido toda la vida. Y a la que podía hacerle un sin número de preguntas para disipar sus dudas. Solo que él no conocía ni tan siquiera la mitad de las mentiras oficiales.

A unos pies de éste y con las llamas de la fogata alumbrándole su rostro Anani todavía lucía triste, pero con una mirada de dignidad absoluta. Ella también observaba a Gonzalo mientras se hacía sus propias preguntas: *¿Por*

---

77. ara': gente

78. da ita': yo no sé

79. guata: mentira, mentiroso

80. ua': no

qué éste no es como los demás?, ¿estará buscando lo mismo?, ¿comprenderá el motivo de este encuentro?, ¿esto cambiará algo? De esta manera hubo unos momentos de silencio entre aquellos dos seres que llevaban unas horas resolviendo los conflictos entre las mentiras aprendidas y las verdades absolutas. Eventualmente, Gonzalo salió de aquel trance en el que se encontraba y miró a la mujer Taíno antes de decir:

"La verdad es que es un honor haberle conocido."

"¿Por qué es un honor?" - preguntó Anani curiosa.

"Porque yo siempre dude de lo que los libros de historia me decían." - respondió Gonzalo.

"Li que gana la guazabara escribe la historia con todas las guata que quiere."

"¡Y que muchas mentiras escribieron en sus libros!"

"Los Akani tienen mala boya, solo le importa el caona."

"Ya veo."

"Wu'a, uara no lo viste. Verlo fue otra cosa." - dijo la anciana a la vez que se le engrifaban los bellos de las manos, antes de resumir su relato:

"Después de aquella primera batalla, el olor a bara se dispersaba por el aire mezclado con el humo del guatu' adonde quemaron a mis natiao."

La mujer continúo relatando como por los días siguientes los invasores levantaron puestos de seguridad alrededor del yucayeke de Aymaco. Luego tomaron cortas incursiones adentro de la maleza armados fuertemente con sus armas que escupían fuego, y en grupos de dos o más. Los Taínos por su parte se reagruparon en los alrededores que bordeaban el lugar para planificar un segundo ataque. Aun así, éstos comprendían que el poder del armamento invasor era superior al de ellos, por lo que muchos expresaron dudas de poder ganar aquel conflicto.

Durante los próximos días, Agüeybana envió mensajeros a todos los territorios controlados por los Taínos para anunciar la llegada de los invasores y advirtiendo acerca del contacto directo con estos peligrosos visitantes. Era recomendable evitar ser visto por ellos y además de eso, le notificaba a su gente de su nueva alianza con los caniba, sus enemigos más odiados hasta aquel momento. También instruyó a los caciques de las diferentes regiones a aprender de las tácticas que sus antiguos enemigos estaban dispuestos a enseñarles, pues en aquel momento la sobrevivencia de los dos grupos estaba en juego. Por su parte los invasores, guiados por su almirante comenzaron a hacer incursiones de reconocimiento en Borike'n, aunque se limitaron a no adentrarse muy adentro de la selva mientras esperaban por refuerzos que habrían de llegar de las costas adyacentes. Luego de que trascurriesen unos días, el almirante ya tenía una gran parte de la zona alrededor de Aymaco marcada en un mapa rustico de geografía.

Anani por su parte continuó aprendiendo las tácticas de guerra que le enseñaban los caniba, a los que ya ésta pertenecía por necesidad. En su mente solo habitaba un pensamiento, la venganza; y ésta se convertiría en el combustible que la empujaría por el resto de sus días. Desde el principio de aquel entrenamiento, la niña se mostró apta para las artes de guerra, pues su sagacidad para el arte de matar no tenía comparación. Se podía decir que era una natural para cualquier tipo de combate. Ya fuera a distancia con una flecha disparada desde el anonimato de una guarida escondida, de cerca con algún arma cortante o en medio de una emboscada, Anani era una guerrera a la que se le tenía que temer, aunque solo contaba con unos doce años. Esto fue algo obvio para todos los que presenciaron su desempeño durante su primera misión en la que fue a matar a un invasor quien había asesinado a dos niños de su yucayeke de Aymaco, después de haberlos enviado a cazarle una cotorra. Después de que ésta completó aquella misión de una manera asombrosa, los caniba continuaron seleccionándola para otras misiones en las que el objetivo era el mismo, eliminar a la mayor cantidad de invasores posible. Con el pasar de los meses la muchacha comprobó lo que ya todos sospechaban, ella era una guazabara BOricu'a, cuyas hazañas la convertirían en una leyenda viva para su gente y en un rumor que causaba horror en los corazones sus enemigos.

Por su parte, Agüeybana, continuó preparando su segundo ataque directo a los invasores que aun ocupaban al yucayeke de Aymaco. Éste convocó a sus súbditos más leales a un areito en el yucayeke de Otoao buscando obtener claridad acerca de los pasos que debería de tomar. Luego de unos días de intensos debates entre el cacike y sus nitaínos, éste se disponía a atacar los invasores cuando recibió un mensaje que habría de cambiar la historia. El mensaje enviado por el cacike mayor de sus enemigos mortales, los caniba, le pedía a Agüeybana una audiencia, algo que nunca se hubiese podido imaginar aquel cacike BOricu'a. Fue en esa ocasión que el cacike caniba le informó a Agüeybana acerca de la situación en Haití, donde los invasores ya habían masacrado a gran parte del pueblo; y los Taínos que sobrevivieron aquella primera masacre, se convirtieron en la mano de obra forzada para construir las viviendas de los invasores. Por esta razón, tendrían que proceder con mucho cuidado, ya que los invasores poseían mejores armas de guerra y también traían con ellos enfermedades raras capaces de matar al guerrero más fuerte.

Esta última información acerca de la isla vecina de Haití les puso frenos a los planes del gran cacike, quien solo deseaba deshacerse de aquellos malvados invasores lo más pronto posible. Aun así, éste y su antiguo enemigo comprendían que una guerra era inevitable, en lo que no podían ponerse de acuerdo era en el modo de proseguir, pues ya los invasores habían dado a conocer su verdadero espíritu. Como para comprobar que el problema era tan grande ahora tenía a él gran cacique de sus enemigos mortales ofreciéndole ayuda, algo que unas semanas antes era imposible de pensar. De esta manera se formó aquella alianza de necesidad por la sobrevivencia y los caniba comenzaron a entrenar a sus enemigos en el uso de las tácticas de guerra que a través de muchos años habían usado en contra de ellos mismos. Así pasaron unos días que se sentían interminables para los dos grupos ansiosos poder defender su manera de vivir. Ya para esos días Anani participaba en operaciones clandestinas como de manera rutinaria.

"Algunas veces nos escondíamos en el monte para esperar a los akani."

"¿A esperarlos?"

"Han, li iban a buscar suministros y a explorar el guara."

"¿Y ustedes los estaban vigilando?"

"Han, cada hora del día."

"¿Entonces?"

"Los íbamos eliminando poco a poco."

"¿Y Cómo?"

"Flechas envenenadas, disparadas desde un lugar escondido, li no sabían de dónde venía su bara."

"¿Así solamente?"

"Ua' de muchas otras formas también."

"¿Qué otras cosas hicieron para matar a esos asesinos?"

"Unas veces dejábamos un poco de caona en un lugar visible para que algún akani se parara a recogerlo. Sabíamos que esto les causaba faltas en sus juicios y se distraían con la ambición."

"¿Y entonces qué?"

"Le cortábamos la cabeza y la dejábamos enganchadas en un palo para que los otros akani la vieran."

"¡Qué barbaridad matar a alguien así!"

"Ua', eso es venganza." -dijo la mujer con un poco de indignación por el comentario.

"Pero debe de admitir que suena un poco bárbaro." -razonó Gonzalo.

"Bárbaro es bara a un guali por una iguaca, bárbaro es bara a los viejos, bárbaro es violar a mujeres, niñas, niños." -dijo Anani poniéndose de pie, enfurecida por la insistencia de Gonzalo de llamar aquellas acciones barbaridades.

"¡Perdone, perdone!" -dijo Gonzalo un poco sorprendido por aquella reacción.

"Da solo digo la verdad."

Anani procedió con su relato explicando acerca de las tácticas que se usaban para tratar de contrarrestar el fuerte armamento europeo. Con cada batalla y más muerte se comenzó a ver menos y menos Taínos y canibas en el área. Con el paso del tiempo y ya con casi todos sus guerreros muertos los Taínos decidieron rendirse para salvar la poca gente que quedaba. A unos años de la llegada de los extranjeros ya todos los yucayekes estaban bajo su control.

Los europeos por su parte hicieron un ejemplo de los guerreros más fuertes como lo habían hecho en sus otros lugares de conquista. Aun así, el guerrero más buscado no fue encontrado. Ese guerrero era como un rumor, pues nadie lo había visto, pero todo el mundo le temía. Éste poseía gran parte de la imaginación del pueblo, que aún no se podía explicar cómo alguien podría ser tan eficaz en el arte de evadir las trampas que los europeos diseñaron para capturarlo. Los rumores decían que era un hombre Taíno, descendiente de un gran cacique del pasado, que aterrorizaba a los soldados, pues era responsable de muchas bajas en sus rangos y dondequiera que mataba dejaba una piedrita como su signo de identificación. El hombre pasó a ser conocido por los europeos como el fantasma de los montes, pues ningún extranjero que lo había visto venir más de unos segundos; porque el desdichado que lo vio venir no volvió a ver nada más. De manera que, con toda la isla bajo su control, todavía había un espíritu que los invasores no lograban domar y el cual causaba pánico entre los rangos españoles.

"Año tras año más de mi ara' bara a manos de los akani. Mis guatiaos BOricu'a, mis compañeros caniba. Con cada noche de taicaraya, menos quedaba de mi ara'. Aun así, continúe la guazabara y me convertí en la persona más buscada de la isla. Con el pasar del tiempo, da me había aprendido la localización de cada cueva, cada paso de agua y cada kur' adonde esconderme. Nunca dormí dos noches en la misma área. Habían pasado trece años y ya casi no había nadie que da conociera, mis guatiaos habían muerto de la mano de los akani y los que ua' se fueron a las montañas más altas como el yunque y tiraron a sus gualis antes de tirarse li." -continuó Anani diciéndole a Gonzalo.

"¿Entonces cometieron suicidio?" - preguntó Gonzalo con curiosidad

"Ua' solo encontraron su libertad." - respondió Anani, sin ni tan siquiera tomarse una pausa para analizar lo que decía.

"Suicidarse no es libertad, eso no está bien." -comentó Gonzalo con firmeza.

"Han uara vivido un día bajo el yugo y el látigo de los akani, la bara era tu mejor opción." - recalcó Anani con resignación.

"¿Así de mal era la situación?"

"Han, los horrores que cometieron son algo de li que no quisiera tener memoria."

"¿A usted no le pasó lo mismo? usted sobrevivió."

"Ua' porque da tuve suerte."

"¿Como que tuvo suerte?"

"Da conocía el guara mejor que nadie y eso me ayudó a permanecer con vida."

"¿Y cómo le hizo para evitar ser atrapada?"

Anani le explicó a Gonzalo su manera y sus reglas de lo que hacer y no mientras evadía a los soldados extranjeros que buscaban la recompensa por cazar al fantasma de los montes y continuaba sus incursiones de asesinatos clandestinos.

"Me escondí en los montes y las cuevas menos conocidas de Borike'n." - explicó la mujer.

"¿Por cuánto tiempo se escondía?"

"No mucho, salía de noche bara un akani y volvía para atrás en buenas noches bara dos o tres akani, Antes de irme a otro lugar." - dijo la mujer sin que su cara enseñara ninguna expresión de remordimiento por lo que decía.

"¿Pero por cuánto tiempo hizo eso?"

"Es lo único de lo que me roco, da misión era vengarme de los Akani."

"¿Y a cuántos cree que mató?"

"Da ita', los akani y estaban choretos [81] en Borike'n."

---

81. choretos: en abundancia.

"Nunca terminó con su misión."

"Ua'."

"¿Y entonces qué pasó?"

"Da ita', una noche desperté aquí."

"¿La agarraron y la mataron también?"

"Ua', da guazábara inteligente."

"Yo le creo, eso es increíble."

"Aun así, da perdí todos mis natiaos, toda mi ara' en menos de veinte años solo quedaba da y ya no veía a nadie más."

"Yo leí un libro en el 1508 ya solo quedaban ocho Taínos en Puerto Rico."

"Había más, pero estaban escondidos por todos los lados."

"¿Y cómo usted sabe eso?"

"Da no fui contada, ni muchos otros que encontré mientras bara cada akani en mi camino."

"¿Y qué pasó con ellos?"

"Da ita', creo que los akanis terminaron encontrándolos a todos. A todos menos a da."

"Y parece que la estaban buscando a usted por todos lados."

"Por todos los lados muchos de los akani vinieron en mi búsqueda porque les ofrecieron caona, y ninguno se fue con vida."

"Era usted muy astuta."

"Han, mis natiaos caniba me enseñaron bien."

"¿Usted se arrepiente de algo?"

"Han, me arrepiento..."

"¿De qué se arrepiente?"

"De no poder bara a Guaki'Ke'Ni'. Li fue el responsable de tanta bara."

"¿Usted está hablando de C...?"

"Han, a ese anki." - dijo la mujer interrumpiendo a Gonzalo, doblando el ceño, sin poder esconder aquella rabia atrapada por la eternidad.

"Si usted supiera que ese infeliz llegó a Puerto Rico por un simple accidente de navegación. Él estaba buscando un camino a otra parte del mundo y se perdió y llegó aquí a cometer todas esas injusticias de las que usted me ha hablado."

"Da ita'."

"Hablando de eso, ¿qué sabe usted de Fray Íñigo Abbad y Lasierra?" -preguntó Gonzalo.

"Ese fue el i'ro que borró la historia." -aseguró Anani sin titubear.

"¿Qué borró la historia?" - preguntó Gonzalo curioso.

"Han, que borró la historia, li que este akani escribió en sus papeles fue todo guata."

"Las mentiras que me enseñaron a mí en la escuela cuando era niño."

"La guata que usaron para justificar asesinar a toda mi ara'.

"Eso es una pena pues, en otros países algunos de los nativos sobrevivieron."

"Nos bara como animales y ni tan siquiera lo pensaron dos veces, solo el caona les importaba."

"Y después llenaron de mierda las páginas de sus libros de historia para indoctrinar a todo un pueblo a que creyese que ellos eran los buenos en todo esto."

"Uara solo conoces guata de los akani, da te estoy diciendo la verdad de los Taínos."

Anani le contaba qué Fray Íñigo Abbad y Lasierra solo escribió lo que presentaba a los españoles como libertadores en el nombre de su dios, pues todo lo que escribió lo escuchó de los españoles mismos. Ya que en el momento que éste estaba escribiendo sus libros todos los Taínos ya eran cosa del pasado. Por supuesto el español limpió mucha de la sangre inocente que había derramado y la que no pudo limpiar la justificó con un dios de amor que al parecer solo vivía en el color de piel del pecador. Si eres europeo, aunque fueses un asesino, eras de las personas que dios favorecían, pero si el color de tu piel era cobrizo y estabas defendiendo tu manera de vida y tu familia había que derramar tu sangre para complacer las ansias de perfección de un dios qué quería o prefería a personas de un color específico.

"Vinieron aquí adornados con un símbolo de dos palos cruzados." -dijo Anani.

"Yo lo sé ese es el símbolo del Dios Cristiano. Mi mamá practicaba esa religión." -comentó Gonzalo.

"Un dios lleno de orgullos y de odios por los demás." -dijo la mujer sin mirar al hombre.

"No creo que eso es verdad." -respondió Gonzalo.

"Da ua' miento." -afirmó Anani con sorpresa.

"No, no, es que la biblia no dice eso, la gente que la carga es la que hace las cosas malas."

"¿La biblia?"

"Si ese es el libro adonde los seguidores de ese dios que usted dice encuentran su fe."

"¿Fe?"

"Fe es creer en algo que no se puede comprobar. Como cuando usted cree en Y'ay'a."

"¿Cómo creer en Y'ay'a?"

"Algo así, el dios cristiano se llama Jehová y según su libro él es un Dios de amor y bondad."

"Da vi al dios huracán cuando estaba molesto, y a este dios solo lo conozco a través de las acciones de los akani, por eso sé que es un dios lleno de odio."

"El dios huracán es solo un evento atmosférico que nosotros lo llamamos tormentas o huracanes de la misma forma que usted. Solo que no creemos que sea un dios porque la ciencia explica su presencia en el mundo."

"¿El dios huracán no es real para ti?"

"Sí, pero no es un dios, solo es algo que pasa en la naturaleza."

"Da vi al dios huracán, ¿Los akani vieron a su dios alguna vez?"

"De eso se trata la fe de creer en algo que nunca has visto."

"Entonces da creo en algo que vi y los akani creen en algo que no han visto. ¿Y el salvaje ignorante soy da?"

"Eso fueron cosas de los españoles."

"Da creía en Y'ay'a, pero después de los arijua, no pude más."

"Le creo, yo creía en el dios de mi mamá, pero después de vivir tantos años viéndola sufrir con tantas enfermedades y todas las otras cosas que pasan en este mundo, no pude más tampoco."

"¿Cómo creer han ves tu ara' bara de la forma que los vi?"

"Oh si con cada día que pasa hay más discordia y odio entre la gente."

"Da ara' ya ua' existe, ni tan siquiera para odiarse."

"Pues ese es el mundo de hoy, adonde la gente no se entiende y se odian sin razón."

"En aquel tiempo, los caniba eran da peores akani, pero después de que llegaron los arijua todo cambio."

"En el mundo de hoy, los políticos buscan el poder dividiendo al pueblo y para hacerlo peor la gente que pretende ser religiosa, los apoya ciegamente."

"A lo mejor tu dios no es lo que dice ser." -replicó Anani mirando a Gonzalo a los ojos.

"Yo creo que eso es verdad. Y por última vez, él no es mi dios, pues yo no creo en nada de eso."

"Da sé que es verdad lo que digo pues da ví a los arijuas adornados con el símbolo en sus ropas mientras bara a toda da ara'." -dijo la mujer a la vez que cruzaba dos de sus dedos en forma de cruz.

"¡No lo dudo! Algunas cosas nunca cambian."

"¿Por qué uara' dices eso?"

"Porque los crímenes más grandes del mundo se han cometido en el nombre de alguna que otra religión."

"¿Cómo le hicieron al Taíno?"

"Así y hasta peor."

"¿Y qué es peor que matar a todo un pueblo?"

A esta última pregunta, Gonzalo no le tenía una respuesta, pues él no conocía tanto de historia como para refutar aquel comentario. Y trató de encontrar algún otro evento histórico que hubiese resultado en el genocidio total de un pueblo, pero no lo encontró. Entonces se propuso cambiar la conversación y hacer un comentario para tratar de hacer a Anani sentirse mejor:

"Todavía en Puerto Rico hay gente que se ve como usted. Obviamente son de descendencia Taíno."

"Wu'a Puerto Rico...Boriken."

"Está bien, está bien, pero usted sabe lo que yo digo."

"Han, todavía hay ara' que lucen como da, pero mis costumbres y da manera de vida bara con toda da ara'."

Después de esto, hubo unos minutos de silencio, el cual Gonzalo rompió con una pregunta cuando un nombre le vino a la mente.

"Hablando de todo un poco, ¿se acuerda usted de Juan Ponce de León?"

"Han, Ese fue el akani que mató a mis últimos naitiaos."

"Eso es otra cosa que no nos dijeron ¿de qué se acuerda en específico?"

"Me acuerdo de que actuaba como un gran cacique."

"Sí él era el gobernador de Puerto Rico."

"¿Cacike de Borike'n?"

"El cacike que asignaron los reyes españoles."

"¿Reyes?"

"Sí, ellos eran los grandes caciques de España, como Agüeybana era el de Puerto Rico, perdón Borike'n."

"Eso no tiene sentido."

"Alguna vez usted oyó el rumor acerca de la fuente de la juventud y de Juan Ponce de León."

Al escuchar esta pregunta Anani mostró una leve sonrisa en su rostro, Gonzalo la miró y preguntó:

"¿Por qué es tan graciosa la pregunta?"

"La fuente de la juventud fue un invento nuestro para ver qué hacían los arijua."

"Ustedes se inventaron la fuente de la juventud. ¿y qué tiene que ver eso con Juan Ponce de León?"

"Gua'kia[82] nos aseguramos de que li escuchara esta historia."

"¿Y qué pasó después de que escuchó esa historia?"

"El arijua estaba en algún tipo de problema con su cacique y sabíamos que estaba desesperado."

"Con el gobierno de España. Específicamente con las cortes de España."

"¡Han!"

"Yo leí eso en algún libro."

"¿Y cuál era el problema?"

"Diego, el hijo del almirante estaba reclamando los derechos de su padre."

"¿Sus derechos a qué?"

"A las tierras que su papá supuestamente descubrió."

"Guaki'Ke'Ni, no descubrió nada, nosotros ya vivíamos aquí. ¿cómo puedes descubrir algo que ya está ocupado por otras personas?"

"Yo sé, yo sé, pero eso es lo que dicen los libros de historia."

"Los libros de guata."

"¡Exactamente!"

"¿Y qué tiene que ver esto con Juan Ponce de León?"

"El gobierno de España lo quería a él al mando de la isla, pero el Diego tenía derecho a las propiedades de su padre."

"Borike'n no era de li, tú no puedes poseer la Ke'."

"Esa es la forma que pensaban esta gente de Europa."

"Estaban equivocados nadie puede poseer la ke', la Ke' te posee a ti mientras tu goeiz[83] vive antes de regresar a la ke'."

---

82. gua'kia: nosotros nuestro

83. goeiz: el espíritu de una persona viva

"Yo sé, de cualquier manera, ese era el problema de Ponce de León."

"Y gua'kia al verlo desesperado comenzamos a divulgar acerca de la fuente de la juventud y sus poderes mágicos."

"¿Y éste se lo creyó?! que pendejo!"

"La desesperación te hace creer cosas que normalmente no creerías."

"¿Entonces qué pasó después?"

"Comenzamos a desarrollar un plan para bara a este akani."

"Según los libros de historia, Ponce de León murió en Florida buscando la fuente de la juventud."

"A Bimini[84]*."*-corrigió Anani.

"¿Cómo fue?"-preguntó Gonzalo curioso.

"Ua', Florida es Bimini."-recalcó Anani.

"¡Ohh, Ok!"

"Los libros ua' te dicen que fuimos gua'kia que lo que envenenamos depués de que fue herido por nuestros guatiaos de Bimini."

"No eso sí que no lo dicen los libros."

"Los akani quieren poseer todo, imagínate han pudiesen poseer más vida. Usamos esta historia para que éste i'ro se fuera en busca de la fuente de la juventud y en el viaje nos aseguramos de que no habría de regresar a BOrike'n."

En el relato de Anani, Gonzalo se enteró de que Ponce de León en toda su pertinencia de creerse un dios tenía sirvientes nativos en su fuerte. Uno de estos servidores era una cariba de carácter dócil llamada Ciba. Ella era la que le servía los almuerzos al gobernador y fue ésta misma la que durante una corta conversación con el hombre hizo una corta mención de la fuente de la juventud. Aquel lugar tenía ciertos poderes místicos que eran capaces de rejuvenecer a cualquier persona que se zambullera en sus aguas por unos segundos. Según Ciba todos los Taínos creían esa historia y muchos de ellos se habían ido a buscar de este sitio fuera de la isla. Ponce de León se notó intrigado por la historia y comenzó a hacer más preguntas y cada día más se envolvía en los sueños de encontrar la fuente de la juventud. De esta manera

---

84. bimini: Florida

él sobreviviría a Diego, al rey de España y a todo el que pensara que él no se merecía su puesto. Además, se haría dueño del lugar a todo costo para poder vender los beneficios de sus aguas a un alto precio.

De manera que a través de unos meses la historia y la desesperación se mezclaron en la mente español y al verse perdido en las cortes de su país y próximo a perder su cargo de gobernador, Juan Ponce de León decidió que él se iría en busca de este mito, al igual que muchos Taínos que se habían ido buscando el lugar. Y se convenció de que él sería la persona que finalmente encontraría este sitio que le proveería con una vida eterna. Ya para ese entonces la desesperación era tan grande, que la viabilidad de la idea ilógica de lo que pensaba, no pasaba por su mente. Solamente los deseos de sobrevivir aquellos tumultuosos tiempos en los que vivía. Ciba le fue llenando la cabeza de historias de gente que se había aproximado a la fuente, pero por alguna que otra razón no contaban con la capacidad de zambullirse en sus aguas, ella misma en algún momento de su vida pensó en irse fuera de la isla de Borike'n a buscar la fuente que le proveería con una vida eterna. Lo único que le faltaba era la localidad exacta, la cual estaba envuelta en los mitos y las historias de los pocos Taínos que regresaban a contar sus aventuras en busca de aquella fuente mística.

Fue esta la razón por la que Ponce de León decidió abandonar su cargo de gobernador unos días antes de tiempo, sin esperar que las cortes decidieran en contra de él. Y se fue en busca de aquella leyenda. Éste decidió que Ciba abordaría un barco con él en busca de aquel mito. Ésta que a su vez estaba en contacto con Anani, planificó como ponerle fecha de expiración a la vida de aquel enemigo. Entre las dos decidieron que matar a aquel hombre constituiría una gran victoria para la causa de su gente. Unas semanas más tarde, Ponce de León abordó su barco con destino incierto y Ciba lo acompañaba con la certidumbre de saber que ella iba a formar parte de una gran victoria para su gente, si lograba matar a aquel hombre.

Según Anani, de los pocos Taínos que quedaban, uno se prestó de voluntario para ir a un viaje largo que lo llevaría desde las costas de BOrike'n a las costas de Haití para luego cruzar hasta la isla de Cuba; y desde allí llegar a las costas de Bimini. El viaje comenzó unos meses antes de que el rey de España perdiera su argumento legal en las cortes españolas. Cuando ya era definitivo que el gobernador debería de abandonar el poder, los nativos de Bimini se preparaban para recibirlo de la manera que éste se merecía, listos para la guerra. Ponce de León llegó a aquel lugar pretendiendo de valiente y luego de unos días se inició la batalla adonde él habría de ser herido, pero no de gravedad. Este percance lo forzó a retroceder en busca de alivios físicos en la seguridad de su barco. Allí él contaba con todo lo que le fuese necesario para una recuperación rápida antes de emprender otra reyerta en contra de los nativos. Durante su convalecencia contaba con los servicios de su dócil sirvienta, Ciba.

"El akani estaba herido después de que los guazabara de Bimini lo atacaron cuando se puso a buscar la fuente."

"Eso lo leí yo, dice la historia que él quedó jodido en aquella batalla y luego murió de sus golpes."

"Ua' de sus golpes, gua'kia lo bara como debería de ser."

"¿Pero ¿cómo sabe usted eso?"

"Da sé."

"No la entiendo, si no se murió de sus golpes ¿cómo lo mataron?"

"Ciba lo envenenó dándole té de belladona mezclada con cundeamor. Esos dos sabores eran capaces de confundir el paladar del akani con un sabor dulce y placentero que a su vez le estaba envenenando la moin[85]."

"¿Lo mataron dándole té de cundeamor?"

"Un té venenoso, con cuidado y con calma, el akani se enfermó más, pues estaba herido y Ciba lo estaba envenenando lentamente para prolongar sus sufrimientos como debería de ser."

"¿Y qué es lo que hace ese té?"

"Paraliza el cuerpo, la moin se te vuelve como miel de abeja, el corazón se te vuelve como piedra, el estómago se te amarra. Es una muerte de sufrimiento como li se lo merecía."

"Entonces el hombre murió ahogado en sus propios jugos. ¡Wow! Que muerte más horrorosa."

"Ese fue un gran día para Anani."

"¿Y qué pasó con Ciba?"

"Nunca más la volví a ver, de seguro la bara cuando se dieron cuenta de lo que había hecho."

"Qué pena, la mujer era valiente, pero no pensó en las consecuencias."

"Han, lo pensó, pero bara a ese akani valía perder la vida si era necesario."

"Entonces ella conocía los riesgos de su misión."

---

85. moin: sangre

"Han, para ella eso fue el honor más grande de su vida."

"Como ha sido un honor para mí conocerla a usted." -dijo el hombre con tonos de admiración.

Por primera vez en toda la noche, la mujer demostró un poco de emoción alegre ante aquellas palabras halagadoras ofreciendo una amplia sonrisa en sus labios. Luego continúo su relato en el que le habló a aquel hombre acerca de los últimos sobrevivientes de la invasión y el comienzo de la construcción de los primeros pueblos españoles. La llegada de los hombres y mujeres de color obscuro a la isla y otros eventos contemporáneos. Además, le habló de los próximos años y de su vejez en la soledad de los montes. La mujer nunca dejó de desear recuperar su libertad robada y continúo eliminando invasores hasta que las fuerzas le faltaron en el ocaso de su vida.

En un momento de reflexión, Anani se sentó en una esquina cabizbaja y pensativa. Gonzalo no sabía si interrumpirla o dejarla descansar de aquella noche en la que la mujer revivía los momentos más dolorosos de su existencia. Ella se hablaba a sí misma en un tono tan bajo que era inaudible para Gonzalo y éste hacia hasta lo imposible por no mirarla directamente para que ésta no se sintiese presionada a seguir relatando aquella odisea. En un momento ella se corrió las manos rápidamente por el rostro tratando de limpiar las lágrimas que bajaban desde sus ojos y él pretendió no verla y dirigió su mirada a lo alto del cielo estrellado. De momento escuchó que la mujer con voz quebrantada comenzó a hablar lentamente para evitar que se le cortara la voz entre bajos sollozos de un viejo dolor:

"Da, quería tener un raju[86] *y una raje como da bibi."*

"Eso es normal querer tener hijos como todos los demás."

"Da, quería ayudar a da aracoel, da arocoel y da ara'."

"Me imagino, para mi todos mis abuelos eran sagrados."

"Los akani me robaron todo, da familia, da ara', da libertad, da futuro."

"Esos desgraciados le robaron todo a todos en estas tierras."

"Muchas noches de taicaraya me senté a llorar pensando en todo lo que perdí con la llegada de li."

"Llorar también es normal. Eso es lo que nos hace humanos."

---

86. *raju: hijo*

"¿Y es normal que todavía hoy los quiero bara a todos?"

"Creo que sí, eso también es normal que queramos retribución por los daños que se nos hacen."

"Da, bara todos los akani del mundo por la oportunidad de ser bibi."

"¿Por qué no tuvo hijos?"

"Da, guazabara y nada más. Da no podía ser bibi, pues da vida era bara akani y nada más."

"Nunca pensó en detenerse y solo esconderse para formar una familia y sobrevivir."

"Vivir escondido no es vivir, da tenía una misión que cumplir."

"¿La venganza, era esa su misión?"

"Han, la venganza por robarme mis antepasados, por robarme da futuro."

"¿Y que usted veía como su futuro?"

"Ya estaba a un año de ser mujer y tenía esperanza de casarme con Abey, un muchacho de da yucayeke."

"¿A cuál edad se convertiría en mujer?"

"A los doce o trece años da me convertiría en mujer."

"Todavía a esa edad usted era una nena."

"Ua', en da cultura Taíno, a esa edad ya da era una mujer, lista para ser bibi."

"Abey, entonces estaba enamorada de ese muchacho."

"Él era un guani[87] ', un buen candidato a esposo y da quería ser su liani[88] ."

"Entonces ese era su futuro, casarse, ser esposa y madre como lo fue su mamá."

"Han, el mismo camino de da bibi, pero todo eso cambio con la llegada de los arijua. Entonces da vida se volvió guazabara y bara."

---

87. *guani: hombre noble*

88. liani: esposa

"Usted hizo lo que pudo hacer, esa era una guerra imposible de ganar."

"Da, ua' gané, pero da bara a muchos akani y sembré en li, el terror de la bara."

Luego de aquella última declaración, Anani dijo que no se acordaba de nada más, solo sabía que una noche en la que llovía profusamente, se acostó a descansar en su guarida y la próxima vez que abrió sus ojos, el mundo entero había cambiado. Luego de esto solo tenía memorias esporádicas de encuentros al azar con gentes que parecían buscar lo mismo antes de irse para siempre. Según ella, lo único que podía hacer en estas ocasiones era relatar su historia y dejar que las personas con las que le hablaba encontrasen su propia interpretación de lo acontecido. Aun así, el caso de Gonzalo era algo nuevo y ella no podía encontrar una razón para el presente estado de aquel hombre.

Luego de concluir aquella última narración, Anani miró a Gonzalo a los ojos con el brillo de la esperanza plasmado en su rostro, y de acto seguido lo abrazó fuertemente, lo que causó que el hombre se estremeciera de emoción. En aquel momento él sintió como el calor le dobló el ceño y una sensación que no experimentaba en muchos años, invadió sus ojos, su nariz y hasta la parte de arriba de su boca, desde adonde dejo escapar un pequeño sollozo, que se le salió de sus labios casi silenciosamente, al igual que las lágrimas que abandonaban las esquinas de sus ojos lentamente. No era todos los días que un hombre macho como él lloraba delante de nadie. Después de todo, la última vez que una lagrima había escapado de sus ojos fue cuando su señora madre, doña Merced se fue de este mundo en medio de una noche que nunca terminó. Gonzalo recordaba que, por ser el hijo mayor de ésta, se tomó el papel de hombre fuerte, roca de la familia, y durante los cinco días de duelo abrazó y consoló a una cantidad interminable de familiares. Después de completarse el entierro, Gonzalo llegó a su casa, se encerró en un cuarto y lloró a gritos la partida de su mamá. Era por esta razón por la que hasta él mismo se encontró sorprendido de que la historia de Anani o la intensidad de aquella noche, lo hubiese conmovido de tal forma, que había derramado sus lágrimas frente a ella sin poder aguantarlas detrás de sus pupilas como debería de ser. Unos segundos más tarde Anani lo soltó de su abrazo y lo miró fijamente a sus ojos enrojecidos antes de hacerle una pregunta:

"¿Uara' todavía no los oyes?" -preguntó Anani, mientras miraba a Gonzalo directamente a los ojos sorprendida por algo que éste no se podía explicar.

"¿No oigo qu..."

Era la pregunta que Gonzalo iba a hacer antes de realizar que Anani se había marchado de vuelta más allá de la fogata de fuego azul. Sin saber por qué, lo invadió la tristeza de saber que aquella conversación parecía haber llegado a su final cuando él se encontraba tan vulnerable como un niño de cinco años que no encuentra a su madre en un mercado lleno de extraños.

Hombre de Armas

Luego de dejar a Gonzalo con aquella pregunta y sin esperar una respuesta, Anani se dirigió a donde estaban sus dos compañeros sentados, lejos del uno al otro. Gonzalo por su parte se inquietaba al no poder acertar a que era lo que la anciana se refería. Él no había visto a nadie desde que llegó allí, mucho menos escuchado a ningún otro ser presente. Así se pasó unos minutos hundido en aquella pregunta sin respuesta. Entonces se decidió a mirar alrededor nuevamente y aunque ya él llevaba unas horas largas hablando con la anciana, todavía tenía momentos en los que la apariencia mística de aquel lugar lo dejaba en trances espirituales. Esto causó que Gonzalo se volviera a justificar en su decisión de perseguir aquella mitología local de la que muchas veces se burló en su juventud. Ahora en su mente, la memoria de su abuelo Paulino tomaba un brillo de divinidad y sabiduría de la que solamente se encontraba en el libro de la biblia, cuando se hablaba del rey Salomón. Cuanto hubiese deseado poder correr de regreso a la casa de aquel viejo, para decirle que él también pudo conectarse con aquellos fantasmas del pasado.

Continuó allí distraído y analizando su situación momentánea, dándose unos largos minutos para analizar lo que había transcurrido desde que se levantó de su siesta de golpes. Pensó en de todas las cosas que aquella mujer le había relatado con aquella mirada que instigaba una profunda pena y también admiración. Nunca pensó que en su búsqueda de respuesta habría de tener una conversación que transcendía tiempos y lo libraba de las dudas que éste tenía desde el día que dejo de ser un niño que se creía todo lo que le decían. Ahora en su mente estaba la historia más verídica que había escuchado acerca de su pasado y cuando se fuese de allí, se aseguraría de compartir con el mundo lo que en aquella noche de luna llena había aprendido. Y al ocurrírsele aquella idea, volvió a escuchar de repente la voz de su mujer: *"A la verdad que creo que te estás volviendo loco."*

¿Sería esto cierto? ¿Se estaba volviendo loco? No, no podía ser que esa era la causa de su situación presente. *¿Podría ser que murió al caer en las piedras?* No, esto tampoco tendría sentido, pues él no había cruzado ningún túnel con una luz al final, como lo había escuchado decir de muchas personas que proclamaban haber regresado desde la misma puerta de entrada a la eternidad cristiana. Nada tenía sentido basado en la lógica y esto continuaba confundiéndolo sin parar. De cualquier manera, él estaba allí, existía de una forma u otra. Vivo o muerto, sano o loco, todavía estaba allí. Continuaba teniendo una inquietud incrustada en el alma, y aun no tenía la respuesta a lo que lo inquietaba. Esto lo hizo reflexionar de inmediato, al darse de cuenta de que además de no tener una respuesta, nunca se detuvo a preguntarse cuál era la pregunta que lo llevó a su presente estado, de estar y no estar, de existir, solo por existir.

Nuevamente, se vio atacado por la duda y comenzó a hundirse otra vez en la decepción que lo trajo a aquella quebrada en medio del monte. Alzó su mirada y vio el fuego azul quemándose frente a sus ojos, y más allá de este, los tres seres que allí se habían reunido. Volteo su cabeza y vio el charco de La Encantada todavía brillando sus aguas fosforescentes. Esto le proporcionó un poco de calma, pues aquellas aguas translucientes poseían un brillo que parecía haber descendido desde el mismo centro del universo. El tiempo parecía haberse estancado en algún lugar y al parecer no tenía ninguna prisa para reanimar las manijas del reloj. Alrededor del lugar, los cambios todavía lucían imposibles de comprender y Gonzalo continuaba preguntándose cuál era el significado de todo aquello.

Estaba totalmente perdido en los laberintos de su mente, cuando de repente se les destaparon las bocas a los grillos, y éstos comenzaron a gritar a garganta abierta. Los coquis por su parte empezaron a repetir su nombre coquí, coquí, coquí, rápidamente, como si algo les estuviera causando un pánico descontrolado. A éstos se les unieron unos sapos que croaban sin cesar, a la misma vez que comenzaron a gritar lo que parecía ser un millón de pájaros salvajes. Gonzalo miró alrededor y no se percató de ninguna cosa que pudiese estar causando aquella reacción de inquietud en los animales del monte, pues hasta aquel momento el lugar solo emanaba sentimientos de paz y espiritualidad.

Gonzalo recorrió con su mirada los alrededores esperando encontrarse un animal salvaje merodeando el sitio y de momento descubrió que el lugar había vuelto a cambiar en los pocos minutos en los que había estado perdido en los rincones de su mente. La Encantada se había transformado por segunda vez desde que él se había caído en una esquina de la quebrada. Ahora sus aguas exhibían un color semi rojizo y las flores que adornaban sus alrededores habían sido transformadas en matorrales de espinos, matas de zarza y hasta rábanos salvajes. Las luces que alumbraban el cielo desaparecieron y ahora unas nubes de mal augurio se pasaban frente a la luna, cubriendo así un poco del brillo de esta. A la misma vez una espesa neblina con aires de tensión había arropado todo el lugar provocando que Gonzalo no pudiese ver más allá de unos metros. En el momento éste dirigió su mirada al fuego y ya no podía divisar a sus compañeros en el monte. El azul brillaba opacamente cubierto con la manta neblinosa, lo que causaba que él solo pudiera divisar siluetas caminando alrededor de la fogata. Asombrado por los cambios, Gonzalo se distrajo nuevamente y no fue hasta que escuchó una voz masculina que lo sorprendió de momento, que su mente regresó a su presente. El hombre vestido con ornamentas de soldado estaba parado frente a él e inmediatamente dijo estas palabras con un tono de desprecio y autoridad:

"Me podéis hacer el favor de pararte de ahí y seguidme de inmediato. No me gusta esta esquina y si debo tener una conversación con vos a vuestro nivel intelectual, prefiero hacerlo en otro lado."

"Perdóneme, no sé lo que usted pretende decir con eso." -dijo Gonzalo un poco sorprendido y molesto por el tono de voz de aquel hombre.

"Que te pares hombre y me sigáis, ¿qué no habláis el español?"

"Yo hablo español perfectamente e inglés si usted desea. Lo que no entiendo es su mala actitud si usted ni me conoce."

"Mi actitud no tiene nada que ver con vuestra situación presente, yo no tengo nada que ver con lo que aturde vuestra alma."

"¿Cómo carajo usted sabe lo que me inquieta o no? Usted a mí no me conoce."

"¿No es eso lo que os trajo aquí? Si vos queréis escuchar mi parte, tenéis que pararte de ahí y seguidme como te lo ordené. No me hagáis perder más tiempo del que de seguro me vas a hacer perder."

"¿Y qué si yo no quiero escuchar lo que usted tiene que decir? Usted a mí no me puede dar órdenes."

"Entonces, toda esta noche no te servirá de nada, habréis gastado vuestro tiempo. No sé para qué me ensucio el alma hablando con un animal como vos que no cuenta con el intelecto necesario para entender cosas tan complejas."

"Mira canto de hijo de..."

Gonzalo, sintió como se le inflaban las esquinas de su cuello con el flujo de su sangre que comenzaba a calentar sus cienes, a la misma vez que se le apretaba la mandíbula y los ojos se le ponían chiquitos llenándose de ira. Las palmas de sus manos se cerraron para volverse puños y en el centro de su pecho el corazón iba subiendo su ritmo cardíaco mandando más sangre a los lugares que se habrían de inundar del coraje que causa la indiferencia con las que algunas personas sentían al ser tratados rudamente por otros que siempre se percibían más valiosos que personas como él. Éste se preparaba a decir unas maldiciones cuando Anani caminó en su dirección, aun con la profundidad de aquella tristeza que la caracterizaba. Ésta se paró frente a él y le ofreció una leve sonrisa a la misma vez que rodaba sus ojos mirando a aquel hombre, él cual devolvió la misma con gran indignación. El hombre volteo su cuerpo para no ver a aquella anciana y ésta regresó su mirada hacia Gonzalo, como para ofrecerle un momento de calma y recapacitación. Luego, se fue caminando en dirección a la otra mujer, la que esperaba en una esquina sentada al lado de la fogata opacada por la niebla. El hombre vestido de soldado regresó al lado de Gonzalo y pronunció nuevamente su demanda:

"Me podéis hacer el favor de seguidme de inmediato. No me hagas repetir mis palabras, pues vos no estáis en posición de hacer demandas y mucho menos de considerarte igual a mí."

"Yo no quisiera en ningún momento parecerme a un carne de puerco[1] *como usted, pero voy a hacer lo que me dice..."* -decía Gonzalo cuando el hombre lo interrumpió de manera brusca.

"Seguro que vas a hacéis lo que os digo, yo..." -dijo el hombre antes de ser interrumpido de la misma forma por Gonzalo.

"Voy a hacer lo que me dice para complacer a Anani, no porque me importe un carajo lo que usted tiene que decirme."

"Entonces, seguidme por favor que a mí no me gusta esta esquina."

"Como usted diga, pues el burro adelante pase usted." -dijo Gonzalo sarcásticamente.

"A parecer vos seréis un gracioso."

"Y al parecer usted es un infeliz.:

El hombre caminó frente a Gonzalo, dirigiéndose a una esquina del lugar adonde el ruido de las corrientes de agua se escuchaba rugir más fuerte. El sitio estaba localizado al norte de La Encantada y desde allí, Anani y su compañera negra, no eran visibles. Al llegar a un punto específico, el hombre se sentó y miró a Gonzalo con una intensidad tan densa que se podía cortar con un cuchillo desde el mismo aire. Luego, dirigió su mirada al lado opuesto al de Gonzalo y comenzó a hablar sin mirarlo directamente:

"Yo me llamo Francisco Cortés Pizarro, y como podéis ver, yo no soy de estas tierras."

---

1. carne de puerco: persona sumamente arrogante

"Ok, señor yo no soy ciego, y a mí no me importa como usted se llame, pues yo no tengo ningún interés en hablar con alguien como usted." - respondió Gonzalo con un poco de exasperación.

"Creedme que a los dos nos interesa lo mismo, pues yo no quisiera ensuciar mi buena reputación hablándole a alguien como vos."

"Ni yo tampoco quisiera ensuciar mi reputación." -dijo Gonzalo levantando y bajando sus hombros.

"Puedo ver que ya la vieja salvaje te contó su relato penoso de lo que sucedió tanto tiempo atrás. No le creáis, pues salvajes como ella no podrían entender cuando alguien le ofrece el camino a la salvación."

"¿Cuándo alguien les ofrece la salvación? O sea que venir de otro país y matar a todos los habitantes de un lugar es ofrecerles la oportunidad de ser salvos. Dios me libre de necesitar que usted me ayude a mí." - respondió Gonzalo en un tono sarcástico.

"No me sorprende que penséis así, después de todo mucho hacéis con tus limitaciones tan obvias."

"Mis limitaciones tan obvias. ¿de qué puñeta[2] habla usted?"

"Hablo de las personas de vuestro color de piel, obviamente seres inferiores a la raza superior como los son las gentes de España como lo soy yo." -dijo Francisco sin titubear ni un segundo.

"Las personas de mi color, a la verdad que usted es racista hijo de puta" -respondió Gonzalo alzando las manos para denotar la ironía del comentario.

"Francisco no es un racista como vos decís, él solo quiere dejar establecido el orden de las cosas."

"Mira el pendejo este refiriéndose a sí mismo en tercera persona. Comportándose como si fuera superior ¿y de qué orden habla su señoría Don Francisco?"

"Yo solo hablo del orden del mundo adonde personas de vuestro color le pertenecen por derecho a personas de mi color, pues está confirmado hasta por la misma iglesia que ustedes no cuentan con un intelecto completo para gobernar vuestras vidas."

"Pues déjeme decirle que ese orden de las cosas como usted dice, ya no existe, el mundo ha cambiado mucho desde que usted llegó aquí a "salvarnos"." -dijo Gonzalo haciendo unas comillas con sus dedos.

---

2. puñeta: expresión de enfado en P.R.

"¿De verdad? Entonces vos me estás diciendo que las personas como yo, ya no tienen preferencias de trato en vuestro mundo del presente."

Al escuchar la pregunta Gonzalo calló momentáneamente, pues la realidad de su vida apuntaba a un sistema adonde las personas de complexión anglosajona todavía contaban con beneficios que se les negaban diariamente a personas de descendencia mulata. De esto él fue testigo por los muchos años que había residido en los Estados Unidos de América, adonde se hablaba de igualdad racial mientras se perseguían políticas que beneficiaban a una raza por encima de todas las otras. Esto no era algo exclusivo en este país solamente, pues en otros países desarrollados se practicaba la misma política de colores preferidos. En muchas ocasiones en los Estados Unidos se les cerraban las fronteras a los muchos latinos que huían de la violencia en sus países a la misma vez que se le habría las puertas a personas que venían de países anglosajones huyendo de la misma situación. De todas maneras, Gonzalo no iba a admitirle esto a un ser tan despreciable como aquel hombre. Entonces trató de mentir:

"Como le dije su señoría ese mundo ya no existe, eso es cosa del pasado."

"Yo no necesito escucharlo de vuestros labios, vuestra alma dice lo que vuestros labios callan."

"Está bien, todavía existe algo de preferencia, pero usted no puede ser dueño de otros seres humanos como yo." -dijo Gonzalo al saber que mentir no le era posible.

"Tal vez no, pero aun así puedo ser dueño de la mayor parte de su tiempo."

"¿Va a seguir su historia o vamos a hablar de política?"

"Ohh, verdad aún tenemos que completar esta faceta de vuestra búsqueda."

"Pues continué por favor."

"Veréis mi historia no comienza en este mundo de salvajes yo vengo desde..."

Francisco, reanudó su historia al explicarle a Gonzalo que él provenía de una provincia de España llamada Huelva. Según su relato por aquellos tiempos un marinero casi desconocido buscaba una tripulación para una expedición marítima que estaba apoyada por los reyes del país. No había ningún requisito, solo se pedía que los participantes fuesen hombres con disposición a todo. Y había que estar dispuesto a todo, pues el marinero que comandaría aquel viaje no solo era casi un desconocido, sino que había rumores de que sus habilidades en cartografía y navegación eran mediocres en su mejor día. Eso no le importó a Francisco, pues él era un ladrón de vida común, desesperado, sin dinero que no tenía nada que perder.

"Para entonces el gran Francisco solo era un ladrón de calle. ¿y qué pasó con tanto orgullo de su grandeza?" -interrumpió Gonzalo para hacer el comentario.

"Desde vuestro punto de vista Francisco solo fue un ladrón, pero desde su punto de vista, Francisco forma parte de la historia y vos solo eres un prisionero de esta."

"¿Un Preso? Yo no soy preso de nada."

"Favor, no me interrumpáis más que no tengo la eternidad para gastarla con vos y vuestra falta de capacidad intelectual."

"Mire señor no sea..." -comenzó a decir Gonzalo ya listo a volver a perder los estribos, pero fue interrumpido fríamente por aquel hombre.

"¿Vas a callar o no? Dejadme saber si eso es lo que vas a hacer para decirle a la vieja salvaje que vos no queréis completar esta parte. Así Francisco puede regresar a su sueño."

"Está bien continue y déjese de estar sacándome de quicio." -respondió Gonzalo resignado.

"Como le decía mi historia comenzó en Puerto De Palos de la Frontera, Huelva, España..."

Al continuar aquel relato Francisco explicó uno que otro pormenor de las preparaciones para el viaje. Según él muchos de los hombres que abordaron las tres embarcaciones de aquel marinero eran hombres de pasados cuestionables como él. La mayoría de estos eran ladrones y/o piratas en busca de una nueva aventura. Luego de establecer las reglas para aquel viaje, el almirante inicio su famosa expedición que había de cambiar el futuro de algunos a la vez que habría de terminar con la historia de otros. La expedición duró mucho más tiempo de lo que se esperaba y algunos de los ciento veinte tripulantes estaban al punto de un motín, cuando un marinero llamado Rodrigo de Triana avisto la tierra de Guanahani. Éste se convertiría en la primera víctima de la ambición del almirante, pues había una recompensa para el marinero que divisara tierra; y el almirante mintió acerca del evento para robarle la recompensa a de Triana. Luego de esto comenzó el desembarque lo que pondría en marcha uno de los genocidios más grandes de la historia.

Durante unos días, el almirante visito varias islas caribeñas antes de culminar en la isla de Haití en el mes de diciembre de 1492. Al llegar allí una de sus embarcaciones encalló, lo que forzó al almirante a construir un fuerte que bautizo como el Fuerte De Navidad. En este lugar donde dejo algunos 39 marineros antes de regresar a España. En su regreso a la isla de Haití encontró el fuerte destruido y ninguno de sus habitantes con vida.

Había rumores de que sus hombres habían cometido barbaridades como asesinatos y violaciones de las mujeres y niños nativos, lo que causó una revuelta que resultó en la total destrucción del fuerte y sus ocupantes.

"Yo viajé con el almirante nuevamente, pues el oro que había allí necesitaba dueño. Después de establecer otro puerto, reanudamos nuestro viaje y unos días más tarde terminamos aquí en esta isla de salvajes." -continuó Francisco.

"Ustedes mataron y violaron a los habitantes de estas tierras, y se atreven a tildar de salvajes a otros. ¿cómo que la ironía y usted no tienen una buena relación?"

"Callad por favor, estoy hablando yo. Como le decía llegamos a esta tierra por el norte a un lugar llamado Aymaco o algo así, adonde fuimos recibidos con alimentos y regalos. Luego se nos ordenó permanecer en la playa mientras el jefe de los salvajes tomaba una decisión u otra. ¿te imagináis un salvaje diciéndole a un español que hacer? Eso no le vino bien al almirante y..."

Luego de ser instruidos a esperar, los tripulantes de la nave y su almirante temían correr la misma suerte que los hombres del Fuerte La Navidad. Entonces se decidió que se invadiría aquel lugar bajo el telón de la noche y se dejaría un ejemplo de lo que pasaba con él que se atreviese a intervenir con autoridad del gobierno español. Francisco estaba en los comienzos de su relato cuando un búho cantó de repente. Éste paró de hablar para intentar localizarlo en las ramas de los árboles mientras que los escalofríos de un miedo intenso le bajaban desde la cabeza a los pies. Finalmente lo vio en las ramas de un árbol de mamey, antes de comentar visiblemente molesto:

"Maldito búho no deja de perturbarme la existencia."

"¿Qué ahora hasta un múcaro[3] le molesta?" -preguntó Gonzalo curioso.

"Me jode, me jode cada vez, me causa dolor, por Dios no quiero más esto."

"¿Cada vez que, ¿qué?, ¿qué no quiere más?"

"No quiero repetir esta historia, no quiero. Vos no entenderéis nada."

"No sé preocupe de si entiendo o no, y contésteme, ¿por qué le molesta el múcaro?"

Al ver que Gonzalo no tenía intención de abandonar el tema, Francisco comenzó su relato de por qué aquella reticencia contra aquella ave:

---

3. múcaro: búho

"Estaba ahí en aquella primera noche y creo que vio todo lo que Francisco hizo. Desde entonces puedo jurar que lo veo en todos lados como para recordarme aquel momento. Cada vez que tengo que recordar lo que hizo Francisco, siento un dolor y una quemazón por toda el alma, es algo horrible."

"¿De qué momento habla usted?"

"Dé el momento en que fusilaron a todos los ancianos de aquel pueblo. Francisco fue el primero en abrir fuego ante una pareja de viejos que parecían ser marido y mujer. Los arrodilló frente a los demás y mientras se aguantaban de manos, mató al viejo primero; y mientras la vieja lloraba, cargo su rifle y le disparó en la cabeza. Fue un momento de jubilación para él. Pero desde aquel mismo momento vio al búho volar a un árbol cercano y éste no se ha ido nunca."

"¿Usted fue él que mató a los primeros dos viejos?" -preguntó Gonzalo mirando en dirección a donde se encontraba Anani sentada al lado de su compañera.

"Sí, ese fue Francisco." -respondió el hombre con soberbia.

"Ahora entiendo." -comentó Gonzalo con un tono de sorpresa.

"¿Entendéis qué? ¿qué podéis entender vos con vuestra capacidad mental tan limitada."

"Nada, nada, si usted no lo sabe para qué decirle."

"¿Decidme qué? ¿qué podrías saber vos que no supiese yo?"

"Nada su excelencia, nada, prosiga por favor."

"No os entiendo a vos, pero que importa lo que pensáis acerca de nada, dejadme continuar:"

El hombre comenzó a describir en detalles como él y sus compañeros atraparon a las personas mayores del pueblo de Aymaco. Entraron en cada bohío, golpearon a las mujeres y los niños que trataron de impedir sus pasos agarrándose de las piernas de sus abuelos. A uno que otro se le fue la mano y mató algún niño desesperado. Francisco fue uno de éstos. Luego de haber cumplido con las órdenes de su almirante, llevaron a los ancianos al centro del batey. Reunieron a los hombres que se habían rendido junto con todas las mujeres y niños en el medio del patio de la aldea. Después de ofrecer un discurso que nadie entendió excepto ellos hablando de la voluntad de Dios y el gobierno español; abrieron fuego, terminando así con una generación completa de aquel pueblo. Luego en la noche, tomaron a todas sus víctimas muertas y le prendieron fuego para el horror de los sobrevivientes de la primera masacre en la isla.

Durante aquella primera noche usaron todo tipo de razonamiento para justificar ultrajar a varias mujeres y niñas Taíno. Se llenaron de lujuria y no dejaron un rincón de Aymaco en el que no buscaron tratando de encontrar oro y objetos de valor. Francisco, había sido uno de los más violentos aquella noche y su actuación fue casi de leyenda. Esto causó que el almirante lo reconociera como uno de sus hombres de confianza, lo que complació el orgullo de aquel ladrón español. Desde aquel momento según él mismo lo reconoció, matar con impunidad era uno de sus mayores placeres del momento, pues con cada Taíno muerto, se ganaba más la confianza y el apoyo de su almirante. Lo único que le importaba era ese reconocimiento, el cual podría resultar en mejor compensación económica.

Francisco continúo describiendo como entre él y sus compatriotas agredieron física y sexualmente a varias mujeres y a los niños de la aldea. Según su relato, algunas de estas resistían a los europeos a dientes y uñas, mordiendo o aruñando a los hombres causándoles cortaduras profundas en la piel. Fue entonces que éstos se decidieron a ultrajar a aquellas salvajes que eran menos sumisas trabajando en equipos. Mientras dos, tres o cuatro de los hombres aguantaban a la mujer, otro le quitaba la poquita ropa que ésta tenía y la violaba sin ningún pudor, pues ésta estaba sujetada desde sus cuatro extremidades. Luego la viraban y la sodomizaban, causándole daños internos de los que estas sangraban sin cesar, a veces de una manera fatal. Gonzalo, sentado en una esquina, volvía a experimentar aquel instinto asesino que había sentido cuando conversaba con Anani. Entonces se puso a pensar en su única hija y en sus nietas. Y el solo hecho de imaginárselas siendo sujetas a semejante abuso le hervía la sangre a la vez que le temblaban las manos junto con todo el cuerpo. Al no poder recuperar la calma para seguir escuchando a aquel monstruo que se hacía pasar por hombre, se puso de pie y tomó varios pasos alrededor del charco. Luego de unos momentos adonde buscó con mucha paciencia recuperar su compostura, miró al hombre con el brillo del odio en sus ojos y preguntó:

"¿Y adonde cuadra el múcaro en esta historia?"

"Estaba ahí cuando Francisco y sus compañeros mataron y violaron a aquella gente. Estaba ahí cuando les prendieron fuego a los muertos, Francisco lo oyó como si estuviese llorando, y esto le causó pánico aquella noche. Como que tuvo un mal presentimiento para él."

"Ahora está apendejado por un simple múcaro. Eso le pasa por ser un asesino desalmado."

"Francisco tenía sus razones."

"¿Qué razones eran esas que justificaran lo que ustedes hicieron?"

"Veréis, él necesitaba más plata y aunque en algunos momentos se preguntó si su situación y las cosas que hacía eran correctas, al final de cada día lo único que importaba era el oro y las comodidades que compraría cuando regresara a su tierra."

"¿Y en ningún momento le pareció que lo que hacía era un crimen?"

"No, realmente no, pues como os vuelvo a explicar, eso no eran seres humanos."

"¿Cómo que no eran gente? Usted sabía que eran gente, no se haga el pendejo para justificar su maldad."

"Francisco sabía que eran gentes inferiores, eso era lo que Francisco sabía, por lo tanto, no hacía nada malo. Además, no todo fue fácil como vos pensáis, aquí había algunos demonios que acabaron con las vidas de muchos españoles inocentes. Esa vieja endemoniada con cara de tristeza fue una de ellas."

"Pues ella tenía toda la razón, por lo que ustedes hicieron. De todos modos, cuénteme acerca de esos supuestos demonios."

"Los llamamos los indios caribes, animales malos que eran esos."

"Ohh, los famosos caníbales de sus historias. Los que mataban y se comían la gente."

"Ese fue un bonito detalle." -dijo Francisco con picardía.

"¿Cómo que un detalle?" -preguntó Gonzalo esta vez un poco confundido.

"Veréis, esa historia nos las inventamos nosotros para justificar lo que deberíamos de hacer en estas tierras. Nadie se opondría a que matásemos a caníbales, después de todo un animal salvaje es peligroso para todos."

"Ya yo había escuchado eso: El fin justifica los medios."

"Que interesante fue llegar al fin, pues esto nos dio la autoridad de:"

El hombre continuó su historia de cómo después de ser atacados por los caniba, los españoles se encontraron justificados en asesinar a todo el pueblo acusando a hombres Taínos de pertenecer a aquel grupo, para así poder deshacerse de la juventud del lugar. Pues eran estos jóvenes los que representaban el mayor peligro para un invasor que, aunque estaba mejor armado, temía por su seguridad. Fue por ese temor que se tomó la medida de matarlos a todos por precaución. Los españoles continuaron su invasión de la isla de Borike'n desde el oeste al este. De esa manera siguieron la ruta que los llevó al yucayeke de Abacoa adonde enfrentaron al cacike Arasibo. Los resultados fueron similares a su primera masacre en el yucayeke de

Aymaco. Ya con dos masacres y la sangre de los Taínos bajo sus pies, los invasores se pensaron invencibles.

Mientras tanto el gran cacike Agüeybana preparaba una respuesta militar para tratar de defender su territorio. Esto causó que los invasores se encontrasen con una resistencia más fuerte en el yucayeke de Sibuco, adonde su cacike Guacabo los esperaba con refuerzos y listos para defenderse. Los invasores iban camino a este lugar cuando sin ningún tipo de advertencia comenzó el ataque BOricu'a. Francisco se expresó acerca de esto con una mirada de sincero horror en su rostro:

"Estábamos tomando un descanso después de un largo viaje y en el medio de aquel monte comenzó una fuerte reyerta militar, algo tan inesperado que nos tomó de sorpresa a todos en el batallón."

"Algo inesperado. ¿estaban matando a los nativos y después de dos batallas esperaban que nadie respondiera?"

"Es que, en nuestras mentes, esos salvajes no eran capaces de planificar y mucho menos de retar nuestra autoridad en esta tierra."

"¿De qué carajo usted habla? Aquí ustedes no tenían autoridad, solo eran invasores inescrupulosos."

"Hubo muchas víctimas inocentes ese día y aquella batalla nos forzó a retroceder para replanificar nuestro próximo ataque."

"Hablando de víctimas inocentes, dígame algo, ¿usted sabe de Diego Salcedo?"

"Dieguito," que pena."

"¿Qué pena de qué?"

"Esos salvajes lo mataron sin razón alguna."

"¿Cómo que sin razón? No era él uno de los que andaba matando Taínos, hasta a niños por caprichos insolentes."

"Eso fue un horror para nosotros encontrarlo con el cuello cortado."

"¿Entonces es cierto lo que me dijo Anani? Ella fue la que lo mató."

"Sí, eso dice ese animal salvaje, sabrá Dios si es cierto. Pero no tenía razón hombre. Estas gentes solo son animales y con un animal uno puede hacer lo que deseé. Te lo podéis comer o usarlo de la forma que te dé la gana. Por ejemplo, Francisco se folló a muchas de estas salvajes, pues ese era su derecho de hombre."

"Hijo de puta, no era tu derecho violar a mujeres y niñas, eso lo hiciste por ser lo que realmente eras una basura de las calles de tu país. Después vienes aquí a pretender ser gran mierda. Y solo eres un ladrón de calles."

"Francisco tenía todo el derecho concedido por el almirante y el gobierno de España. Él solo reclamó lo que sus superiores le concedieron como derechos. Y si él quería follarse a mujeres y niñas si se le apetecía, ese si era su derecho y punto. Después de todo, te repito, con un animal vos hacéis lo que se te venga en gana."

"Eso de los animales lo leí yo en un libro. Ya sé que ustedes los europeos hacían cualquier cosa con un animal. ¡Uy! Hay que ser un puerco degenerado para hacer lo que ustedes hacían con animales."

"¿Qué vos queréis decir con eso?"

"Que fue de ustedes que la humanidad heredo la sífilis. Una enfermedad que viene desde que uno de ustedes se cogió una cabra de monte o algo así." -dijo Gonzalo rudamente aprovechándose de este dato para burlarse del orgullo de aquel hombre.

"Eso yo no lo hice nunca, yo no soy un degenerado."

"Pues si lo hizo o no, Gonzalo lo está diciendo, la sífilis viene de su continente. Eso también es una de sus contribuciones a estas tierras además de la gripe común que fue la verdadera responsable de sus victorias sobre la gente de este continente. Y aunque lo acepte o no, usted si es un degenerado de mierda."

"Vos estáis inventando cosas para joder conmigo. Yo no creo, ni acepto eso que decís."

"Usted sabe que no puedo mentir. No es eso lo que usted me dijo, que mi alma dice lo que mis labios callan, pues ahora mis labios dicen algo que su alma desea que yo callé."

"Está bien, está bien, pero que conste que yo no hago nada de eso con ese tipo de animales. Yo soy un hombre honorable y decente."

"¿Con ese tipo de animales?"

"Con cabras, ovejas y otros de esos animales. Que quede claro que yo no toco eso."

"Un hombre decente que abusó de niñas y mujeres indefensas. Creo que usted no conoce el significado de la palabra decencia."

"Ese era el derecho de Francisco como hombre de raza superior."

"Usted todavía cree que es superior. Así de superior era el "Dieguito" y mire lo que le pasó. Lo degollaron cómo a un puerco salvaje de monte y lo dejaron flotando como flota un palo seco en el agua llena de su propia sangre."

"No lo digáis eso de nuevo, pues eso fue un horror. Lo encontramos allí flotando sin vida, como un pez muerto en el agua."

"¿Y por qué la mentira en los libros de historia? ¿por qué lo pintaron como una víctima inocente?"

"Yo no sé eso hombre, a lo mejor reforzaba el mito que se vendió en España de que aquí éramos tratados como dioses. ¿qué sé yo? Eso no lo decidí yo. Algo si yo sé, Diego no fue el primero en morir a manos de estos salvajes."

"A lo mejor no, pero fue el primero en morir a manos de esa guerrera que ustedes crearon con sus abusos, de manera que éste fue él que dio inicios a los pasos que ella habría de seguir."

"¡Que humillante, Uy! Morir así de las manos de un animal salvaje como ese."

"Yo creo que lo que usted quiere decir no es eso, sino que fue algo humillante morir de las manos de una mujer. Eso es algo que su sociedad machista no puede aceptar, que una mujer es tan capaz como un hombre de hacer cualquier cosa."

Al escuchar aquel análisis de la situación Francisco se mostró incomodo por primera vez en toda la noche. Entonces se puso de pie y buscó entre los árboles al múcaro que lo aterrorizaba. Había perdido la concentración y se mostraba vulnerable ante el comentario de Gonzalo. Éste a su vez, noto el cambio en el semblante del hombre y dejo escapar una leve sonrisa, mientras se preguntaba el porqué del cambio de actitud de su acompañante. Entonces indagó en un tono irónico:

"¿Qué le pasa al gran Don Francisco, está molesto por algo?"

"Estáis lleno de mierdas, Yo no tengo que darle explicaciones a la servidumbre."

"Ya la servidumbre no existe. Diga lo que le pasa y déjese de hacerse el pendejo."

"Nada, no hay nada que decir, es que esta noche se ha prolongado más de lo que yo esperaba."

"Lo que usted diga su excelencia, yo sé que algo lo molestó. Y en mi país dicen que él que se rasca es porque algo le pica."

"Que estupidez, la verdad que yo creo que vos no eres capaz de entender por qué estáis aquí."

"Lo único cierto que ha dicho en los últimos minutos. Yo no sé porque estoy aquí."

"Pues dejadme continuar para no tener que gastar más tiempo ensuciando mi alma con vuestra presencia."

"Creo que su alma llegó sucia aquí, mucho antes de conocerme a mí. A lo mejor por eso es por lo que el múcaro lo está velando."

"No menciones a ese demonio por favor, que tengo una eternidad tratando de librarme de él."

"¿Le tiene miedo? El gran Francisco acobardado por un simple búho."

"Callad, y continuemos con lo que hay que hacer."

De acuerdo con el relato del hombre, unos días después de aquel ataque sorpresa, los europeos se reagruparon y planificaron las nuevas batallas. Todo esto sucedía en el norte de la isla mientras que otros batallones duplicaban la estrategia por el sur de la isla. En aquellos días los yucayekes de Guama, Guania, Abeyno, Guayama y Guayaney habían sucumbido ante la presencia española. Los locales no eran solo víctimas del cañón y el rifle, sino que también de la gripe, una enfermedad que los extranjeros trajeron, y a la que los nativos no le tenían defensas naturales.

Mientras tanto por el centro de la isla, Agüeybana y su grupo de fieles guerreros continuaban defendiendo los puntos centro y norte de la isla. Aun así, con cada batalla y cada contacto con los invasores, las reservas continuaban disminuyendo ante el poderío militar y las enfermedades que invasores trajeron con ellos. Esta situación duro unos meses, pero al fin de todo, la batalla estaba perdida y los invasores habían tomado el control de la mayor parte de la isla. Los pocos nativos que sobrevivieron las masacres pararon a ser los sirvientes del invasor. De todo esto Francisco se benefició económicamente bajo el mando de su almirante, pues este había sido uno de los más diestros en el arte de la crueldad. Todo le iba muy bien hasta el momento en que el almirante murió y el gobierno español trató de robarle a sus descendientes los derechos que se les había concedido en contrato antes de su primer viaje. Esto puso en marcha un proceso de litigación en las cortes españolas. Mientras tanto el rey de España nombro a su nuevo usurpador, Juan Ponce de León como gobernador de la isla que habían nombrado San Juan Bautista en honor de un profeta de su religión cristiana. Este profeta había encontrado su final según las escrituras cristianas siendo degollado, de la misma forma que muchos de los nativos habían conocido la muerte de las manos de los invasores.

Con la muerte del almirante y los cambios de poder, Francisco comenzó a experimentar un periodo de incertidumbre económica y social. Después de haber abusado, violado y matado a casi todo un pueblo, no tenía casi nada legal que enseñar. Lo poco que se había robado a través de sus años de incursiones en la isla, ahora corría el peligro de perderlo, pues si al almirante le habían robado lo que era de él ante la ley, ¿Qué le pasaría a la pequeña fortuna que se había robado Francisco? Esta pregunta lo forzó a prolongar su estancia en la isla y de una manera muy inteligente y valiéndose de su fama de guerrero fiel logró aproximarse al nuevo gobernador. Éste último vio el valor de tener a su servicio a Francisco y lo utilizó en operaciones clandestinas en diferentes áreas de la isla, como asesino a sueldo y/o casa recompensas. Así Francisco pasó a ser la mano y el puñal de este nuevo invasor y al mando de su gobierno mató a muchas personas; nativos y españoles que comenzaban a cuestionar los abusos del gobierno en contra de los menos afortunados, fuesen nativos o europeos.

"¿Entonces comenzó a matar hasta a su propia gente?" -Gonzalo preguntó un poco incrédulo.

"Oro es oro, a Francisco no le importaba a quien tuviera que matar, eso no era su problema. Él no podía permitir que nadie pusiera en duda su resolución delante de su gobierno."

"¿Y qué diferencia había entre Ponce de León y su almirante?"

"Mismo hombre, diferente uniforme. Algunas veces peor que el mismo demonio."

"Explíquese por favor."

"Si vos pensáis que el almirante era un monstruo, Juan Ponce lo hacía lucir como un bebe que apenas chupaba de las tetas de su madre."

"¿Así de horrible era? Esa es otra cosa que los historiadores omitieron."

"Ya os dije, peor. De la boca de Ponce de León, Francisco recibió las ordenes más crueles de su vida de asesino. Él fue el responsable de la extinción de las gentes de estas tierras. Creedme, Francisco no tenía problemas matando gente, pero a veces dudó de su propia humanidad siguiendo órdenes de Juan."

"Elabore eso por favor."

"Juan no mataba a una persona solo físicamente, a él le gustaba torturar el alma de sus víctimas. A algunos hombres los mató trabajándolos como no se trabaja a un burro. Y cuando sucumbían de cansancio, les negaba el agua o descanso, optando por terminar de matarlos a latigazos hasta que se desangrasen en donde habían caído exhaustos."

"¡Que desgraciado!"

"¿Vos no sabéis lo que Juan hizo después de la muerte de "Dieguito"?"

"No me acuerdo de haber leído nada acerca de eso en los libros de la escuela."

"Bueno, pues dejadme deciros que Juan ordenó la muerte de más de seis mil nativos salvajes."

"¿Seis mil?, Coño como que usted está exagerando."

"No jodas, vos como que eres más tarado de lo que pensé. Recuerda no os puedo mentir."

"Yo no soy un bruto, yo solo no lo sé porque no me enseñaron en la escuela. Y sus libros estaban llenos de mentira."

"Deberéis de educarte un poco más, si eso fuese posible."

"Entonces el Ponce de León era un hijo de puta y abusador que mataba sin pudor. ¿algo así?"

"Eso no es nada, en ocasiones violó a mujeres en frente de sus hijos bastardos, y luego de terminar con ellas, les mató los hijos para verlas sufrir. Hizo todo esto en público para dar ejemplos de lo que estaba dispuesto a hacer para mantener su mano en el poder."

"Y en los malditos libros de historia lo pintan como a un santo."

"¿Quién carajo crees que comisionó estos libros? El gobierno español, no iba a escribir algo que lo inculpaba o que le quitase brillo a su título de nación católica."

"¿Usted sabe que en esta isla hay calles nombradas en honor a ese hijo de puta?"

"Si vuestra gente supiera como Juan abuzó y mató a todos aquellos salvajes, la percepción que tienen de él cambiaría bastante. Le digo que Francisco pensó en irse de su lado, pero la comodidad y el oro eran muy importantes para echarlos a perder."

"Ya me lo ha dicho mil veces, no me lo tiene que repetir."

"Vos no me entendéis, yo estaba muy bien con quien fuere él que mandaba en el momento, pues lo único que importaba era mi seguridad económica. Aun así, observando lo que Juan hacia me daba escalofríos en el cuerpo."

"¿Pero comoquiera siguió a estos dos que eran unos asesinos y violadores?"

"Pero, con títulos y rangos, algo que yo no poseía, lo único que tenía eran mis habilidades de hombre y mis ambiciones de ser humano."

"De hombre asesino, usted es una mierda de persona. Tanto orgullo y tanta fanfarria para continuar siendo solo un ladrón de calle. No sé porque tengo que gastar mi tiempo hablando con alguien así, ni como esto me ayuda."

"Si vos no lo entenderéis, ese no es mi problema. Además, yo no era nada diferente a otros que había por el resto del mundo."

"Pues fíjese que los libros de historia nunca hablaron nada acerca de ellos."

"Seguro que si hombre, lo que sucede es que omitieron muchas realidades, pues sabían que personas como vos no son iluminadas para entender situaciones tan complicadas."

"¿Y qué puñeta es tan complicado de entender? ¿que ustedes solo eran un chorro de ladrones asesinos y violadores?"

"Que así era el mundo en aquel momento, es que vos vivís en una era diferente y las personas han evolucionado en vuestro tiempo."

"Eso no borra el pasado y no perdona lo que ustedes hicieron en estas tierras."

"¿Qué vos queréis de mí? Lo hecho, hecho está. Vos no tenéis el derecho de juzgarme o perdonarme."

"Lo que quisiera es que mostrara un poco de vergüenza y arrepentimiento por lo que hizo."

"¿Y qué vos pensáis que estoy haciendo? He tenido que sentarme con vos esta noche, revivir todas mis atrocidades y soportar que el maldito búho me recuerde la primera vez que tome una vida y cada vez que lo volví a hacer."

"Eso es su forma de decir que se arrepiente. No me joda usted a mí."

"Yo muero cada vez que recuerdo lo que hizo Francisco, y con cada muerte vuelve un rostro que me atormenta. Al menos vos tenéis una oportunidad de descansar en paz. Yo vivo en mi propia versión de mi peor infierno. Lo vivo hoy, lo viviré mañana y por siempre."

"Entonces, ¿esto que está haciendo es su penitencia por los crímenes que cometió?"

"Si, y cada relato trae el dolor de lo que Francisco hizo y no puedo cambiarlo."

"¡Ay carajo, usted sí que está jodío!"

"Dejadme continuar que ya el alma me pesa de tanta pesadilla."

Francisco continuó su relato de como en aquel momento en que el gobernador incursionaba en la isla destruyendo los últimos bastiones de la cultura Taíno, él lo acompaño para ponerle su toque de crueldad a cada pequeña rebelión de los pocos BOricu'as que quedaban. Fue así como él escuchó por primera vez del Fantasma de los Montes. Un asesino local al que nadie podía identificar y él cual había sido responsable de cientos de muertes de españoles a través de toda la región del norte y algunas veces el centro y el sur. Luego de escuchar acerca de aquel asesino que dejaba su identificación a cada víctima, Francisco experimentó un sentimiento de miedo y admiración simultáneos. No sabía porque, pero este asesino lo intrigaba, pues seguramente sería un oponente extraordinario y también la recompensa por su captura vivo o muerto, debería de valer mucho para el gobierno español.

"¿Entonces se enteró del Fantasma de los Montes?" -preguntó Gonzalo intrigado por la revelación.

"Sí, allá por esos rumbos lo escuché." -respondió Francisco con mala actitud.

"¿Y en vez de mantener su distancia se puso a buscarlo? ¡que pendejo! ¿no que usted ya tenía bastante oro para retirarse a su país tranquilo?"

"Yo amaba el oro por sobre todas las cosas, incluyendo mi vida misma. En algunos momentos sentí un poco de miedo por mis acciones, pero la comodidad y la seguridad que me proveía poseer oro y rango, me mantenían en un estado de indecisión adonde parecían siempre ganar las ganas de mantener mi posición ante la incertidumbre del futuro y todos sus recovecos."

"¿Y se fue a buscar este peligro solo, no buscó a alguien con quien ir?"

"Si, yo no compartiría la recompensa con nadie. Vos sabes, a veces es mejor andar solo que mal acompañado."

"¿Y de cuanto era la recompensa que no podía compartirla con nadie?"

"Más de lo que vos podéis imaginar. Veréis este asesino llevaba mucho tiempo aterrorizando a nuestras brigadas y yo convencí a Juan Ponce a incrementar la recompensa que el gobierno ofrecía por su captura. Después de todo ya el tal Fantasma de los Montes había asesinado a varias personas de importancia. Por eso fue por lo que luego de que Juan Ponce aumentó la paga, el riesgo valía más que la precaución. De todas maneras, después de que él aumentó la recompensa fue destituido por las cortes de España."

"Ohh, cuando las cortes españolas fallaron a favor Diego C..." -decía Gonzalo antes de ser interrumpido bruscamente.

"Sí, sí, antes de que ese infeliz arruinará todos mis planes."

"Arruinara sus planes, porque lo dejo sin protección, ¿no es así?"

"Sí, sin Juan Ponce, ya no tenía manera para justificar mi fortuna robada. Tenía que encontrar una solución a ese problema de una que otra forma antes de irme de este maldito lugar para siempre."

"¿Entonces se volvió cazador de fugitivos Taínos?"

"Y de los negros insolentes que como vos que pensaban que se merecían la libertad incondicional y trataban de escapar de sus amos."

"¿Los negros? Usted se refiere a los esclavos Africanos."

"Si, ya para ese tiempo nosotros teníamos esclavos de África para construir nuestros fuertes y murallas, ya que los locales nos salieron flojos, pues entre los que se enfermaron y todos los que Juan Ponce mató, ya no quedaban muchos."

"O sea que ya estaban abusando de otra raza. Me imagino la cantidad de mujeres de las que abusó nuevamente."

"No, yo no abusé de ninguna mujer negra, eso yo no lo podía hacer."

"Así de racista era, déjeme adivinar: La mujer negra era menos que un animal. ¿no?"

"No, hombre, no era así. Si fuese por mí, me hubiera follado a todas las negras que se escapaban de sus amos."

"¿Entonces por qué no lo hizo?"

"A los dueños no les gustaba que nadie les tocara sus propiedades, y si alguien les tocaba a sus esclavas, no pagaban. Y para mí el oro era más importante que un trasero firme y hermoso de cualquier color."

"Por eso se salvaron de sus bellaquerías, por su miedo de perder la paga."

"Como vos lo queráis decir, yo estaba a cargo de capturarlos y devolverlos a sus amos, pero nunca me interesó tanto como capturar al tal Fantasma de los Montes, pues él era mi boleto para regresar a la madre España como me lo merecía."

Francisco comenzó a investigar en diferentes áreas acerca del Fantasma de los Montes. Al principio el rumor de su presencia era esporádico y los que habían escuchado de éste, no estaban seguros de la veracidad de la historia. Aun así, algo era un constante en los relatos; y esto era que con cada muerto que éste dejaba en su paso encontraban una piedrita con un dibujo en el centro. Ningún colonizador conocía el significado de aquella imagen, pero todos sabían que se trataba de algún local, pues el arte en la piedra resemblaba arte de la cultura Taíno. Un día en que se encontraba en la región conocida por los Taínos como Guaynabo, escuchó acerca de un español asesinado al que encontraron degollado con la marca del asesino que él buscaba. Luego en el área adyacente encontró un local que aseguraba haber visto al asesino internarse en las montañas de Cayniabón. Esto le confirmó que estaba cerca de tan deseada presa.

"Me interné en un monte con varias colinas las cuales atravesaban aquella región." -continuó relatando el hombre.

"¿Usted está hablando de aquí, de esta área adonde estamos ahora mismo?" -preguntó Gonzalo con sorpresa.

"Así es, esta maldita área que se ha convertido en la prisión de mi alma."

"Entonces así fue como usted llegó aquí, buscando al Fantasma de los Montes."

"Si hombre a eso fue que vine. Yo de aquí no me iba sin cazar a ese demonio para luego regresarme a España como todo un héroe con los bolsillos llenos de oro a vivir el resto de mi vida en los lujos que me merecía."

"Solo que usted nunca se fue, sino que encontró su final aquí mismo." -dijo Gonzalo al darse cuenta de cuál era la conclusión más obvia de aquel relato.

"¿Me vas a dejar continuar con mi relato o no?" -preguntó Francisco irritado por las constantes interrupciones de Gonzalo.

"Está bien continué por favor, que quiero saber que le pasó al gran Francisco de la madre España."

Según su relato, Francisco caminó por varios días entre un monte y otro buscando una pista que lo llevara adonde se encontraba su presa. Caminaba por los días y descansaba de noche cerca de la quebrada adonde le era más fácil divisar a cualquier persona caminando por el lugar. Él estaba convencido de que este individuo se descuidaría en algún momento u otro, y él estaría allí para atraparlo vivo o muerto. Luego de unos días llegó al chaco que hoy se conocía como La Encantada. Desde una de sus esquinas pudo observar a una joven mujer Taíno bañándose en el agua completamente desnuda y de espaldas a él.

"Francisco vio a aquella salvaje desnuda bañándose en el agua. Era un espécimen perfecto con un cuerpo esbelto, unas nalgas firmes y unas tetas preciosas. Era la salvaje más bella que él hubiese visto en todo su tiempo en este lugar. La mujer más hermosa que había visto en toda su vida, incluyendo a las mujeres de su pueblo natal."

"¿Una mujer joven dice usted?" -preguntó Gonzalo un poco confundido.

"Una salvaje perfecta. Francisco la observó por unos minutos y concluyó que lo más obvio era que se la follará para disfrutar de aquel cuerpo joven como era la voluntad de Dios. Pensó en apretarla y acariciarla como nunca nadie lo hubiese hecho. La iba a amar como solo un hombre como Francisco era capaz. Luego continuaría con su búsqueda, pero en aquel momento solo pensaba en la lujuria."

"¡Otra mujer ultrajada! Me cagó en la madre que lo pario, todavía justificando sus atrocidades con la voluntad de Dios, y pensando que ultrajar a una mujer indefensa lo hacía un hombre. De verdad que usted da asco."

"Callaos por favor, que aún no termino con mi relato." -dijo Francisco levantando sus manos, impacientado por las constantes interrupciones de Gonzalo.

"Me callo porque no te puedo romper la cara infeliz, ¡Ay, si yo pudiera!" -exclamó Gonzalo en voz alta, haciendo amagos con las manos.

"Francisco se movió sigilosamente para no asustar a la mujer, todo mientras ella se estregaba la espalda y su precioso trasero con una hoja de alguna mata o algo así. Caminó lentamente asegurándose de no pisar hojas secas que hiciesen algún ruido y lo delataran. Y ya cuando se acercó lo suficiente, tenía la verga dura en anticipación de disfrutar de aquel hermoso cuerpo de color cobrizo como lo había hecho muchas veces desde que llegó a esta maldita isla. Estaba enardecido de deseos de cogerse a aquella salvaje como era su derecho. Ya Francisco estaba cerca y como se trataba de una mujer, había dejado su rifle en una esquina. Después de todo, ¿qué le podía hacer una criatura tan hermosa a un hombre fuerte como él?"

"A la verdad que usted no tiene madre. Entonces que hizo ¿violó a otra mujer indefensa."

"¡No! Veréis, cuando Francisco ya estaba cerca y próximo a cogerse a esa salvaje, le pasó algo inesperado."

"¿Qué carajo le pasó?" -preguntó Gonzalo curioso, pero aun con coraje en su tono de voz.

"La mujer, aquella la criatura más hermosa que Francisco hubiese visto en su vida..." -comenzó el hombre con su mirada clavada en el suelo avergonzado.

La mujer resultó ser el Fantasma de los Montes, y en el momento en que el español se disponía a violarla como lo había hecho con muchas otras mujeres y niñas de su comunidad, ésta se sumergió en el agua del charco y casi de inmediato llegó a la orilla adonde se encontraba sus pertenencias, y entre ellas su arco y sus flechas. En una reacción similar, Francisco al darse cuenta de que la mujer nadaba rumbo a sus armas, las cuales él no había visto en su lujuria, corrió en busca de su rifle cargado a la orilla opuesta del charco. Pero cuando logró agarrar el arma y se volteó para apuntarla, sintió un fuerte dolor entrarle por la parte derecha de su frente penetrando su casco de soldado. De inmediato sintió el calor de la humedad de su sangre bajarle por el rostro. Luego sintió otro fuerte dolor en su estómago, y la misma sensación caliente de líquidos bajándole desde sus entrañas. Al mirar hacia abajo logró ver una flecha incrustada en su barriga. Incrédulo miró nuevamente en dirección a la mujer desnuda; y ésta con su arco en las manos apuntaba una tercera flecha, la cual Francisco habría de sentir penetrarlo en el área de sus genitales. En un acto de desesperación, Francisco agarró la flecha incrustada en su estómago y trató de jalarla para sacársela del cuerpo, pero esto le causó un dolor tan agudo que él desistió de inmediato.

Luego volvió a mirar hacia el frente buscando a la mujer que parada con su arco en la mano apuntaba otra flecha más. Lleno de horror y vencido por el peso de su cuerpo moribundo, cayó hacia atrás y terminó sentado encima de una piedra que estaba al principio del charco, con sus pies metidos en el agua aun, agarrando la flecha que estaba en su barriga con las dos manos, para evitar que esta se moviera y le causase más dolor. En su boca el sabor a sangre lo instigó a escupir y con su saliva roja, la desesperación le dio paso a la realidad de aquel momento que de seguro le pondría final a su vida. Unos segundos después levantó su cabeza tratando aun de localizar a su verdugo y se llenó de un horror desenfrenado cuando observó como aquella mujer Taíno bajaba su arco, se vestía rápidamente y brincaba de nuevo al charco para luego emerger en la orilla, donde él se encontraba desangrándose indefenso y moribundo.

La mujer miró a su víctima y se sacó un cuchillo desde la parte derecha de la cintura, se agachó frente a éste y levantó su cabeza para mirarlo a los ojos. Luego le puso el cuchillo en el cuello y lo presionó un poco, pero se detuvo y se puso de pie inmediatamente, tirando el cuchillo a un lado mientras musitaba unas palabras con coraje. Después buscó en un pequeño bulto que cargaba y sacó una piedra con un dibujo en el centro. Le mostró la misma al hombre y luego la colocó en uno de los bolsillos de éste que pudo haberse convertido en su victimario. Después comenzó a arrastrarlo con suma dificultad en dirección al agua.

Francisco, delirando, pero aún con vida, se llenó de terror al realizar dos cosas. La primera, había encontrado al Fantasma de los Montes; y la segunda, éste era la mujer que en aquel momento lo arrastraba hacia las aguas a terminar con su vida, así inerme como estaba. Sintió unas ganas tremendas de orinar, pero sus genitales estaban atravesados por una flecha y el dolor que sufrió al tratar de dejar escapar sus orines, fue unos de los dolores más intensos de su existencia de mortal. Unos segundos más tarde, la mujer logró llevarlo al centro del charco mientras éste se desangraba profusamente desde sus tres heridas. Lo miró fijamente a los ojos y le dijo unas palabras a la misma vez que lo sumergía hacia el fondo de las aguas:

"Akani[4] ,daca[5] Anani, daca BO'ricua, daca libre, mi goeiz[6] es libre, y siempre será libre." -estas se convirtieron en las últimas palabras que él habría de escuchar en su vida de mortal.

"Entonces fue así como murió el gran Francisco, de la mano de una mujer BOricu'a. ¡que humillante!" -interrumpió Gonzalo mientras se reía con un tono de jubilación burlona en su voz.

"Vos eres un mal parido de mierda, te daría unos latigazos si estuviera en mi poder." -respondió Francisco con rabia, a la misma vez que se volvía a poner de pie para alejarse un poco de su acompañante.

---

4. akani: enemigo

5. daca: yo soy

6. goeiz: espíritu de una persona viva

"*Yo no creo que usted fuese suficientemente hombre para poder hacerme nada, después de todo a usted lo mató una mujer. No, no, no, una salvaje. ¡Ja, ja!*" -recalcó Gonzalo después de enterarse de cómo fue que aquel despreciable hombre encontró el fin de sus días.

"*Hijo de tu puta madre, voz no tenéis respeto por el dolor de los demás.*" -gritó Francisco rabioso.

"*¿Cómo lo tuvo usted por el dolor que causó a los habitantes de estas tierras?*" -respondió Gonzalo inmediatamente poniéndose de pie frente a él.

"*Eso no es lo mismo.*"

"*¡No! Pues déjeme decirle que no es lo mismo llamar al diablo que verlo venir.*"

"*¿De qué carajos habláis?*"

"*Eso es un dicho local que se usa en mi barrio cuando alguien como usted se mete en líos a los que no está preparado para enfrentar.*"

"*No os entiendo un coño. ¿qué queréis decir con eso?*"

"*Que usted quería encontrar al Fantasma de los Montes, y cuando lo encontró terminó muerto como un pendejo en el medio del monte. O sea que se fue en busca del diablo y lo encontró.*"

"*Vos sos un mal parido, desgraciado, burlándote de la desgracia ajena.*"

"*Vuelvo y le repito: No es lo mismo llamar al diablo, que verlo venir.*"

"*Mal parido, infeliz.*" -repitió Francisco con rabia cruzándose de brazos.

"*Dígame una cosa, ¿Es por eso por lo que Anani lo puede controlar como lo hizo cuando estábamos discutiendo? ¿es porque ella fue su verdugo por lo que tiene que hacerle caso?*"

"*No, no es por eso, no seáis ignorante.*"

"*¿Y por qué es que usted obedece a la salvaje como un subyugado?*"

"*Yo lo hago porque creo que de esa manera alivio un poco el daño que Francisco hizo y la condena que dejó en este mundo.*"

"*¿De qué condena usted habla?*"

"*La condena de mi sangre, que es como una enfermedad que todavía experimentan muchos de mis herederos.*"

"¿Qué herederos, usted no dijo nada acerca de ser padre y/o de haber engendrado hijos?"

"¿Vos no has escuchado mi relato? ¿no me habéis llamado violador más de una vez esta noche?"

"Ok, ahora entiendo, pero ¿de qué condena habla?"

"Eso no te lo puedo decir, deberéis de hacer vuestras propias conclusiones."

"Desde mi punto de vista usted no puede reparar los daños que hizo con nada de lo que hace."

"Yo no creo que sea así. Además, vos no estáis capacitado para decidir que es efectivo o no."

"Lo que usted crea o no, importa un carajo, aunque hay algo que aun no entiendo."

"Yo sé que vos no contáis con la inteligencia para entender lo que os digo, pero aun así me atrevo a preguntar: ¿qué vos no entendéis?"

"Si fue el Fantasma de los Montes la que lo mató, ¿por qué usted dice que era una mujer joven? Anani es una anciana de muy avanzada edad."

"No seáis imbécil, lo que estás viendo ahora es el reflejo de nuestros cuerpos al momento de nuestras muertes."

"O sea que usted murió como a los cincuenta años, ella como a los noventa años y la otra muchacha como a los treinta años."

"Algo así, quien sabe lo viejo que estaba ese demonio cuando murió y cuando murió el otro animal."

Gonzalo se levantó de inmediato y fue a pararse a la orilla de La Encantada a mirarse en los reflejos de sus aguas, pero allí no vio nada, pues el color de las aguas en aquellos momentos no permitía reflexión. Se asustó de momento y caminó hasta otra esquina a tratarlo nuevamente con los mismos resultados. Francisco se quedó parado adonde estaba y un poco confundido con las acciones de Gonzalo. En un momento gritó desesperado:

"¿Qué mierdas hacéis? Volved aquí de inmediato." -Gonzalo regresó al lado de Francisco y éste preguntó:

"¿Qué carajos estáis haciendo?"

"Estoy buscando mi reflejo en el agua."

"Buscando vuestro reflejo ¿para qué?"

"Para saber si estoy muerto, ¿para qué más?"

"No seáis imbécil, esa respuesta no te la puede dar el agua o yo."

"¿Y quién me la puede dar?"

"Vos vas a tener que aprender a tener paciencia."

"Es que ya est..."

"Es que nada hombre, vuestra noche aún no termina. A la verdad que yo no sé qué hacéis aquí." -pronunció Francisco irritado.

"Yo tampoco lo sé."

"Es que acaso eres ciego, ¿Aun no los ves?"

"¿No veo q.?"

Gonzalo iba a hacer esa pregunta, cuando se dio cuenta de que Francisco se había alejado de él en un instante, y se había ido a parar al lado de los otros dos seres que estaban al lado de la hoguera de fuego azul. Éste era el segundo en dejarlo con la palabra en la boca y con una pregunta sin sentidos ni razón. Aun así, sintió alivio de que aquella conversación con este ser tan despreciable había concluido de una vez y por todas.

Baa Hermosa

Nuevamente sentado a la orilla de aquel charco que se había convertido en un espectáculo místico, Gonzalo confrontaba preguntas que no tenían sentidos ni razón. Concentrado en buscar el significado de lo acontecido hasta el momento, se perdía por ratos en que su mente iba y venía de viajes al azar. Sentado allí, escuchaba sin poder oír a aquellos seres sosteniendo una discusión inaudible pare él. No hacía falta entender que el tema que éstos estaban debatiendo, no tenía una respuesta fácil, ni ligera. En un momento Gonzalo se sintió incomodo con la situación, pues llegó a recordar las ocasiones en las que él había sido el testigo de discusiones entre sus padres, al igual que se sintió abochornado de las veces que él y su esposa habían sostenido estas discusiones en voz alta en frente de sus hijos. Aquella incomodidad lo llevó a analizar su situación presente y de cómo había llegado allí después de una vida entera buscándole una respuesta a una pregunta indefinida. Otra vez, la pregunta lo eludía, y se dejaba llevar por el presentimiento de que algo que nunca tuvo, le faltaba en su vida y él no comprendía el por qué.

Los minutos continuaban su camino al olvido y Gonzalo se encontraba en un viaje mental, distraído por sus pensamientos acerca de lo que Anani le había dicho de su turbulento pasado. Experimentaba una pena de la que no se podía zafar por más que moviera las cuerdas del recuerdo. Allí a unos pasos de él, había un ser que había sido víctima de uno de los crímenes más grandes de la historia. Y para el colmo de todo, cuando a él se le enseño acerca de este suceso en la escuela, habían limpiado toda la sangre derramada usando los libros oficiales del gobierno como mapos mágicos capaces de borrar todo lo atroz. Luego indoctrinaron a todos a pensar en la santidad de la misión de matar, saquear y abusar en el nombre de Dios. Al lado de Anani se encontraba su verdugo, un ser tan despreciable que no tenía oportunidad de redención ante los ojos de Gonzalo, pues este había sido participe de cosas que no le podía excusar ni tan siquiera aplicándole los lentes del tiempo. A todo esto, se le unía su problema, uno que hasta aquel preciso momento no tenía una solución absoluta, pues para resolverlo, tenía que primero definirlo, algo que él no lograba aún. De esa manera llegó a otra memoria, esta vez salía de una clínica de salud mental de la mano de su esposa Ildefonsa:

"Ya lo vez que estos médicos de pacotilla no saben na'." -se quejaba Gonzalo con su mujer.

"Algo hay que tratar porque tú no puedes seguir así." -respondió ésta preocupada.

"Yo no tengo na', eso se me pasa uno de estos días."

"Es que llevas tiempo sin dormir y siempre estás como perdido."

"Te he dicho que eso es la vejez. No te tienes que preocupar por mí."

"Pues yo me preocupo porque últimamente estás insoportable."

"Yo no estoy haciendo nada malo. ¿por qué eso te molesta tanto?"

"Es que no estás haciendo nada de nada, y eso no es normal. Te la pasas todo el santo día de mal humor y eso es incómodo para mí.:

"Pero ¿qué te estoy haciendo a ti con eso?"

"Me estás preocupando y pensé que, si hablabas con un psicólogo, a lo mejor él te ayudaba."

"Yo no creo en esos come mierda que solo te dicen lo que tú quieres oír. Eso no es para mí, pagarle a un cabrón pa' que me hable mierda."

"Algo tienes que hacer, no crees en Dios y tampoco en los médicos ¿qué es lo que quieres?"

"Quiero la paz de saber el por qué me siento como me siento. Pero eso no tiene que ver nada contigo. No es tu culpa."

"Aunque no sea mi culpa me tratas como que no existo. No sé qué es lo que te molesta. Por favor dime que es lo que sientes."

"Eso es lo que no sé. Es como un sentimiento viejo que no me deja vivir en paz."

"Si sigues como vas, te vas a volver loco. ¿por qué no te tomas los medicamentos que te recetó el doctor?"

"Porque yo sé que no estoy loco, no lo estoy..."

Con esa última declaración, Gonzalo volvió a cuestionar sus motivos de estar en aquel monte. Lo atacó la duda acerca de su capacidad mental y escuchó las palabras de su primo Alejandro: *"Primo usted está loco, ¿para qué se quiere meter a esa jungla? Nosotros ya no somos unos nenes de teta, estamos muy jodios pa' eso."* A lo mejor debió de escuchar al doctor y su diagnóstico. A lo mejor debió de tomarse sus medicamentos para olvidarse de sí mismo. Ahora ya no había vuelta atrás, estaba en medio del monte con o sin unas costillas rotas. La verdad era que, ya ni él mismo sabía dónde estaba, ni con quien. Pensó en todo lo sucedido desde que llegó allí y dudo de su capacidad de discernir entre una alucinación, un delirio o la misma realidad. Después de todo, el doctor de pacotillas le había explicado que dentro su diagnóstico de esquizofrenia podría haber momentos en los que su mente se inventara realidades completamente diferentes para evitar estar en el presente

Esto lo llevó a recordar a su abuelo materno Don Gregorio, quien era un hombre de un carisma alegre que se pasaba la vida haciendo exageraciones para explicar todo incluyendo su apariencia física. Era un hombre negro, un poco obeso, una cara redonda adonde exhibía una sonrisa llena de una alegría inexplicable. Gonzalo recordaba la forma en que éste le explicaba el porqué de su color obscuro: *"Yo salí así porque nací en una fábrica de gomas de camión de leche y se me pegó el color en la ropita y la forma en la piel, por eso es por lo que soy redondo y negro como goma de camión."* Este recuerdo era uno de los muchos que Gonzalo guardaba con recelo de aquel abuelo que murió cuando apenas él era un adolescente. Gregorio era totalmente un polo opuesto a su otro abuelo Paulino, quien por su parte siempre fue un hombre de una seriedad indiscutible al que todos conocían como un hombre recto de muy pocas palabras. Entre los pocos recuerdos que Gonzalo poseía de su abuelo Gregorio, recordaba las ocasiones en las que éste hablaba acerca de su madre Manuela, la bisabuela de Gonzalo de su lado materno. Manuela era como una leyenda en el barrio porque había vivido ciento diez años.

"Mi maí estaba más vieja que Matusalén." -decía Gregorio antes de añadir: *"Pero también estaba más perdía que un juey bizco, porque se volvió loca."*

De acuerdo con Gregorio, Manuela, su madre sufrió muchos trastornos mentales mucho antes de morirse y se le podía observar caminar por el barrio hablándose a sí misma por muchos años. Todos la conocían como *"Manuela la loca"* y se burlaban de su estado mental detrás de sus espaldas. Aun así, nadie nunca le hizo daño, y con todo y sus locuras era apreciada por los residentes del lugar, quienes la cuidaban como si ésta fuera parte de sus propias familias. *"La vieja estaba más loca que el rabo de la puerca."* -Era otra forma en como Gonzalo recordaba a Gregorio comentando acerca de su bisabuela. Aunque nunca la conoció y jamás vio un retrato de ella, ahora se preocupaba de ser el heredero de los genes que le causaron su locura. Recorrió todas las referencias que tenía de su bisabuela y buscó en sus memorias para ver si encontraba alguna indicación de que la esquizofrenia había sido la causante de que ella perdiese el uso de su razón, mucho antes de dejar este mundo. Aun así, como la muerte de aquella mujer había sucedido mucho antes de que él naciera nunca se preocupó por saber nada más allá de lo que su abuelo contaba.

Sintiéndose atacado por un sin número de premoniciones y comentarios pasajeros que regresaban a su mente para perturbarlo, Gonzalo se puso las manos en la cabeza, cubriéndose sus orejas y las apretó con la fuerza suficiente para exprimir algún pensamiento. Al parecer, él estaba tratando de cubrirse los tímpanos de su cerebro para que este no volviera a escuchar palabras que le causaban dudas de su propio existir. *"Su condición se llama esquizofrenia."*, decía la voz de un médico. *"A ti lo que te hace falta es buscar de Dios."*, comentaba la voz de su esposa Ildefonsa. *"Usted está loco."*, repetía su primo Alejandro. Gonzalo desesperado por la confusión de aquellas dudas persistentes, movía su cabeza de lado a lado como para zafarse de aquellas voces, pero de cualquier manera, todavía estaban allí. Entonces se decidió a reconcentrar su mente en algo más positivo y logró escuchar la única voz que estaba esperando: *"Mijo, yo no estoy relajando en ese lugar viven seres misteriosos que la gente dice que te pueden ayudar con tus problemas o te pueden joder si encuentran que no eres buena gente."* Esa voz le reafirmó que su decisión era la correcta, pues aunque él no estaba seguro de mucho, estaba seguro de algo, él, Gonzalo Márquez Centeño, era una buena persona.

Durante esta pequeña crisis emocional se pasó un buen rato, ya Gonzalo se le había olvidado la discusión que sostenían sus compañeros en el monte. Estaba concentrado en desmentir a su doctor y su diagnóstico, a su mujer y a su Dios, y hasta a la misma realidad si fuese posible; y que no se percató de que el lugar adonde estaba sentado se había vuelto a cambiar de disfraz, mientras él se perdía en los recovecos del pasado atrapados en su mente en unas burbujitas persistentes que todos llamaban memorias. Al levantar su mirada, éste miró La Encantada y esta estaba nuevamente renovada con aguas que ya no eran rojizas, sino que alternaban entre un color amarillo claro y en color azul turquesa, lucía como si hubiese unas bombillas en el fondo del charco, alternando su color para confundir a aquel hombre que no necesitaba ninguna ayuda para estar confuso.

Alrededor del lugar, la llanura ahora se había extendido un poco para acomodar las muchas flores que adornaban los pastos. Las margaritas de baberton, violetas, lirios de sangre y hasta calabaza azul habían inundado el sitio, mientras que sus olores de flores frescas llegaban al olfato de Gonzalo, causándole un estado placentero. En algunos árboles unas tórtolas moteadas cantaban una canción de nostalgias y algunas gallinas guineas caminaban buscando gusanos y otros insectos entre las flores. Una vez más, la metamorfosis del lugar sorprendió al hombre que se preguntaba: *¿Ahora qué?* La respuesta a esta pregunta se materializo unos segundos después, cuando desde detrás de la neblina que comenzaba a disiparse, la mujer negra caminaba cabizbaja en su dirección, tomando pasos tentativos que parecían no querer llevarla nunca al frente de aquel hombre sentado a la parte norte del charco. Gonzalo la observó curioso, en expectativa de otra conversación en la que de seguro se enteraría de datos acerca de la historia que él no conocía.

La mujer andaba casi agachada sin mirar a Gonzalo, sus pasos eran lentos y nerviosos. Le tomó unos minutos llegar al frente de éste y de inmediato se arrodilló frente a él sin ninguna razón. Gonzalo la saludo con un: ¡Hola!; y la mujer cayo hacia atrás temerosa, retrocediendo con el trasero en el suelo, y musitando palabras inaudibles y llena de emoción. Gonzalo se puso de pie de inmediato, como empujado por la culpa y la pena. Miró a la mujer y le hizo señas con la mano, como tratando de calmarla y de reasegúrale que él no representaba un peligro para ella. La mujer no lo veía, pues se estaba tapando el rostro con sus dos manos tratando en vano de mantener sus sollozos a un volumen bajo. Ya la neblina se había dispersado completamente y desde el lado del fuego, Anani se paró y caminó en dirección a la mujer. Llegó al lado de ésta, se arrodilló y le dijo con una voz calmada:

"Daabi[1] te preocupes, li[2] solo quiere mboa[3]."

"¿Solamente mboa?" -preguntó ella tentativa y temblorosa, mirando al suelo.

"Obiara hia mmoa[4]." -reaseguró Anani con sus manos en los hombros de la mujer.

"¿Solamente mboa, nada más? ¿Daabi se dará cuenta dé la nokorɛ[5]?"

"Solo mboa. Li no tiene forma de saber nada nosotros. Ni de da[6], el akani[7] o acerca de ti." -reafirmó Anani mirándola a los ojos.

---

1. *daabi: no*

2. Li; él, lo, ellos

3. nboa: ayuda

4. obiara hia mmoa: todos necesitan ayuda.

5. *nokorɛ: verdad*

6. da: yo, mi

7. akani: enemigo

"Que estupidez de la negra esta." -gritó Francisco desde adonde estaba parado, aparentemente irritado por las acciones de la mujer negra. Anani lo miró directamente como para hacerle un reproche y éste volteo su mirar de inmediato antes de hacer otro comentario:

"Hemos hecho esto un millón de veces y todavía el animal no aprende."

"Cállese la boca, hijo de la gran puta que ya me tiene hasta la coronilla con sus cosas." -gritó Gonzalo desde adonde estaba parado.

"Son unos animales, esa negra de mierda es el mejor ejemplo de que animales como vosotros no tienen la capacidad de aprender." -contestó Francisco irritado y levantado la voz para gritar su descontento.

Anani se paró de inmediato y miró a Gonzalo con una mirada de admonición a la vez que caminaba lo más rápido posible al lado de Francisco. Éste la vio andando en su dirección e inmediatamente dejo de hablar. Al llegar a su lado Anani le dio la mirada más intensa de la historia y le dijo bruscamente:

"guaiba'[8] *ahora mismo."*

Entonces éste dio unos pasos y se sentó lejos del fuego y de ella. Ella por su parte miró nuevamente a Gonzalo y le hizo una señas con la mano para que se aproximara a la mujer que todavía se encontraba en el suelo. Éste entendió el mensaje y ando unos pasos lentamente hacia la mujer para no asustarla. Luego se arrodilló frente a ella y le dijo:

"No te preocupes, yo no te voy a lastimar, no debes de tenerme miedo."

"Bɔnefakyɛ[9] *daabi lo quise molestar, daabi se haw*[10] *conmigo."* -contestó ésta con nerviosismo.

"¿Por qué he de molestarme?, yo no tengo derecho de hacerte daño y tampoco tengo ningún motivo."

"¿Daabi es usted me[11] *wura*[12] *?"*

---

8. guaiba': retírate o vete

9. bɔnefakyɛ: perdón

10. haw: moleste

11. me: yo, mi

12. wura: amo

"Tu amo, ¿con este color?, No gente como yo no podemos ser amos de nadie. Y para decir la verdad en estos momentos yo no soy el amo ni de mi propia vida."

"Los wura tenían banyimba[13] de nuestro color, los wura son de colores diferentes."

"Eso yo no lo sabía, pues déjame decirte que yo no soy tu amo, ¿dime cómo te llamas?"

"Me[14] din[15] es Leiza."

"Mucho gusto en conocerte, mi nombre es Gonzalo, ¿te gustaría sentarte en otro lado?"

"Aane[16]."

"Ok, entonces vamos adonde tú quieras."

La mujer se levantó del suelo y comenzó a caminar en dirección a la llanura que estaba al lado de La Encantada. Mientras tanto Gonzalo razonaba acerca de su nueva habilidad de entender aquel otro idioma que él nunca había escuchado antes de llegar allí. Se preguntaba cómo era posible que él entendiera el idioma de Anani y ahora el de Leiza. Después de todo él solamente hablaba bien el español y el inglés estrujáo, como se le solía decir a personas que hablaban este idioma con un fuerte acento extranjero. Esto lo distrajo por un momento y se llegó a sonreír consigo mismo al pensar que ahora podía entender más de dos idiomas: *"Carajo, si me vieran los gringos comemierda que nunca entienden mi inglés, y hasta mis propios hijos que se ríen de mi acento."* Pensó éste con aquella sonrisa en sus labios. Al levantar su mirada vio que Leiza se había sentado en el medio de la llanura y allí a su lado unas gallinas guineas se paseaban frente a ella, sin ninguna preocupación; y en el árbol más cercano a ésta, las tórtolas moteadas cantaban su canción llena de nostalgias. Leiza, estiro su mano y agarró un lirio de sangre para olerlo y por primera vez desde que había comenzado la noche, Gonzalo la vio sonreír con un brillo en sus ojos y por alguna razón desconocida sintió una gran familiaridad con la presencia de aquella mujer. En sus entrañas un sentimiento de nostalgia reprimida inundo su

---

13. *banyimba: niño o niños*

14. me: yo, mi

15. din: nombre

16. aane: sí

ser. Confundido por aquel sentir, caminó hasta el lugar adonde la mujer se había sentado y se sentó frente a ésta. Ella lo miró y comento:

"Con este olor me recuerdo a Abibir[17] *Me soy de Abibir."*

"Sí, eso me lo figuraba, ¿de qué parte de África eres?" -respondió Gonzalo.

"De Ghana, me trajeron encerrada en una adaka[18] *bajo el famu*[19] *de un pohyɛn*[20]*."*

"¿Te trajeron debajo del piso de un barco?"

"Aane." -respondió Leiza cerrando sus ojos.

Leiza procedió a contarle a Gonzalo de cómo había sido atrapada por gente de su propio país y vendida como esclava a los hombres europeos que hacían negocios allí. Esta práctica era muy común en África según ella misma explicaba. Las personas que eran esclavas de otras tenían que trabajar para sus dueños con horarios de trabajo. Aun así, éstos también podían tener sus propios esclavos y hasta casarse; y en algunas instancias también podían heredar las propiedades de sus amos. La realidad de la esclavitud era algo muy conocido en el continente por sus habitantes, pues era algo cultural. De todas maneras, ella no estaba preparada para la esclavitud bajo las manos de un europeo. Según su relato, la encerraron en una caja de madera en la que no había espacio ni para mover los pies. Luego de esto la pusieron con todo y la caja en un barco de carga junto a cientos de otros Africanos que habían sido capturados y vendidos como ella. Esto solo fue el principio de lo que sería una de las experiencias más aterradoras de su vida.

Ya encerrada bajo la cubierta del barco, Leiza al igual que muchos de sus compañeros comenzaron a gritar de horror al encontrarse confinados de aquella forma. Y para el desmayo de todos, la forma en que se movía la nave causaba nauseas irresistibles, por lo que muchos de ellos se vomitaron dentro de sus cajas, y otros se mearon y se cagaron del miedo. Entonces la caja de Leiza se llenó de olores a orines y a mierda, y ésta aterrorizada se orinó encima también, lo que le causó una irritación ardiente en sus genitales que la quemaría por el resto del viaje. Con el pasar de unos días, comenzó a apestar a algo podrido y con todos los otros malos olores que

---

17. Abibir: África

18. adaka: caja

19. famu: piso

20. pohyɛn: barco

habían allí, era obvio para ella que algunos de sus compañeros habían muerto debajo de la cubierta de aquel barco.

"Yo escuché que ese viaje duraba de seis a ocho semanas." -dijo Gonzalo interrumpiendo.

"Para me duro aduasa[21] mfɛɛ[22]." -comentó la mujer con el horror plasmado en su rostro.

"Me imagino, eso está del carajo. Eso debió de ser un infierno estar encerrado así tanto tiempo."

"Me yafunu[23] estuvo revuelto por muchos mfɛɛ después del viaje, pues muchos de los akoa[24] se morían de desesperación encerrados en la adaka."

"¿Y cómo lograste sobrevivir esa odisea? ¡Yo me hubiese muerto de claustrofobia!"

"Claustro qué... ¿qué es eso?"

"Claustrofobia es una condición en la que las personas tienen pánico de encontrarse en espacios confinados como una caja adonde te pusieron a ti."

"Me tengo suro[25] de espacios pequeños desde ese tiempo."

"Con toda la razón del mundo, ¿quién carajo no tendría terror de lo que te hicieron a ti?"

"Así fue como llegué a este man[26], encerrada como un mmoa[27] en una adaka."

"Eso está cabrón, yo sé que yo no hubiese llegado así. Me hubiese muerto del miedo ¿cuántos años tenías?"

---

21. aduasa: treinta

22. mfɛɛ: años

23. yafunu: estomago

24. akoa: esclavos

25. suro: miedo

26. man: país

27. mmoa: animal

"Algunos Aduonu[28] mfeɛ."

"Veinte años nada más. ¡bendito! Si apenas eras una niña comenzando a vivir."

"Los que se enfermaban o se morían en las adaka que estaban cerca de la cubierta, los tiraban al ɛpo[29]."

"Vivos, ¿tiraban gente viva al mar?" -preguntó Gonzalo sorprendido.

"Aane, enfermos y con bra[30], me yere[31] fue una de las que tiraron al ɛpo." -respondió Leiza con una lagrima bajando por su rostro.

"Tu esposa, ¿no quieres decir tu esposo?"

"Yere, me yere, me mujer." -reafirmó Leiza al ver que Gonzalo lucia con-fundido.

"Entonces tú eras..." -iba a decir Gonzalo antes de ser interrumpido por Leiza.

"Un ser humano normal que sentía ɔdɔ[32] por su yere." -reprochó ésta al ver la confusión del hombre ante aquel dato personal.

"Discúlpame por favor, es que yo nuca escuché que esas cosas existieran en el pasado."

"Gente como me siempre ha existido, pues solo somos seres humanos como tú y como todos."

"Yo eso lo entiendo, aunque no lo apoyo, pero debo de aceptar que no tengo derechos a decirle a nadie que hacer con su vida. Eso me molesta de mucha gente que se creen que tienen el derecho de arruinarle la vida a otro ya sea por su color, preferencia sexual y que sé yo, cualquier mierda que se les ocurra." -trató de explicar Gonzalo.

---

28. aduonu: veinte

29. *Ɛpo: mar*

30. bra: vida

31. yere: esposa

32. ɔdɔ: amor

"Por esa razón y por ser tuntum[33]*, la vida fue difícil para me y continúa siendo difícil para todos mis descendientes."*-dijo la mujer mirando a Gonzalo con ternura en sus ojos.

"Tus descendientes, ¿no me acabas de decir qué era lesbiana?"

"Aane, pero aquí era propiedad del wura[34]*, y como propiedad fui violada muchas veces y hasta tuve un banyimba del wura."*

"Entonces te violaban también, esos infelices no conocían el pudor."

"El wura no tenía adasa[35]*, solo ganas de abusar y el poder de sentirse como un nyame*[36]*."*

Según Leiza, su primer trabajo como esclava en este continente fue el de servir adentro de la casa de su dueño. Ella era una mujer joven y hermosa a la cual su amo habría de usar no solo como ama de llaves o sirvienta, sino que también como esclava para sus aberraciones sexuales de la que podía abusar con impunidad, pues ésta era un animal sin derechos humanos. El abuso sexual había comenzado casi de inmediato y la joven que había llegado a esta isla arrastrada por la inhumanidad de otros, se encontró un objeto sexual de un hombre, algo que para una mujer lesbiana como ella combinaba dos aberraciones a su naturaleza humana. Dejando escapar una lagrima que al parecer combinaba la humillación y el odio, Leiza comenzó a relatar como fueron esos primeros días bajo el yugo de aquel hombre:

"La primera que monaatoɔ[37] *vez me mando a buscar a su cuarto."*-dijo ésta con la indignación en su rostro sufrido.

"No tienes que decirme esto, no te molestes por favor."-dijo Gonzalo tratando de evitar escuchar otra historia acerca de una violación sexual.

"Aane, tengo que decirte esto, pues nadie lo ha hecho por me."

"¿Qué nadie lo hizo por ti? No te entiendo."-respondió Gonzalo confundido.

---

33. tuntum: negro

34. wura: amo

35. adasa: humanidad

36. nyame: Dios

37. monaatoɔ: violo

"¿Alguna vez leíste en un nwoma[38] acerca de lo que estoy a punto de decirte?" - preguntó Leiza con sinceridad plasmada en su rostro.

"No, nunca, a la verdad que acerca de ustedes nos dijeron mucho menos que acerca de la gente de Anani."

"Por eso tengo que decirte para que sepas lo que pasó conmigo y con me gente."

"Está bien, pero que conste que yo ya no sé ni que pensar de tanta información."

"La primera vez..." -comenzó Leiza, después de tomarse una pausa para respirar profundamente y recolectar sus estribos:

"La primera vez entre al cuarto a traerle un café caliente, él se paró a mi lado y me quito la ntare[39] de un jalón. Me traté de detenerlo, pero me pegó en el rostro y me empujó a su mpa[40]. Traté de defenderme, pero él era más fuerte que me. Luego apretó las to[41] y me metió un nsateaa[42] en me twe[43] antes de penetrarme con su kɔte[44] Lloré de la rabia y lo mordí en su hombro hasta sacarle nbogya[45]. Él gritó y me pegó tan fuerte que cuando me volví a levantar me encontré sin ntare afuera de la casa amarrada en un palo seco. Luego de esto hubo otras ocasiones y en cada una de ellas le hice algo, lo arañe en su n'anim[46], lo mordí, lo empuje y siempre volvía a despertar amarrada en el palo con golpes y dolores por todo el cuerpo. Un día me embarazó y la próxima vez que lo vi fue el da[47] en que vino a buscar a me banyimba para venderlo. Luego me vendió también y fui a trabajar buscando sika kɔkɔɔ[48] en los ríos."

---

38. nwoma: libro

39. ntare: ropa

40. mpa: cama

41. to: nalgas

42. nsateaa : dedo

43. twɛ: vagina

44. kɔte: pene

45. *nbogya: sangre*

46. *n'anim: cara*

47. da: día

48. sika kɔkɔɔ: oro

Este relato se hizo muy difícil para Leiza y ésta se paró del lado de Gonzalo y tomó unos pasos en dirección a La Encantada mientras él la miraba con pena y rabia. A lo lejos notó como, las lágrimas de la mujer caían en el agua provocando ondas pequeñas que se movían hacia adentro del charco, como para intentar llevarse el dolor de la mujer a la profundidad de las aguas. Leiza sollozaba en silencio, la humillación de recordar las muchas veces que la habían despojado de su propia dignidad de mujer y de su humanidad. Gonzalo la dejo sola por un momento haciendo su propio análisis del relato y de los conflictos de su alma al recordar a su abuela Sabá, la esposa de Gregorio, a la cual por una razón u otra esta mujer le recordaba. A lo mejor porque Sabá era una mujer negra igual que ella. Ésta era una mujer de una contextura firme, con su pelo afro siempre escondido bajo de un pañuelo, a la que él recordaba siempre como una persona sacrificada y trabajadora, pero de mirada triste. Ahora en su adultez ya podía entender, como Sabá había vivido en aquella sociedad adonde se usaba su color como una manera de criminalizar su misma existencia, bajo los estigmas de hacer a la gente de color obscuro como ella menos humanos que otras razas. En muchas ocasiones presentándolas como personas de baja capacidad intelectual propensas a la ignorancia y la violencia, además de ridiculizarlas con personas de contextura clara pintándose su piel para aparentar ser gentes de color llenas de ignorancia y faltas de intelecto.

Él mismo había reído muchas veces de la *"comedia"*, que ahora comprendía era como una de las mayores razones por lo que personas como él siempre vivían atrapadas bajo los estigmas de ignorancia que se les asignaban. Todo el tiempo se les trató como incapaces de hacer cosas importantes, relegadas constantemente a personas de descendencia europeas simplemente porque ese era el orden de las cosas. Entre sus recuerdos de Sabá la encontró diciéndole: *"Niño cásate con una mujer blanca para que mejores la raza."* Aquel dicho que se repetía en casas de personas de color a las que se les había hecho tanto daño que los habían convencido que la única forma de mejorar las cosas era diluyendo su sangre y esperando que sus descendientes fueran de otro color más aceptable para la sociedad. Por un momento se sintió sucio de que en muchas ocasiones en su juventud pensó de aquella forma y razonó por un momento que a lo mejor Sabá tenía una mirada triste porque siempre sintió las consecuencias del secreto más abierto en aquella isla, donde algunas familias de descendencia europea les decían a sus hijos que no se enamoraran de gentes negras. Si se atrevían a llevar personas así a sus hogares, debería de ser solamente como amigos y nada más.

Ahora con Leiza llorando en la distancia Gonzalo sintió muchas culpas y nostalgias de no poder preguntarle a su abuelita Sabá acerca de su vida; y a lo mejor en las respuestas de ésta hubiese encontrado que la razón de aquella mirada triste era la que él le asignaba. A lo mejor esa era la explicación para todos aquellos santos negros que adornaban varios puntos de su pequeña casa, para pedirles los favores que los santos blancos le negaban. Era quizás por eso por lo que se decía en el barrio que Sabá practicaba la brujería. Aquel rumor mezclado con el color de la mujer seguramente era el causante de que la gente la llamase bruja a sus espaldas. Después de todo era una mujer negra y por lo tanto no se podía esperar nada menos de ella. Entre todos aquellos pensamientos, Gonzalo se encontró nostálgico por el abrazo de sus abuelas de color y se resignó al pensar que no tenía de que quejarse, pues tanto Sabá como su otra abuela Balbina lo amaban como ninguna otra mujer lo había amado nunca, lo que pensase la gente acerca de ellas le valía un carajo. Si las tuviese al frente en aquel momento las abrazaría fuertemente en un apretón que les diría: *"Yo las entiendo, las extraño y las amo."* Entonces se puso de pie y fue a pararse al lado de Leiza, tomó un respiro profundo de resignación antes de comentar:

"Escuchándote a ti y a Anani, me he dado cuenta de lo poco que conozco acerca de mi propia historia. Me siento avergonzado de mí mismo. Tú tienes la razón, la vida no es fácil para las personas de color, y mucho más difícil para las personas negras como nosotros. ¡Perdóname!"

"Tú daabi la culpa de las atoro[49] que te dijeron. Daabi es tu culpa que el mundo sea como es."

"Aun así, me siento como un vacío, un vacío que me..."

"Un vacío que te trajo hasta aquí buscando hyɛ[50] el vació que hay en tu alma."

"Si, ese vacío que no logro llenar no sé por qué."

"A veces las cosas son como son porque siempre han sido así."

"No entiendo lo que quieres decir."

"Me no te puedo decirte lo que tu alma debe de descubrir por ella misma."

"Eso es lo que me temo, que mi alma está tan cansada que no llegara nunca a sentirse en armonía con mi mente."

"Ten fe, esta anadwo[51] es para ti."

"No sé qué pensar, me siento perdido en mi propia vida."

---

49. atoro: mentira

50. *hyɛ: llenar*

51. anadwo: noche

"Así me sentía me cuando el wura, vendió a me banyimba, me alma vacía, como un rio sin agua."

"El cabrón vendió a tu hijo, ¿a cuántos de tus hijos vendió?"

"Solo tuve uno de me wura, y lo vendió cuando tenía unos cinco años. Después no quede embarazada más pues, nadie se atrevía a tocarme porque me era peligrosa."

"Eso está muy duro, yo tengo hijos y no sé qué sería de mi vida sin ellos. ¿qué tú hiciste después de eso?"

"¿Que podía hacer? Me mandaron al trabajo nuevamente con un gran vacío en me akoma[52]."

"¿Y qué tú hacías después de que te vendieron el niño?"

Leiza explicó que después de que vendieron a su niño, la vendieron a ella también y esta fue asignada al trabajó en la búsqueda de oro y plata para satisfacer el deseo frenético de los españoles de robarse todo lo que habían declarado de ellos en el nombre de su dios. Aparentemente Dios siempre estaba necesitado de dinero. Todo el botín que se llevaron de la isla después de haber asesinado a todos sus residentes era reclamado en el nombre del rey, la reina y por supuesto en el nombre de Dios, para darle justificación divina a la exterminación de una raza y el subyugamiento de otra. Leiza siendo una muchacha joven, esbelta de una compostura física fuerte, fue asignada a los excavados de túneles y también a los recogidos de metales en los ríos locales. Eso siempre y cuando aquella muchacha rebelde y feroz no estuviese tratando de escapar de los yugos de sus amos.

"Traté de escaparme la primera vez que me dejaron sola." -le contó Leiza.

"¿Dónde fue eso, en qué parte de la isla estabas trabajando?"

"Me daabi sé, solo sé que me quería regresar a Abibir."

"Regresar a tu país, eso estaría un poco difícil, ¿no crees?"

"Daabi más difícil que ser esclava de estos wura."

"Ya me lo imagino, eso debió de estar cabrón."

---

52. *akoma: corazón*

"Me trataban muy bɔne[53]. Trabajo, y trabajo, daabi nnuane[54], ni descanso. Me estaba muy mbrɛw[55]."

"Eso no es lo que dicen los supuestos historiadores. Yo leí en un libro que le daban hasta tres comidas diarias a los esclavos y ropa hasta tres veces al año, además de buena vivienda."

"Eso es una atoro, trabajábamos todo el da[56] con solo agua y los latigazos si te parabas a descansar."

"¿Entonces decidiste escaparte sin saber dónde estabas?"

"Aaane, corrí a la bepɔw[57] más cercana y me escondí por un tiempo."

Luego de huir de sus captores, Leiza se encontró perdida en un monte cercano y caminó por varios días hasta llegar a una montaña. Aun así, eso no fue suficiente para evitar ser capturada por cazadores de esclavos que ya se desempeñaban en el arte de devolver a personas al cautiverio de la esclavitud. En su regreso a su amo, ésta fue castigada cuando la amarraron desnuda de un tronco de palo bajo el sol por un día entero. Al final de este, ella estaba deshidratada y exhausta por el calor y la falta de alimentos. En su piel experimento una quemazón que habría de cambiar su contextura marrón a un color marrón-rojizo que le causó un ardor infernal que hasta el vestirse le causaba dolor. Luego la regresaron a su puesto con cadenas que le amarraban ambas piernas para evitar que ésta huyera otra vez. De todas maneras, Leiza encontró una forma de zafarse de las cadenas y huyó nuevamente.

"Rompí las pokyere[58] con una piedra y escapé otra vez, me quería ser libre."

"Ser libre es lo que quiere ser todo el mundo, la esclavitud es una aberración humana."

"Me lo sé, me lo viví."

"¿Y esta vez lograste escapar o te atraparon de nuevo?"

---

53. bɔne: mal

54. nnuane: alimentos

55. mbrɛw: débil

56. da: día

57. bepɔw: montaña

58. pokyere: cadenas

"Me no conocía este beaɛɛ[59] y fui atrapada otra vez."

"¿Y te amarraron otra vez del poste bajo el sol?"

"Daabi exactamente." -dijo la mujer al mismo tiempo que se volteaba a mostrarle la espalda a Gonzalo. Y en esta él pudo ver muchas cicatrices de cortaduras causadas por el asalto del látigo, lo que le provocó una mezcla de penas y rabia que no podía contener. Instintivamente, Gonzalo miró al lugar adonde se encontraba Francisco sentado, buscando descargar aquel odio en el único representante presente de aquella era. Leiza observó a Gonzalo en aquel momento y reconoció en él una mirada que ella misma había usado muchas veces. Entonces le tocó un muslo y le dijo:

"Daabi, ese banyin[60] no me hizo nada a me. Daabi tienes que pelearte con él."

"Pero fueron hombres como él, esos desgraciados eran malos de raíz."

"Eso está fuera de nuestro control. Tú no estás aquí para juzgar lo que no puedes nsesa[61]."

"¿Y para qué estoy aquí? Tú puedes decirme, por favor."

"Calma, las respuestas vienen antes de que termine la anadwo."

"Yo no sé qué pensar de todo esto."

"Daabi lo pienses, ese es tu problema, piensas mucho y no escuchas lo que tu ɔkra[62] te quiere decir."

"¿Como he de escuchar algo que ya casi no tengo?"

"Con fe, solo la fe te enseñara a romper las pokyere que te atan física y espiritualmente. Me tenía fe."

"¿Y mira lo que te pasó por tratar de seguir tu fe?" -respondió Gonzalo a aquel concejo.

"Me rompería mil pokyere para ser libre y tener fe es muy importante para me." -dijo Leiza resignada, antes de resumir el relato de su historia.

---

59. beaɛɛ: lugar

60. banyin: hombre

61. nsesa: cambio

62. ɔkra: alma

Después de que se extinguieran las excavaciones del oro, Leiza pasó a ser parte de la construcción de edificios para el gobierno español. En este trabajo tan difícil de sol a sol bajo el fuego del calor caribeño, la mujer trabajaba fuertemente cargando los materiales para la construcción. Su primer trabajo fue el de construir un edificio que se pensó proveería al gobierno con seguridad en contra de invasiones de otras naciones hasta de los piratas que merodeaban las costas de la isla.

"Trabaje muy duro construyendo la casa del aban[63]."

"La casa del gobierno, se refiere usted a La Fortaleza."

"Aane, la casa del aban."

"Me imagino que eran días duros y largos rompiéndose la espalda."

"Aane, por eso y por los abusos escapé otra vez."

"¿Y esta vez cuanto tiempo duraste a la fuga?"

"Daabi mucho, fui atrapada antes de salir de Puerto Rico."

"Entonces llegó a montarse en un barco?"

"Daabi, Puerto Rico era la capital de San Juan."

"Ahh verdad que el nombre lo cambiaron luego. Entonces te agarraron rápido y me imagino que te volvieron a dar latigazos."

"Daabi, esta vez daabi."

"¿Entonces no te castigaron amarrándote a un palo o con unos latigazos?"

"Daabi."-contestó la mujer moviendo su pierna derecha, para quitarse un zapato y enseñarle a Gonzalo que le faltaban dos dedos de esta.

"¿Le cortaron dos dedos? ¡Qué barbaridad!"

"Aane, un nsateaa[64] cada vez que corrí, aun así, corrí."

"A la verdad que eso me ha dejado sin palabras, y yo que pensaba que mi vida era tan difícil."

"La vida es difícil para todos, no importa quién."

---

63. aban: gobierno

64. nsateaa: dedo

"Si, pero a algunos se les hace más tolerable que a otros."

"Lo que importa es vivir."

"¿Y cuánto tiempo trabajaste en la construcción de La Fortaleza?"

"Daabi, mucho me movieron para la construcción del fuerte."

"Tú dices del fuerte San Felipe del Morro, ¿verdad?"

"Aane, ahí era mejor para me."

"¿Por qué, trabajabas menos que en La Fortaleza?"

"Daabi, pero estaba cerca del ɛpo y mirándolo recordaba a Abibir, de me maame[65], de me agya[66], de mi busua[67]."

Al escuchar la nostalgia por su familia en la voz de Leiza, Gonzalo se sintió un poco avergonzado de estar allí sentado, lejos de su familia, pues para él dejarlos atrás fue una opción personal y no forzada como la de aquella pobre mujer. En aquel momento extrañó hasta las quejas de Ildefonsa, las diferencias políticas con sus hijos y hasta las ignorancias de sus nietos con sus vidas de teléfono. - *¿Por qué abre hecho esto?* - se preguntaba a sí mismo, sin hallar una razón solida con la cual justificarse. Leiza por su parte lo observaba detenidamente tratando de encontrarle una explicación a aquel encuentro entre ellos y él. Nunca nadie había llegado en aquellas condiciones, buscando la respuesta que buscaba Gonzalo. Nunca nadie tan importante para ella misma. Todos los visitantes anteriores llegaban de la misma forma y en circunstancias similares. Ahora este hombre estaba allí parado, rompiendo los esquemas que ella y sus compañeros habían perfeccionado a través de los siglos.

¿Qué significa todo esto? - se preguntaba Leiza. - *¿Será Gonzalo la oportunidad que esperábamos todos o la que esperaba me?*

En aquel silencio los dos analizaban aspectos de sus vidas separadas por más de quinientos años de distancia. Gonzalo buscaba su respuesta al vació de la pregunta que no poseía y Leiza se preguntaba si aquel hombre iba a proveerle finalmente la oportunidad de descansar en paz. Así se pasaron varios minutos en lo que lo único que se escuchó fue un viento sereno que atravesaba los montes en su rugido de silencios. A lo lejos de ellos

---

65. maame: madre

66. agya: padre

67. busua: Familia

dos, Anani y Francisco conversaban cordialmente por primera vez desde la llegada de Gonzalo, y aunque éstos se hablaban sin mirarse el uno al otro, la animosidad con la que se habían tratado toda la noche parecía haber desaparecido mientras Gonzalo y Leiza conversaban. Fue Leiza la que rompió el silencio al pedirle a Gonzalo que se volviesen a sentar adonde estaban sentados anteriormente. Ya con los dos sentados la mujer resumió su historia:

"Traté de escaparme desde el fuerte y logré meterme en un pohyɛn que había traído más akoa desde Abibir."

"¡Wow! ¿y qué pasó, te agarraron de nuevo?"

"Daabi, me bajé dejé que me atraparan."

"¿Como que te dejaste atrapar? ¿por qué hiciste eso?"

"Daabi podía irme así."

"¿Por qué no?"

"Me banyimba, no podía irme sin me banyimba." -respondió Leiza, después de respirar profundamente con sus ojos rojos y humedecidos por el dolor de la perdida.

Fue por esta razón por la cual la mujer que había tratado de escapar varias veces antes de ser atrapada y mutilada se detuvo cuando más cerca estuvo de lograr su objetivo. Ella no podía irse sin su hijo y el daño psicológico que había sufrido cuando la separaron de él era evidente para Gonzalo. Luego de ser atrapada Leiza se propuso encontrar su camino a la casa de su primer dueño y el único que contaba con la información que ella necesitaba para encontrar a su único hijo.

"Bajé del pohyɛn y me entregué." -dijo la Leiza.

"¿Y no te hicieron nada por haberte escapado otra vez?"

-Aane, me dieron unos latigazos y me regresaron a me wura. Éste también me castigó y estuve muchos da con el awerɛhow[68] de las heridas. Despúes a trabajar como siempre."

El trabajo de aquel momento, el sembrado de azúcar era la nueva industria adonde el gobierno local se enfocó desde que se secaron las minas y se construyeron los fuertes para proteger lo que se habían robado. Según el relato de Leiza, el gobierno se vio forzado a comprar esclavos Africanos

---

68. awerɛhow: dolor

cuando ya habían cumplido con el genocidio de la gente de Anani. En aquel trabajo adonde asignaron a ésta al igual que otros tenían la obligación de preparar el terreno para la siembra. Luego su responsabilidad era el cuido de dichas siembras hasta que llegase el tiempo de la zafra. También se le exigía trasportar la caña al trapiche, adonde deberían de completar la fase fabril luego de la cosecha.

Durante este tiempo de zafra, Leiza trabajaba de sol a sol acompañada de hombres, mujeres y niños esclavos. Era un trabajo largo, tedioso y agotador. En ocasiones ésta observó cómo se les trataba a los esclavos que no daban el rendimiento necesario y sintió ganas de matar a uno que otro capataz. Aun así, aguanto atrás aquella fiera callada que residía en su alma, pues su misión era comprase un poco de tiempo para encontrar a su hijo. En momento de dudas se preguntó a sí misma que haría en el momento que lograra su objetivo y esto la hizo dudar de su decisión de bajarse del barco. *¿Lograre reconocer a mi banyimba? ¿Creerá que no fui yo quien lo abandoné? Y la pregunta más importante: ¿Qué voy a hacer cuando lo encuentre?*

"¿Tú no pensaste en eso antes de bajarte del barco?" -inquirió Gonzalo curioso.

"Daabi. Me akoma[69] *era lo que empujaba me mente."* -contestó Leiza rápidamente.

"Yo entiendo, aunque hay que decir que fue una decisión difícil. ¿no crees?"

"Daabi, porque el akoma de una maame solo piensa en el ɔdɔ por su banyimba. Eso es suficiente para brincar de mil pohyɛn."

"Pero no pensaste como le harías para ser libre otra vez."

"Solo pensé en me banyimba y en evitarle que lo mutilaran de las dos formas que me mutilaron a me."

"¿Las dos formas?"

"Una fue el daño físico y la otra fue el daño espiritual."

"¿Daño a tu espíritu, no te entiendo?"

"¿Cuántas veces dormirías de anadwe, si daabi controlaras ni tu propio cuerpo? ¿cuánta paz tendrías en tu alma si un banyin te viola sin consecuencias? ¿cómo descansarías si daabi sabes adonde está tu banyimba?" -preguntó Leiza de una manera sucesiva y sin esperar que Gonzalo contestara ninguna de sus preguntas.

---

69. akoma: corazón

"¿Y cómo pretendías encontrar a tu niño?"

"Primero tenía que encontrar a me primer wura. Entonces volver a escaparme y llegar a donde estaba me banyimba."

"¿Y cómo ibas a encontrar a tu primer amo?"

"Tuve que usar me imaginación y me cuerpo para obtener la información que necesitaba."

"Explícame eso por favor. ¿cómo que tu imaginación y tu cuerpo?"

"Yo era una baa joven y fɛw[70], me honamdua[71] era pe[72] por lo que podía seducir a cualquier banyin sin mucho mbɔden[73]. Me sé lo que un banyin desea. Ustedes los banyin son fáciles de controlar."

En aquel momento Gonzalo se detuvo por un instante, y la miró por primera vez en toda la noche. No la vio con ojos de pena, sino que la observó con los ojos de hombre. Y aunque él ya estaba en esa edad en la que el sexo pasa a ser un lujo y no una necesidad, sintió una calentura subirle por el cuerpo. Se sonrojo un poco al realizar que la mujer era físicamente hermosa, si la miraba sin los filtros de belleza que le habían enseñado a usar desde que era un niño; cuando la piel clara y el pelo lacio definían todo lo que era hermoso o no. Entonces la miró de arriba abajo para ver que sus senos eran firmes y perfectos, sus muslos fuertes y su cuerpo esbelto y joven. En aquel momento deseó mirarla de espaldas para verificar que las otras cosas eran tan preciosas como las que ya había observado y se concentró tanto en el aura de belleza de aquella mujer, que su mente tuvo la capacidad de ignorar todas las cicatrices en aquel cuerpo mutilado por el abuso. De momento comentó:

"Ohh, ya entiendo, ¿Entonces como lo hiciste?"

Al darse cuenta de cómo Gonzalo la miraba en aquel momento, Leiza se sintió avergonzada de sí misma y trató de retractar su comentario acerca de su propia sensualidad, diciéndole al hombre que no todo el mundo la encontraría bella como ella se sentía. Sonrojada por aquel sentimiento incomodo intentó continuar su relato rápidamente para alejarse de aquel

---

70. fɛw: hermosa

71. honamdua: cuerpo

72. pe: perfecto

73. mbɔden: esfuerzo

tema de erotismo y sensualidad, pues eso era algo que ella no podía discutir con Gonzalo. Entonces continuó:

"Me adwumawura[74], un banyin joven llamado Silvestre, siempre me miraba con deseos, pero no podía tocarme, me le pertenecía al wura."

"¿Y cómo se enteraría tu dueño si alguien te tocaba de esa forma?"

"Mi dueño me metía un nsateaa en la twɛ para ver si estaba sucia?"

"Qué le metían los dedos ahí. ¡Ay carajo! Éstos si eran unos degenerados."

"Fue algo humillante que hicieron muchas veces a me y a otras."

"¿Y cómo le hiciste para que el Silvestre te ayudara a encontrar la información?"

"Comencé a sugerirme ketewa[75] a ketewa. Primero le deje hu[76] mis tetas disimuladamente. Te puedes imaginar era un banyin joven y trató de disimular su calentura, pero no pudo." -explicó Leiza un poco incomoda por sus propias palabras.

"¿Me imagino, cuando uno es joven no piensa más que en eso?"

"Luego me doblé intencionalmente frente a él, para que me viera las to y la twɛ desde donde se paraba a vernos trabajar. Más tarde me encontró sola, trató de acercarse a me, pero no lo deje, se lo hice difícil."

"¿Entonces qué hizo él cuando lo rechazaste?"

"Lo trate así por unos da[77] hasta que estaba fuera de control, y cuando trató de nuevo le dije cuáles eran las condiciones para que poseyera me cuerpo y me silencio."

"¿Qué dijo él acerca de esto?"

"Dijo que encontraría la información que me necesitaba."

"¿Y lo hizo? Te consiguió la información acerca de tu primer amo."

---

74. adwumawura: capataz

75. ketewa: poco

76. hu: ver

77. da: días

"Aane, unas semanas más tarde, Silvestre trajo la información que me necesitaba."

"Entonces debiste de tener relaciones sexuales con él. Me imagino que para una mujer lesbiana como tú eso fue algo muy traumatizante, aunque se tratase de encontrar a tu hijo."

"Daabi realmente, pues ya había tenido ese tipo de relaciones por la fuerza y ese era el precio que debía de pagar para encontrar a me banyimba."

"No, ¿no fue traumatizante tener que dar tu cuerpo de esa manera?"

"Daabi, era la primera vez que le daría me cuerpo a un banyin por me propia voluntad, aunque solo fuese por la información que necesitaba de él."

"¿Y después de que te acostaste con Silvestre, que hizo él?"

"Daabi me acosté con Silvestre.

"¿Cómo que no te acostaste con Silvestre? ¿y como conseguiste la información?"

"Silvestre era un banyin bueno, decente y recto, cuando me desnudé frente a él y le mostré me honamdua desnudo, trató de poseerme y de momento de detuvo. Me ordenó vestirme y ofreció su ayuda incondicional."

"Eso es increíble ¿Y qué hiciste tú?"

"Me asusté mucho, pensé que me iba a reportar y me wura me iba a dar cien latigazos."

"¿Qué pasó después de eso?"

"Él trajo la información que me necesitaba, el beaɛ adonde me dirigiría, los atajos que debería de tomar para que no me capturaran y el din de la hacienda de me primer dueño."

"¿Y hizo todo eso por qué?"

"Porque se enamoró de me, era un banyin blanco que estaba enamorado de me a pesar de me color tumm[78] . Confesó que me hubiese comprado la libertad si le fuese posible, y que se casaría conmigo por solo la oportunidad de amanecer en me mpa[79] ."

"Eso no me lo esperaba." -dijo Gonzalo sorprendido.

---

78. tumm: obscuro

79. mpa: cama

"Me tampoco, ese banyin me kyerε[80] que a veces el ɔdɔ no ve colores."

"El amor es ciego dice un dicho de mucha gente, aunque hoy en día no parece ser así."

"Con Silvestre aprendí que eso a veces es verdad. Él hubiese sido el único banyin al que le entregaría me honamdua, sin remordimientos, aunque nunca lo hubiese disfrutado. Él fue la única persona que me trató con adasa." -dijo Leiza con una de esas miradas tiernas con la que se recuerda a alguien que se ha perdido en el tiempo.

"¿Entonces el tal Silvestre se ganó tu amor de verdad?"

"Aane, él era un banyin bueno, decente y un gran ser humano. Nunca lo vi usar su látigo en contra de nadie y siempre se interpuso ante los abusos de los otros capataces."

"¿Y qué pasó con él?"

"Daabi sé, pues al llegar la anadwe vino a buscarme y a llevarme a me primer camino. Me dio un mape[81] hecho por él mismo y me señalo la dirección adonde debería de ir."

"¿Qué hizo usted?"

"Lo bese, le pedí que viniera conmigo, pero dijo que no podía y aane venia conmigo nos ponía en riesgo a los dos. Me abrazó y me besó por unos segundos antes de regresar a la hacienda."

"¿Y para que iba a regresar a la hacienda?"

"Para desviar a los cazadores de akoa[82] y llevarlos en dirección contraria a la que me corría."

"Entonces no lo volviste a ver nunca más."

"Daabi, nunca más y nunca olvide lo que él hizo por me, nunca."

"Eso fue un acto de amor y también de valor."

"Daabi todos los bayin blancos son malos como ese que está allí." -dijo Leiza señalando a Francisco.

---

80. kyerε: enseño

81. mape: mapa

82. akoa: esclavos

"Yo lo sé, pero ese señor te hace olvidar tu humanidad por algunos momentos."

La conversación, se reinició con Leiza, relatando como se internó en el monte, y esta era la primera vez que tenía el tiempo a su favor, pues Silvestre había desviado a sus perseguidores a una dirección contraria. Además de esto tenía un mapa rustico en el que podía ver que camino tomar y cuales lugares de evitar. Antes de escapar, aquel hombre le había enseñado como leer aquel documento y le había contestado todas sus preguntas relevantes acerca del mismo. Durante aquel tiempo viajó exclusivamente de noche, sin ningún tipo de luz y dejándose guiar por las estrellas y la luna. Se detuvo en ocasiones a descansar y a comer alguna fruta que encontró en el camino y algo de lo que llevaba en un bultito que Silvestre le preparo con algunos suministros. Bebió agua de las quebradas y se bañó en estas cuando el calor se le hacía insoportable al envolverla en sabanas invisibles de su propio sudor.

El viaje duro varias noches, pues los días no eran apropiados para caminar por ningún lado para una persona de color que no fuese acompañada de una persona de piel clara. Leiza conocía las reglas y también las consecuencias de ser atrapada, ya que en su cuerpo había varias cicatrices y mutilaciones que le recordaban su posición exclusiva de ser una esclava en esta isla. A través de su viaje hizo un inventario de las técnicas que había discutido con Silvestre acerca de lo que hacer y no hacer durante su huida. En algunos momentos extrañó la compañía de aquel hombre al que ella debería de odiar con todo su ser y se encontró deseando su compañía.

Ella sabía que no era una atracción sexual, ni amorosa, aun así, entendía que lo amaba. Ese amor era el resultado de las acciones que aquel hombre había tomado por amor a ella. Después de todo, nunca nadie más le demostró la habilidad de verla como a un ser humano. Desde antes de su llegada a las playas de la isla había sido encerrada bajo el piso de un barco como no se le hacía ni a un animal rabioso. Había perdido al amor de su vida, además de toda su familia. Después había sido violada numerosas veces, y abusada física y emocionalmente. Luego para el colmo, le arrancaron su hijo de las manos. La única vez que alguien la trató como una mujer fue cuando Silvestre se rehusó a dejarse llevar por sus deseos de hombre y le ordenó que se vistiera de inmediato.

"Vestiste de inmediato." -recordó Leiza a Silvestre diciéndole.

"¿Adɛn[83] ?" -preguntó ésta sorprendida y preocupada por el rechazo.

"Porque esto no está bien hecho, no puedo."

---

83. adɛn: por qué

"¿Daabi me encuentras fɛw?"

"Vos eres la mujer más hermosa que he visto en mi vida, pero así no puedo."

"Me daabi voy a decir nada, daabi te tienes que preocupar de eso."

"Aun así, no puedo porque sé que lo que vos queréis es que yo te ayude a encontrar a vuestro hijo. Yo lo entiendo, por amor una madre hace lo imposible."

"¿Entonces no deseas poseer me honamdua?" -preguntó ella incrédula.

"Sí, con todo mi corazón deseo poseerte, pero no así. Yo no podría vivir conmigo mismo aprovechándome de vuestra desdicha."

"¿Adɛn daabi?"

"Porque eso no es de hombre, yo no podría vivir conmigo mismo si hiciese lo que estos hombres descarados les hacen a otras personas como vos."

"¿Tú piensas que me soy un ser onipa[84] ?"

"Vos sos un ser humano ¿por qué preguntáis algo así?"

"Nunca he sido tratada como un onipa desde que estoy aquí". -dijo la mujer al mismo tiempo que dejaba escapar unas lágrimas de emoción al ser reconocida por su humanidad por primera vez en esta isla.

"Vos eres un ser humano, los que son unos monstruos descarados son los que te trajeron aquí."

Al escuchar aquella aserción de Silvestre, Leiza se vistió rápidamente y lo abrazó sollozando, pues por primera vez desde que había sido capturada por sus propios compatriotas y vendida como esclava, se encontró ella misma. Se encontró una mujer y no un objeto. Recordó lo que se sentía ser visto y escuchado en una conversación de iguales y no de amo y subyugado. Sintió sus pensamientos liberándola del horror de la esclavitud, aunque solo fuese por un momento. Silvestre por su parte trató de separarse de aquel abrazo, pues tener aquella mujer tan deseada tocándolo así, podría causarle fallas a su resolución de respetar a la mujer como mujer y también de respetar su orgullo de hombre. Él quería conquistarla y no aprovecharse de su desesperación maternal para poder poseer su cuerpo. Leiza se sintió decepcionada por la manera en que Silvestre se apartó de ella y se sentó con una mirada de confusión en su rostro.

---

84. onipa: ser humano

Luego de esto, éste se sentó a unos metros de ella y le explicó su razon-amiento, argumentado que, si eran sorprendidos abrazándose, le podría causar problemas en sus planes de ayudarla en su búsqueda. Al escuchar aquella explicación, sus labios se llenaron de una sonrisa acompañada por las lágrimas del agradecimiento total. La emoción arropó su cuerpo causándole un ataque de histeria. Leiza se cubrió el rostro con ambas manos y sus sollozos fueron tan profundos que estremecieron el alma del hombre. Allí sentada a unos metros de distancia estaba aquella mujer que él deseaba y en aquel momento y frente a él, ella estaba recuperando las esperanzas de vivir.

Leiza continuó detallando su historia y le dijo a Gonzalo que después de entrar a su primer camino se sentó a analizar todo lo que había pasado con Silvestre y se envolvió en sus recuerdos por unos momentos. Pero unos minutos más tarde sus pensamientos fueron interrumpidos por los ladri-dos de unos perros en la distancia lo que le causó un pánico instantáneo. Aun así, no se puso nerviosa, sino que actuó metódicamente como lo había planeado con Silvestre. Primero sacó unos pedazos de carnes secas de una bolsita roja que llevaba en su saco de suministros. Los puso alrededor del lugar donde se encontraba y caminó por varios minutos por dentro de una quebrada que iba adyacente al camino que ella iba siguiendo. Luego buscó en el saco unas cebollas peladas y se las estregó en el cuerpo para que su esencia no fuese detectada por los caninos. Entonces se trepó a un árbol y controló su respiración, al mismo tiempo que enfocaba su audición al lugar adonde había dejado la carne.

Luego de unos minutos escuchó a unos hombres ordenarles a sus perros que pararan de hacer algo que ellos no les ordenaron. Luego escuchó a los hombres declarar que habían encontrado una pista y por varios minutos los escuchó gritarse instrucciones y hacerse preguntas. Después de unos treinta minutos escuchó las palabras que esperaba escuchar: *"Algo les pasa a los perros."* -decía uno de los hombres. Luego los escuchó maldecir entre los gemidos de dolor de aquellos animales y finalmente los escuchó hacer varios disparos que callaron la agonía de aquellos perros envenenados. Pasaron unas horas y otra vez el monte se quedó en silencio. Leiza se bajó del árbol y de inmediato puso distancia entre ella y el lugar adonde había pasado la noche. Nuevamente se encontró recordando a Silvestre, y en su corazón se continuaba mezclando su agradecimiento con el amor que había aprendido a tenerle a aquel hombre mientras volvía a escuchar sus palabras:

"Sin los perros, ellos se rendirán, no son capaces de encontrar sus propias narices sin alguien que los guíe."

Después de unos minutos de relatar toda aquella odisea, Leiza se quedó callada y pensativa. En su alma aún estaba aquella marca que dejo aquel hombre como una cicatriz invisible que todavía causaba un poco del picor que se experimenta cuando una herida profunda comienza a cerrar los tejidos de la piel. Gonzalo por su parte observaba a la mujer detenidamente mientras pensaba en toda aquella historia que ella le había contado, entonces dijo:

"Tú eras una mujer rebelde y valiente, igual que Anani."

"¿Adɛn dices eso?"

"Porque con todo lo que te hicieron y todavía tratando de escaparte. Hay que ser rebelde además de valiente."

"Me daabi la única rebelde."

"¿Entonces había más esclavos tratando de escapar?"

"Todo el tiempo había más akoa tratando de huir de los wura."

"Eso es otra cosa que se omitió en los libros de historia."

"Los nwoma[85] de atoro, daabi de historia."

"Ya lo dijo Anani, los libros de mentiras."

"Anani, me nuabea koro pɛ[86]."

"Su hermana ¿conoció usted a Anani cuando estaba viva aun?"

"Aane, pero muy tarde en la vida."

"¿Como qué muy tarde?"

"Te lo digo luego, primero mis nua-banyin[87] akoa." -dijo Leiza con un poco de autoridad.

"Ohh si, si, perdóname que me distraje y no te deje continuar. Dime acerca de los otros esclavos."

"Cada unos cuantos da, un akoa trataba de huir de su cautiverio desesperado por el maltrato."

"¿Y tú los llegaste a ver cuándo huías también?"

---

85. nwoma: libros

86. me nuabea koro pɛ: mi única hermana

87. nua-banyin: hermanos

"Aane, muchas veces nos fuimos juntos y nos agarraron casi al mismo tiempo."

"¿Sabes de algún esclavo al que no agarraron?"

"Aane, pero eso solo eran rumores que nadie sabía si eran verdad."

"¿Entonces los castigaban como a ti?"

"Daabi, el castigo era peor si era un akoa banyin."

"¿Cómo que peor?"

"Peor mucho peor. Les amarraban un pie del cuello con una soga así..."

Leiza se paró y se agarró un pie con la mano con la rodilla doblada hacia su parte posterior del cuerpo, perdió el balance momentáneamente y casi cayó al suelo. Luego se mantuvo de pie con su pierna agarrada brincando de cada rato para no caerse, a la vez que se señalaba el cuello y le decía a Gonzalo como era aquel castigo para el esclavo que huía.

"Otras veces los latigazos eran numerosos y le arrancaban pedazos de piel hasta hacerles heridas muy profundas. Además, los amarraban de pies y manos en una estructura de madera a la que después halaban como para arrancarles sus extremidades. Al akoa que se subordinaba mucho o huía constantemente, lo ahorcaban al frente de los otros para impartirles miedo."

"¡Ave María Purísima! Eso es horrible."

"Aane, si es horrible escucharlo, imagínate que fue verlo con tus propios anyiwa[88], da tras da."

"Eso está cabrón, pasar por tanto abuso, no sé cómo no se revelaron y mataron a todo el mundo."

"Hubo algunos que se revelaron y mataron a sus wura[89], el castigo era aún más severo, pero eso no los detuvo."

"¿Qué es más severo que la muerte?"

"La tortura antes de wu[90]."

---

88. anyiwa: ojos

89. wura: amo

90. wu: morir

"¿Y los torturaban más de lo que tú ya has dicho?"

"Aane, si un akoa mataba a su wura, lo torturaban a él y a todo el que se sospechara que había participado. Eso si era un horror, ver cómo te cortan el cuerpo pedazo por pedazo. Un nsateaa[91], una nsa[92], un pie, un anyiwa[93], una cortada profunda en la que les echaban sal..."

Escuchando a la mujer Gonzalo se conmovía ocasionalmente en algunos instantes y en otros se enardecía de la rabia. La molestia no era el resultado de lo que escuchaba desde aquellos labios negros, sino que venía del sentirse defraudado por su falta de conocimiento acerca de todos estos eventos de los que nunca se le hablo antes. También porque con cada palabra de Leiza y muchas de las que le había dicho Anani, se le fue desbaratando el concepto que tenía de sus antepasados. Aquellos antepasados a los que se le enseño a admirar en la escuela como si fuesen casi unos dioses. Él entendía que muchos de los eventos que iniciaron la historia de su gente habían ocurrido en otros tiempos y para él era imposible pretender cambiar lo que estaba atrapado en el tiempo. Tratar de hacer algo así era como tratar de tirarle una foto a su pasado usando una cámara del presente, algo que muchos hacían en estos momentos, sin darse de cuenta del error de tratar de borrar el camino que otros caminaron. No era por esta razón por la que se molestaba, sino porque se sentía engañado por las personas que fueron responsables de enseñarle su historia. Esa insistente idea de nunca admitir errores era algo por lo que muchas personas todavía no tenían noción de sus propios comienzos. Gonzalo razonaba que si no conocía los errores de sus antepasados, como él no estaría propenso a cometer errores similares en el presente.

Luego de que aquel relato en el que Gonzalo se enteró de todas las atrocidades cometidas en contra de la gente negra, éste se llenó de nostalgias por la compañía de su hija Nazaria, la cual había heredado aquel color negro de su abuela como lo había hecho él. Pensó por varios minutos en su relación con aquella niña que, aunque ya era una mujer con hijos, para él ésta todavía era su niña de papí. Muchos de sus recuerdos se convirtieron en remordimientos, pues se hizo de cuentas que los cambios que ella había experimentado en su vida eran un reflejo de lo poco que había cambiado la sociedad mundial. Recordó como Nazaria era una niña alegre, lo cual en muchas ocasiones lo hizo recordar a su abuelito Gregorio, pero con el pasar del tiempo y mientras más años cumplía, la niña comenzó a sentir el peso de su color. En muchas ocasiones en la escuela no se le dio el

---

91. nsateaa: dedo

92. nsa: mano

93. anyiwa: ojo

mismo trato que a otros. Más tarde en el trabajo, las promociones siempre estuvieron reservadas para algunas personas. Con tanta discriminación llegó la decepción y el cambio de temperamento. Nazaria ya no contaba con la alegría de Gregorio, sino que cargaba la decepción de Sabá. Ahora allí Gonzalo se sentía culpable de no haber escuchado las muchas veces que su hija se quejaba de las injusticias de la vida. Un agudo dolor en su corazón lo invadió y sintió ganas de llorar. Aquellos pensamientos lo trajeron a la reflexión de que quinientos años y contando, y todavía el mundo no dejaba atrás la ignorancia del racismo.

Ya cuando Leiza había concluido su descripción de los tratos que se le dieron a los esclavos que se salían de su sitio, ésta se concentró en continuar su relato de cómo después de haberse escapado por última vez había llegado a su destino deseado guiada por su corazón:

"Llegué en la anadwe, pero esperé como lo había instruido Silvestre. Según él decía tenía que estar segura de lo que hacían todos los empleados durante el da, quién entraba, quién salía, a qué hora y por cuánto tiempo. Era muy importante no dejarme llevar por mis sentimientos. Así estuve merodeando la hacienda por unos cinco da. Sabía que el momento de entrar era de anadwe cuando el barrio dormía. Aun así, debía tener cuidado de no ser vista por nadie inclusive si hubiese akoa despiertos a esa hora."

"¿Por qué debías de tenerle miedo a tu propia gente?"

"Nadie era de fiarse, especialmente un akoa que estuviera buscando favor con su wura o porque tuviera miedo de ser castigado si algo pasaba y los culpaban a él de ser cómplice o algo así."

"De manera que estabas totalmente sola y no había nadie en el mundo que te ayudara."

"Totalmente sola, pero determinada a encontrar mi banyimba, no importaba las consecuencias."

Luego de estar merodeando la hacienda por unos días, Leiza se dispuso a entrar y confrontar aquel hombre que le había hecho tanto daño físico y mental. Unos sentimientos de rabia con miedo se mezclaban en su estómago, causándole una indecisión de la que ella no era una víctima normal. Tenía miedo de ser capturada de nuevo después de tanta travesía. Tenía rabia de tener que volver a ver a ese hombre que la había violado tantas veces y también la había lastimado físicamente. Tenía miedo de no poder contener sus deseos de venganza. Aun así, su determinación era como el de toda una madre cuando defiende a sus hijos. Se preparó mentalmente toda la noche y en el cielo la luna estaba vacía como para proveerle el escondite que ella necesitaba durante aquella noche. En la hacienda todas las luces apagadas le daban paso al sueño de sus habitantes y entrada a la mujer determinada a encontrar aquello que se le había robado. Lo primero que tenía que hacer era burlar a los perros que se les mantenía alrededor para guardar a los esclavos. Ella estaba consiente que había un punto por la parte de atrás de la casona donde la presencia de aquellos animales era técnicamente invisible. Cruzó la guardarraya de la hacienda cubierta por las sombras de la noche y llegó después de unos largos minutos a la puerta trasera de esta. Se detuvo por unos segundos a quitarse los zapatos para asegurarse de no hacer ruidos innecesarios. Luego forzó la puerta y entró, puso un pie tentativamente en el piso de madera de la hacienda y este dejó escapar un chillido que la podía delatar. En su pecho el corazón brincó del miedo de que aquel sonido hubiese despertado a alguien. Dejó pasar unos segundos antes de dar su próximo paso y al parecer todos dormían profundamente. Caminó hacia el centro de la casa buscando su rumbo al cuarto del hombre que fue su primer dueño.

Después de unos minutos tensos encontró la puerta que buscaba. Puso sus manos al margen de la puerta y la abrió sigilosamente. Dentro del cuarto una vela proveía un poco de luz en medio de la obscuridad. Inmediatamente sintió como el aire del cuarto se percibía pesado como si estuviese cargado de todas las atrocidades que de seguro se habían cometido allí desde antes de aquella primera vez en la que se le instruyó llevarle un café a su amo. Esta pesades le ocasionó un temor temporero al mismo tiempo que un remordimiento interno al acordarse de aquella noche en que fue ultrajada por primera vez, sin poderse defender. Las dudas de su resolución invadieron su alma y sintió ganas de huir de sus propios pensamientos, aun así, adentro de su corazón una voz interna la empujaba a continuar. En aquel momento era esclava de su amor maternal del cual no podía escapar ni rompiendo mil cadenas, ni huyendo por mil caminos de veredas seguras a la libertad que deseaba. Ese amor maternal la empujaba como el viento empuja las aguas para crear olas que se mueven sin voluntad propia desde el centro de un océano a las costas del mundo. Fue así como la resolución de su corazón regresó a su cuerpo y ésta se llenó de valor, resumiendo su exploración de aquella habitación.

Momentáneamente buscó, entre las sombras de la noche y en su memoria de dónde se encontraba la cama. Tomó unos segundos para aclimatarse en aquella obscuridad y se dio cuenta de adonde estaba parada. Miró a la cama, y cubierto con unas sábanas estaba el hombre al parecer en un sueño profundo. Al lado de él una esclava, prácticamente una niña, se encontraba desnuda acostada con los ojos abiertos. Ésta miraba a Leiza con una mezcla de terror y un reclamo de ayuda en su rostro. Leiza se puso un dedo en la boca para pedirle a aquella niña el silencio y caminó lentamente hacia la cama. Se sacó un cuchillo de la parte de atrás de su falda, el cual tenía amarrado al borde de la cintura; y ya al llegar frente a la cama pudo observar que la niña temblaba del miedo. Aquel visual le llenó el corazón de odio y por un momento pensó en cortarle el cuello al hombre sin hacerle ni una pregunta. Tuvo que hacer inventario todas sus fuerzas, pues las memorias de lo que le había pasado a ella habían regresado todas al mismo instante, como para guiar su mano hacia las venas yugulares de aquel desalmado. La niña aún asustada no se movía, estaba en un estado de estupor del que no podía escapar. Leiza le volvió a hacer señas con su dedo y de inmediato puso su mano izquierda sobre la boca del hombre y su mano derecha con el cuchillo en el cuello de éste. El hombre abrió los ojos en un estado de pánico, trató de mover sus manos y ésta le dijo susurrándole al oído:

"Silencio o te corto el kɔn[94] y lo único que vas a oír es tu propia mbogya[95] derramarse en la mpa."

Leiza empujó al hombre hacia el frente y lo sentó en su propia cama. Luego se posicionó detrás de éste, mientras que la niña desnuda temblaba del horror al lado de ellos. Leiza la miró y le dijo en su idioma que se calmara, pues ella no estaba allí para hacerle daño. La niña se paró de momento y tomó una de las sábanas para cubrir su desnudez a la vez que buscaba por el suelo sus estropajos de ropa. Al virar su espalda, Leiza vio la inconfundible marca del látigo adornando el cuerpo de aquella niña, la cual ya estaba iniciada en el oficio del dolor corporal y el sexo forzado. El calor del odio se le subió quemándole por dentro todas las venas de su cuello y causándole un ardor interno que la hizo presionar el cuchillo un poco más contra el cuello del hombre, cortándolo un poco y haciéndolo sangrar. El hombre comenzó a temblar, pero lo hizo de una forma controlada, pues cualquier movimiento falso podría causarle la muerte. En su cabeza recorría a todas las esclavas quienes habían sido sus víctimas y como eran tantas no podía identificar a aquella que ahora tenía su vida en sus manos negras. Lleno de horror, el hombre comenzó a sollozar, mientras que la mujer le cubría los labios para que nadie lo escuchara. Leiza apretó el cuchillo un poco más y pensó en aquel hombre que, despojado de todas las protecciones a las que estaba acostumbrado, no era más que un cobarde depravado. Leiza apretó el cuchillo un poco más y estableció cuales iban a ser las reglas de aquella conversación:

"Me voy a hacer la que voy a basa[96] y tú vas a darme las respuestas o te mato. Primero te voy a destapar la boca y si haces algún intento de gritar..." -dijo la mujer apretando el cuchillo más adentro para demostrar lo que sucedería si él no seguía instrucciones. - *"Ahora mueve tu tiri[97] si entiendes."*

---

94. kɔn: cuello

95. mbogya: sangre

96. basa: preguntar

97. tiri: cabeza

El hombre movió su cabeza en la afirmativa y Leiza comenzó por preguntar si éste la recordaba. La respuesta fue un no, lo que causó un poco de rabia. Entonces Leiza comenzó a describir su propia experiencia a las manos de aquel hombre, ofreciendo los detalles de aquellos momentos que marcaron su alma. Luego de unos momentos volvió a hacer la pregunta y el hombre volvió a contestar que no. Leiza comenzó a perder su calma al darse de cuenta de que para aquel hombre ella no era una persona y recordar las cosas que le había hecho él a ella y a muchas otras mujeres y niñas no era de la menor importancia. Esto causó que ésta se llenara de angustia, pues éste era la única persona que podía darle la información que necesitaba. Los músculos de sus manos se tensaron un poco y su desesperación hizo temblar su mano.

El hombre se dio cuenta de que la mujer estaba experimentando una crisis nerviosa y aprovechó el momento para darle un codazo, separándose de ésta inmediatamente. El golpe en el estómago provocó que Leiza dejara caer su cuchillo y en un acto seguido el hombre la atacó ferozmente. En el forcejeo la vela que alumbraba el cuarto cayó al suelo y sus llamas parecieron esparcirse casi de inmediato. El hombre logró colocar un golpe certero en la cara de Leiza y ésta cayó hacia atrás un poco aturdida. Mientras tanto la niña estaba en una esquina tirada de rodillas mirando hacia la pared y llorando de una manera histérica. Ya con la mujer un poco aturdida el hombre se paró de frente a ella y comenzó a hablar:

"Negra de mierda, que pensáis que alguien como yo recordaría a un animal como vos. Yo soy en toda manera superior a vos ante los ojos del mundo y ante los ojos de Dios."

"Monstruo." -gritó Leiza arrodillada en el suelo.

"Cuando yo termine con vos, vas a desear un monstruo verdadero." -respondió el hombre.

"Dime donde está me banyimba por favor." -pidió Leiza sollozando.

"Vuestro hijo, yo no tengo una idea de quien habláis."

"Me banyimba, me banyimba." -repitió Leiza conmocionada moviendo la cabeza de izquierda a derecha.

"Yo no sé de quien vos habláis, y no te preocupéis que ya no vas a tener que buscarlo más". -dijo el hombre mientras caminaba a una mesita al lado de la cama adonde mantenía un rifle cargado.

"Me banyimba por favor, antes de que me mates dime adonde está me banyimba."

"No os diré nada maldita negra de mierda." -gritó el hombre al momento que levantaba su rifle para apuntar.

Ya con Leiza en la mira, el hombre respiró profundamente relajado despés de aquel susto. Repitió sus palabras de una manera sarcástica mientras se palpaba el cuello para tentar la cortadura que la mujer le había proporcionado: *"Negra de mierda."* De repente sintió como le entraba el puñal por su espalda y como un intenso dolor estremeció el centro de su pecho, antes de que sus manos perdieran todas sus fuerzas y dejaran caer el rifle. El hombre se viro tambaleándose con el cuchillo incrustado en su espalda y vio a la niña que había violado solo unas horas antes, con las manos llenas de su sangre. La niña lo miró a los ojos aun llorando por el horror de aquella noche y se tambaleo hacia atrás nerviosa por sus propias acciones. El hombre miró a la niña sorprendido y dijo: *"Negra puta."* Al pronunciar estas palabras su boca se llenó del sabor amargo que traía su propia sangre. Estas fueron las últimas palabras que pronuncio antes de caer al suelo moribundo. En sus últimos momentos vio como la niña ayudaba a Leiza a ponerse de pies, mientras que el fuego de la vela caída comenzaba a devorar todo en el cuarto. En su pánico de moribundo vio a las dos mujeres negras ayudándose una a la otra. Y su alma se llenó de un pánico estremecedor cuando vio que una de ellas se dirigía hacia él.

"¿Dónde está me banyimba, adonde?" -volvió a preguntar Leiza con una voz desesperada.

"Yo no sé, como pretendéis que recuerde lo que hice con mi propiedad. Cuando uno vende a un animal no recuerda los pormenores."

"Tú tienes que recordar, por favor, antes de morirte, haz algo bueno en tu vida."

"Yo no tengo nada que hacer por ningún animal salvaje. No sé dónde está vuestro hijo; y si lo supiese no os lo diría nunca, negra infeliz." -dijo el hombre débilmente.

"Eres un demonio, y ahora te vas a quemar en tu propio odio."

"Y vos nunca has de encontrar a vuestro hijo, ese será el fuego de vuestro infierno."

Leiza se paró con los ojos desbordándose con lágrimas y miró al hombre en el suelo. Sintió ganas de patearlo y golpearlo varias veces, pero se aguantó razonando que esto le podía causar una muerte más rápida y ella no lo ayudaría a evitar sentir el calor del fuego que se propagaba dentro del cuarto. Al salir de la habitación Leiza y la niña escucharon la conmoción que ya se comenzaba a desarrollar afuera con varias voces gritando la noticia de que se quemaba la casa, además del estremecedor ruido de varios perros ladrando.

Leiza un poco aturdida aun por los golpes y profundamente lastimada por no haber encontrado lo que vino buscando, caminó lentamente buscando la puerta por la que había entrado y con la niña de su mano. Luego corrió agachada a la guardarraya de la propiedad, mientras que a sus espaldas se escuchaba a las personas gritando instrucciones en un frenético intento de salvar la propiedad.

Ya adentro de la maleza y cubiertas por yerbas, las dos continuaban corriendo prácticamente agachadas. La niña lloraba histérica, y Leiza le pedía en un tono de voz bajo que se calmara y la siguiera sin perder el tiempo, preocupada por la posibilidad de ser atrapada si no ponía una gran distancia entre ellas y aquella hacienda. Luego de unos minutos, los ladridos de unos perros le confirmaron sus sospechas de que eran perseguidas por alguien. Leiza y su acompañante corrieron lo más rápido que pudieron en unos minutos que se sintieron tan largos como un siglo. En toda la conmoción de la escapada Leiza perdió el bolsito que Silvestre le había dado, por lo que en esta ocasión no podría bañarse de olor a cebollas para distraer a los perros Después de unas horas el cansancio ya las había rendido y no tuvieron de otra que parar para descansar un poco. Las dos habían cruzado una quebrada adyacente al lugar y se escondieron en una esquina un poco alejada de las aguas.

Era casi el amanecer y se disponían a continuar su escapada cuando escucharon el estremecedor ladrido de los perros y unas voces que enviaron instrucciones de terror a los sistemas nerviosos de las dos. Leiza, se paró y agarró a la niña de la mano dispuesta a salvarla como no lo pudo hacer con su propio hijo. Continuaron corriendo montaña arriba y de repente se escuchó la explosión del sonido de un cañón y el zumbido de metal pasarles por el lado, culminando con la explosión de la corteza de un árbol. Las dos mujeres se tiraron al suelo momentáneamente antes de escuchar otro zumbido pasarle por el otro lado. Leiza se puso de pie, guiada por el instinto de supervivencia y agarrada de la niña continúo corriendo hacia la parte de arriba de la montaña. Ya en el tope de esta, miró frenéticamente hacia todos los lados buscando un lugar apropiado para esconderse. Unos segundos más tarde corría monte abajo con la niña de la mano en dirección a un espacio entre los árboles a los que ella correlacionó con el cruce de un cuerpo de agua.

Habían corrido por unos segundos, cuando ya la entrada a aquella quebrada estaba visible para ellas. De repente Leiza sintió como la niña caía al suelo, luego de haberse escuchado el sonido del cañón en la distancia. Para su desmayo miró hacia atrás y vio como una gran cantidad de sangre brotaba de la cabeza de la jovencita. Esto causó que Leiza se pusiera histérica momentáneamente y se arrodillara frente al cuerpo de la niña a moverla, intentando levantarla. De repente otro sonido ensordecedor del cañón y un dolor intenso entró por su costado izquierdo quemándole las entrañas, y enviando un ardor intenso a todo su cuerpo, a la misma vez que la hacía caer hacia atrás. Intentó ponerse de pies y correr nuevamente, pero estaba herida y sabía que aquel esfuerzo era fútil. Aun así, trató de continuar su escapada, pero no tenía las energías para correr. Caminó en sus cuatro extremidades hasta la orilla de la quebrada y se dejó caer sobre las piedras de esta. Los dos hombres que la perseguían se acercaban con sus perros amarrados y celebraban haber tenido el éxito de haber atrapado a aquella mujer que había asesinado al dueño de la hacienda quemándolo vivo. En un momento amarraron a sus perros de un árbol y caminaron cautelosamente hasta donde se encontraba Leiza sangrando a las orillas del agua. Ésta, ya rendida por la pérdida de sangre se sentó resignada a su destino. Uno de los hombres se le acerco con su rifle y le dio un golpe certero en la frente con la culata del arma, lo que ocasionó que la mujer cayera al suelo sangrando de la cabeza, momentáneamente mareada. Luego de unos segundos Leiza intento pararse poniéndose en posición de gatear, y sintió como uno de los hombres la pateaba en el estómago, por lo que volvió a caer sobre las piedras de la quebrada. Finalmente logró ponerse de rodillas para esperar su muerte con el vacío de aquel fracaso y escuchó a uno de los hombres gritarle:

"No os muevas maldita negra o os mato allí adonde estáis tirada."

"No la mates aquí, pues tenemos que regresar con pruebas y no podemos cargar los cuerpos." -replicó su compañero.

"¿Y si le cortamos una mano o un pie y decimos adonde dejamos los cuerpos?" -sugirió el primero con su rifle aun apuntado a la mujer.

"No, no, mejor cortemos sus cabezas y regresamos con las dos, eso será suficiente para que nos paguen algo por nuestro trabajo."

"Si, sí, creo que esa es la mejor opción. Matémosla y cortemos su cabeza, eso será suficiente." -dijo el primero antes de mirar a Leiza de frente con la malicia del que va a cometer una barbaridad.

"Hasta aquí llegáis vos, negra de mierda, no os preocupéis vuestra muerte será rápida, pero por muy buena causa, pues me vas a hacer mucho dinero." - dijo el hombre con finalidad.

El hombre levantó su rifle y lo apuntó al centro del pecho de Leiza, respiró profundamente para concentrar su pulso y afirmar su puntería. La mujer miraba desde el suelo, sin temor, pues ya la resignación de la muerte había entrado en su alma. El hombre mirándola fijamente acomodó su dedo en el gatillo mientras le mostraba una sonrisa de satisfacción en sus labios a la mujer herida en el suelo. Pero antes de que éste pudiese tirar del gatillo, escuchó un leve zumbido y sintió la quemazón de una flecha entrarle por el medio del cuello, e instantáneamente la sangre subiéndole a inundarle la boca de un sabor a rojo amargo. Éste cayó al suelo de inmediato agarrando la flecha con las dos manos tratando de jalarla hacia atrás, pero ya sus fuerzas lo habían abandonado. Su compañero asustado, levantó su rifle y en un acto de desesperación trató de mirar a todos lados al mismo tiempo, buscando el punto de origen de la flecha. Miraba de izquierda a derecha y de arriba hacia abajo, sin ni tan siquiera ponerle atención a Leiza que se encontraba en el suelo sangrando. De repente otro leve zumbido más y este otro hombre caía al suelo con una flecha atascada en su cuello. Leiza sorprendida buscaba alrededor, mientras que sus persecutores se encontraban en el suelo sufriendo los estragos de lo que sería una muerte lenta y agonizante. Escuchó los ruidos de sus gargantas inundarse de sangre y los vio escupiendo borbotones del líquido rojo. A unos metros los perros ladraban desenfrenadamente y casi de inmediato fueron silenciados por varias flechas.

Todo alrededor de Leiza se convirtió en ruidos de hombres ahogándose en su propia sangre y de los gemidos de varios animales moribundos. Al cabo de unos minutos apareció la inigualable figura de una mujer con piel cobriza, armada con un arco, unas flechas, una lanza y varios cuchillos rústicos. La mujer se arrodilló frente a Leiza mientras decía: *"Ocama*[98]*, ya estás a salvo."*

"¿Entonces fue Anani la que te salvó de una muerte segura?" -interrumpió Gonzalo con su pregunta, mientras buscaba a la mujer que estaba aún parada frente a aquel fuego azul mirando la luna.

"Anani, me nuabea koro pɛ." -repitió Leiza dirigiendo su mirada a Anani con una expresión de eterna gratitud.

"¿Es por eso por lo que tú estás aquí?"

"Aane, por esa razón estoy aquí con ella hasta el awiei[99]*, como ella estuvo conmigo."*

"¿Qué pasó después de toda esa odisea?"

"Anani, terminó de kum[100]* a los banyin y los nkraman*[101]*. Me llevó a una esquina, me puso unas nnuane*[102]* en las heridas. Luego dispuso de los muertos."*

---

98. ocama: oye

99. awiei: fin

"¿Y qué hizo con ellos?"

"Creo que los enterró en el monte, daabi sé. Nunca quise bisa[103]*."*

"¡Increíble!" -dijo Gonzalo asombrado.

"Pero cierto." -añadió Leiza.

"Increíble pero cierto, así decimos nosotros los puertorriqueños."

"Me sé.

"¿Entonces qué pasó después de eso?"

"Después... -continúo Leiza."

Anani dispuso de los cuerpos de los dos hombres y de sus perros. Limpió la sangre que éstos derramaron después de que ésta los apuñalara varias veces hasta que dejaron de respirar. Más tarde agarró a la mujer herida de las manos y la cargó por varios kilómetros rumbo abajo de la quebrada.

"Mi nuabea[104] *cuidó de me por muchos da, pero fue imposible salvarme."* -dijo la mujer con pena.

"Entonces te moriste después de ser herida de bala."

"Aane, unos da y la yarɛ [105] *agarró me cuerpo y me apomuden*[106] *empeoró rápidamente."*

"¿De qué enfermedad hablas?"

"Una enfermedad que me pudrió el cuerpo desde donde entró la bala." -dijo la mujer a la vez que le enseñaba la herida.

"¿Gangrena? Eso se llama gangrena."

---

103. bisa: preguntar

104. nuabea: hermana

105. **yarɛ: enfermedad**

106. apomuden: salud

"No sé, solo sé que me piel se puso roja y negra. Tenía mucho awerɛhow[107] *y fiebres que me corrían el honamdua*[108] *. Anani aplicaba mfuw y trató de curarme, pero no resistí. Morí sin encontrar a me banyimba."*

"Qué pena que no tuviste la suerte. Eso debe de haber sido muy penoso."

"Me alma se quedó atrapada por el remordimiento, la duda y el dolor de no poder salvar a me banyimba... De no poder regresar a mi amada Abibir."

"¿Y has estado aquí desde entonces?"

"Aane, aquí en este beaɛ[109] *con mi nuabea y ese banyin soñando siempre con volver a me casa, pero me espíritu no se puede ir."*

"Todavía no entiendo que tiene que ver esto conmigo."

"Daabi, te preocupes las respuestas vendrán a su tiempo."

"Creo que me estoy volviendo loco como Manuela."

"Me niña Manuela no estaba loca, ella solamente sabía nuestra verdad."

"Ahora me va a decir que usted conocía a mi bisabuela."

"Como no he conocer a me..." -dijo Leiza antes de detenerse.

"¿A su qué? -preguntó Gonzalo curioso.*"*

"Nada, nada eso no tiene importancia. Déjame seguir con mi historia que la anadwe se acaba."

Así fue como la mujer le contó al hombre que después de haber sido rescatada por la mujer Taíno, ésta la cuido por muchos días, aunque la comunicación entre las dos se hacía bien difícil por la diferencia de idiomas. Anani la curaba con yerbas y ungüentos que conocía, y la alimentaba con víveres y carnes de animales que ella misma cazaba. Más, sin embargo, su herida desarrollo una infección que más tarde le habría de causar la muerte. Luego de esto no tenía conceptos de espacio y tiempo, solo existía por existir ocasionalmente.

"Solo estoy consciente cuando hay algo que hacer."

---

107. awerɛhow: dolor

108. honamdua: cuerpo

109. beaɛ: lugar

"¿Algo que hacer, como qué?"

"Como lo que estoy haciendo ahora contigo."

"¿Entonces ha habido otras personas como yo que han llegado aquí por lo mismo?"

"Aane, se puede decir que aane muchas personas más."

"¿Y cómo se resuelve esto?, pues yo no entiendo nada de lo que está pasando desde que llegué."

"La respuesta está en tu Ɔkra[110], pero solo tú puedes encontrarla."

"¿Y entonces para que todo esto?"

"Ten paciencia que ya te darás cuenta de lo que te ha traído aquí."

"¿Y por qué nadie me puede decir algo en concreto?"

"Porque todos ven lo que quieren ver, y nosotros daabi sabemos lo que tú quieres ver."

"Quiero saber porque este sentimiento de...de..."

"Exactamente, ese sentimiento es solo tuyo y solo tú lo has de definir."

"Esto está del carajo, llegué aquí buscando respuestas y ahora lo que tengo es más preguntas."

"Eso es normal, no has sido el único que ha llegado aquí por lo mismo."

La conversación continuó, en un reguero de puntos, preguntas sin respuestas inmediatas y hasta momentos de reticencia entre los dos. El hombre dejaba notar su insatisfacción con la falta de claridad y la mujer, calmadamente le instigaba a ser más paciente. Fue así como la noche llegó a sentirse estancada en el tiempo, como lo que se siente esperando por una persona que no tiene tiempo acordado para su llegada o cómo se siente la espera en el aeropuerto por un avión que está o no está en retraso. Momentos como aquel causaban un carcomillo en el estómago que persistía en su insistencia de joder la paciencia de un hombre que ya no tenía ninguna. Entonces llegó ese momento de un silencio incomodo que existe cuando ya las personas no tienen nada que decirse, pero no saben cómo ponerle un punto final a la conversación.

---

110. Ɔkra: alma

"Debes de tener calma, la anadwe te dará las respuestas que necesitas." -dijo Leiza rompiendo el silencio mirando al hombre con una ternura maternal.

"Eso es lo que me han dicho todos." -respondió Gonzalo con su mirada concentrada en las estrellas del cielo.

"Daabi puedo creer que aún daabi los sientes."

"No siento qu..."

Respondió Gonzalo, sin terminar la palabra, al darse de cuenta que al igual que Anani y Francisco, Leiza le había añadido otra pregunta a la lista, antes de dejarlo solo como lo habían hecho los primeros dos.

Las Condenas de la Sangre

Después de que Leiza se convirtiera en la última persona que dejaba a Gonzalo solo y con otra pregunta sin sentidos, éste se quedó sentado adonde ella lo dejo. Leiza por su parte regresó al lado de Anani y la abrazó al mismo tiempo que le decía algo a Francisco. Gonzalo volvió a su sillón de piedra y vio como aquellos tres seres sostenían una conversación civil y cordial. Observó como Anani le ponía una mano en el hombro a Francisco y él a su vez hacia lo mismo con Leiza. Esto hizo que Gonzalo se hiciese una pregunta: *¿Ahora qué?* Observando a sus anfitriones pasaron unos minutos y como éstos parecían haberse olvidado de él, Gonzalo volvió a distraer su mente mirando alrededor cada vez más sorprendido de todos los cambios que La Encantada había sufrido en toda aquella noche.

De repente la voz de Anani cortó el silencio y Gonzalo levantó su mirada para verla llamándolo, haciéndole señas con las manos, mientras que Francisco y Leiza le hacían las mismas señas. Fue entonces cuando se dio cuenta de que los tres se encontraban parados en el medio del charco con el agua hasta más arriba de sus cinturas. Entonces se puso de pie y caminó hasta el margen de las aguas y para su sorpresa esta vez pudo caminar más allá de la orilla de este. Cuando ya se encontraba de frente a los tres seres, éstos le señalaron las aguas y Leiza lo tomó de la mano para calmarlo y a la vez acostarlo a flotar en las aguas calmadas del lugar. Gonzalo nervioso y a la misma vez curioso miraba las estrellas en el firmamento para tratar de calmar sus ansias de aquel preciso momento. De repente y sin ningún aviso, Anani, Francisco y Leiza empujaron su cuerpo a la profundidad del charco. Esto lo llenó de terror y trató ferozmente de zafarse de las manos de aquellos seres, pero no pudo. Entonces trató de aguantar la respiración para no ahogarse, pero con el pasar de unos segundos se dio cuenta de que el esfuerzo era fútil. Y cuando la quemazón en sus pulmones le avisó que se estaba asfixiando, abrió la boca y dejo entrar el agua que de seguro lo habría de ahogar allí mismo.

De esta forma Gonzalo razonó que los espíritus lo habían condenado como su abuelo Paulino le había contado, y él no sabía por qué. Pero para su sorpresa al pasar unos segundos se dio cuenta que, aunque estaba sumergido en el agua podía respirar como si estuviese respirando aire puro. Entonces vio a través de la neblina y observó a sus tres anfitriones hablando entre si antes de que le hicieran señas para que cerrara sus ojos y dejase que las aguas de aquel sitio sagrado hicieran su parte.

Con los pulmones inundados de aquella agua fosforescente, Gonzalo cerró los ojos lentamente, aceptando la realidad de su muerte. Al pasar unos minutos los abrió otra vez para darse de cuenta de que su visión estaba empañada y no podía ver más allá de su nariz. Pensó que después de toda aquella odisea, los espíritus terminaron por condenarlo a la eternidad de una muerte indefinida. Para su sorpresa, aun en la muerte, aquel sentimiento no lo había desertado. Estaba allí en el centro de su pecho, recalcándole que nunca encontró lo que andaba buscando. Al pasar unos minutos sus ojos esclarecieron y para su sorpresa ya no estaba en las aguas de La Encantada, ahora se encontraba en una casona lujosa de un tiempo pasado, no estaba seguro de cuál era ese tiempo, pero estaba convencido de que ese momento que habitaba su conciencia era en el pasado lejano. Por unos momentos observó el lugar sin darse de cuenta de que estaba acompañado de otros dos individuos, sentados en la sala de la casa, uno opuesto al otro. En un acto de reflejo Gonzalo trató de excusarse y explicar que él no estaba allí por su propia voluntad. Al abrir su boca y pronunciar algunas palabras se dio cuenta de que ni él mismo podía escucharse, además de que aquellos dos seres no podían verlo. Entonces, se distrajo por unos momentos antes de escuchar a la mujer un poco mayor decirle al joven sentado frente de ella:

"Tú estás poniendo en peligro tu futuro con estos idealismos nacionalistas que no sirven para nada." -decía la mujer mayor a un joven que se encontraba sentado frente a ella.

"Doña María, yo solo estoy expresando lo que es justo, nada más." -se defendía el joven con convicción.

"Tu padre y yo trabajamos muy duro para darte a ti la educación que te dimos. Te enviamos a una gran universidad en Francia para que estudiaras, y ahora vienes a decirme que las cosas que te han beneficiado personalmente son injustas."

"El ser dueño de otra persona es algo inmoral. No lo digo yo solamente, lo dicen todas las personas que son justas. Es por eso por lo que abogó por la libertad de mis hermanos esclavos."

"¿Ahora me estás llamando inmoral? ¿estás llamando a tu difunto padre inmoral?"

"Doña María, yo a usted la respeto como debe de ser. Y así también respetaba a mi señor padre Don Felipe. De todas maneras, algo dentro de mi alma me dice que no estoy equivocado en tener mis reservas acerca de un sistema que mantiene a su prójimo en cautiverio. Y usted debe de buscar en su interior para ver si usted está o no de acuerdo con eso."

"Nosotros solo hemos hecho lo que es legal hacer para el beneficio de nuestra familia. Eso te incluye a ti. No debemos envolvernos es peleas que no nos conciernen."

"Que sea algo legal en un sistema de injusticia no lo hace algo decente. Además, yo nunca he deseado beneficiarme de un sistema basado en la crueldad."

"Hijo ten mucho cuidado con tus palabras, que estás hablándole a tu madre." -dijo la mujer levantando su voz mientras se ponía de pie indignada.

"Y me disculpo si mis tendencias liberales me hacen percibir como un irrespetuoso, yo solo quiero ser justo y ayudar a mi gente negra." -reafirmó el joven, sin mostrar ningún tipo de arrepentimiento.

"¿No ayudas lo suficiente ofreciendo tu practica de medicina de manera gratuita desde que regresaste de tus estudios en Francia en el 1856? ¿no estás tratando de curar el cólera de esta gente sin cobrar nada? ¿de qué te ha servido tanto estudio si ofreces tu practica de gratis?"

"Esa ayuda es al cuerpo de mis compatriotas, yo quiero ayudar a su alma. No quiero que una madre más pase por la experiencia de perder sus hijos cuando son vendidos como animales. No sé cómo se sienten estas madres cuando no saben ni adonde duermen sus hijos. Eso debe de ser un horror para cualquier ser humano."

"Si quieres ayudar a alguien deberías de ayudarme a mí que desde que tu padre falleció, el negocio no va bien de las manos de tu hermana. Tú sabes que la gente no respeta a las mujeres como a los hombres. Tú deberías de ser el que lleve el mando de este negocio."

"Yo no tengo tiempo para mantener un negocio, pues mi misión me lleva a otros caminos."

"Yo me temo que el día en que yo no esté vas a quedarte en las ruinas, eso es lo que me causa horror a mí y aunque no lo creas también preocupaba a tu padre, que en paz descanse."

"Y yo lo que temo es morirme en este infierno de injusticias que esclaviza a mis antepasados. Es que yo no estoy hecho para conformarme con la injusticia."

"Tu padre hizo los trámites oficiales, las gentes negras no son nuestros antepasados de acuerdo con la ley. Ahora nuestros papeles dicen que somos de origen europeo, por lo tanto, obtendremos mejores beneficios del gobierno."

"Esa gente si son nuestros antepasados y llevamos su sangre por dentro. Míreme yo no soy una persona blancuzca, sino que una persona prietuzca, lo cual digo con orgullo y no lo puedo esconder detrás de papeles falsos."

"Aun así, eso es lo que dicen tus papeles."

"Los papeles no pesan más de lo que pesa mi sangre y mi conciencia."

De repente Gonzalo sintió como que se le apagaba el mundo nuevamente, y todo se volvió neblinas obscuras antes de que reapareciera nuevamente en un rancho de una hacienda que estaba alumbrado por varias velas y lámparas de aceite. El olor a combustible quemado invadió su olfato y sintió que sus pulmones se llenaron de humos. Otra vez se encontró en presencia de uno de los hombres que había visto dentro de la casa. En esta ocasión el hombre joven que hablaba con su madre cuando él llegó a este lugar, se veía unos años más viejo. Éste estaba, acompañado de otras dos personas y hablaban con unos cuantos hombres de humilde proceder, por lo parecido obreros de la industria del café. Los obreros miraban al hombre con gran respeto y admiración. Gonzalo se sintió perdido, pues ahora esto era como ser el espectador invisible de obras de teatro adonde nadie lo podía ver ni escuchar. Nuevamente se paró en una esquina y para su sorpresa, los bellos de sus manos se erizaron al escuchar al hombre hablar:

"La esclavitud es una aberración humana. Eso de poder poseer la vida de otras personas en nuestras manos es algo indecente. También, asignarles valor a las vidas de otros seres humanos basándonos en el color de su piel, es algo inmoral. En mi propia familia, mi señor padre Don Felipe se cambió su raza en la documentación legal para tener más benéficos ante la ley. Eso es algo que nos enseña la profundidad del daño que se le hace a una persona a la que se le inculca a creer que su raza es una desventaja o un crimen. Por eso ahora mi padre es blanco, mientras que yo continúo siendo un mulato. Y seré un mulato hasta la muerte, ante sus ojos y los ojos de Dios, seré mulato por siempre."

"Es por eso por lo que debemos de ser libres. Debemos de cumplir con lo que yo llamo los mandamientos del hombre libre y estos constituyen los siguiente: La abolición de la esclavitud, el derecho a votar por todas las imposiciones, la libertad de culto, libertad de palabra, liberta de imprenta, libertad de comercio, el derecho de reunión, derecho de poseer armas, inviolabilidad del ciudadano y el derecho a elegir a nuestras autoridades."

Ante aquellas palabras, Gonzalo sintió como se le estremecía el cuerpo de manera incontrolable. Era como si aquel discurso estuviese tocando algún punto escondido en la profundidad de su alma y lo llamaba a tomar alguna acción. Por unos momentos sintió el vacíó llenarse un poco del regocijo de saber algo, aunque no sabía que. De repente su mundo tenía un poco de sentido y razón. Aunque estaba muerto, se comenzó a sentir vivo, como no se sentía por muchos años antes de que aquella incansable duda entrase en su ser. De manera involuntaria su cuerpo se movió en dirección a aquellos hombres, como para escuchar más de lo que éstos discutían. Se aproximó tanto a éstos que temió ser visto y atrapado por estar en aquel lugar sin permiso. Para su sorpresa, todavía nadie lo veía, sino que él era el único que podía observar y escuchar a los demás. Entonces se acercó un poco más y escuchó a las tres personas sosteniendo una conversación secreta lejos de sus espectadores:

"Segundo no debemos de titubear frente a estos hombres, eso pondría en duda nuestra resolución de liberar a nuestra patria de este gobierno abusador."-dijo el hombre firmemente.

"Yo solo estoy diciendo que hay que ser cauteloso con nuestros planes, no sabemos qué puede pasar si se entera el gobierno de José Laureano." -respondió Segundo en voz baja.

"Yo estoy de acuerdo con Segundo, hay que ser muy cuidadoso con nuestros planes."-afirmó una mujer llamada Mariana.

"Por supuesto que yo estoy al tanto de las consecuencias, pero ya todo anda en marcha. Cambiar de rumbo podría ser perjudicial para la causa."

"Estoy de acuerdo con todo, mi vida por la libertad. Solo opino que deberemos de ser más cuidadosos con nuestros planes."-ofreció Segundo en solidaridad.

"Yo también, es por eso por lo que ya he comenzado a tejer nuestra bandera de la libertad. Va a ser una bandera hermosa."-comentó Mariana con el brillo del fuego de la esperanza en sus ojos.

"Y que gloriosa ha de ser nuestra libertad, después de tanto tiempo."-aportó el hombre orgulloso de sus acciones.

"Debemos de continuar esta conversación más tarde, pues ya los hombres nos están mirando con dudas."

"Más tarde entonces."-respondió Segundo.

Gonzalo, trató de ponerle un nombre al líder de este grupo de hombres por unos minutos, pero no tuvo éxito, aunque sabía que éste debería de ser alguien muy importante en este tiempo, cualquiera que fuese el mismo. Algo en aquel hombre, que le recordaba a Anani y a Leiza; y sus eternas luchas por obtener la libertad que se le había robado. En su pasión hablando frente a los hombres y en su resolución defendiendo su punto ante sus coconspiradores, el hombre dejaba de ver que en su esencia llevaba los mismos deseos que tenían aquellas mujeres Taíno y Africana a las que él nunca conoció, Gonzalo se llenó de admiración por las convicciones del hombre y deseo podérselo decir, pero él no estaba allí en aquella muerte para eso. *¿Entonces para que estaba allí?* Se preguntó antes de que se le apagara la luz repentinamente y se quedase en el vacío de un abismo obscuro otra vez. Trató de mantener su conciencia, pero le fue imposible, el mundo se le volvió tinieblas de obscuridad unos momentos antes de que perdiera el uso de su conciencia.

"Te bautizo en el nombre del padre, el hijo y el espíritu santo." -se escuchó Gonzalo decir sin saber por qué. Al abrir sus ojos se encontró con la sorpresa de que no estaba en su propio cuerpo, sino que habitaba el cuerpo del líder de la reunión en aquel rancho. Al mirar hacia abajo vio la cara negra de un niño que lo miraba con sorpresa y confusión. Al levantar su mirada pudo ver que había más niños de color esperando por su bendición. Entonces un pensamiento que no era suyo invadió su mente: *"Debo de bautizar a la mayor cantidad posible de mis niños negros, de esta manera no los podrán esclavizar como lo han hecho con sus padres."* Confundido por aquellos pensamientos Gonzalo miró alrededor y sintió en su alma una pena al ver que aquellos descendientes de Leiza aun sufrían de la esclavitud. Esos pensamientos eran suyos y se preguntó qué estaba pasando hasta que razonó que estaba viviendo una etapa de una vida que no era de él. *¡Esto está cabrón! Me vine a morir para revivir los infiernos privados de otras gentes,* se dijo a sí mismo. De repente se volvió a ir al subconsciente y regresó en el momento que alguien interrumpió su alma haciendo un comentario en voz baja:

"Ya todo está listo para nuestro propio grito." -le decía un hombre a Gonzalo que habitaba en el cuerpo del abolicionista.

"¡Y que grito ha de ser! Ojalá Segundo estuviera aquí para verlo, aunque sé que él está aquí en espíritu." -respondió el hombre lleno esperanzas que Gonzalo sintió en su propio corazón como suyas.

"Qué pena que no esté presente en el momento en que logremos nuestra libertad. Trabajó tanto para que este momento fuera posible y se nos fue tan joven."

"Su presencia física no es lo más importante, la libertad de su gente es lo único que le importaba. Él vivirá en la memoria de su pueblo."

"¿Y tú no sientes el deseo de estar allá en esta hora tan importante?"

"Por supuesto, pero es más importante que consigamos el apoyo y los armamentos de nuestros hermanos antillanos. Además, Mariana y Obdulia son capaces de implementar el plan de ataque."

"¿Estás seguro de dejar algo tan importante en las manos de dos mujeres? No será mejor dejarlo en las manos de Carlos, José y Juan solamente."

"Estoy totalmente convencido de que ellas pueden con eso y más. No sé porque, pero algo en mi sangre me dice que las mujeres puertorriqueñas siempre han estado dispuestas a todo para mejorar las cosas."

Con aquellas palabras, Gonzalo volvió a irse al subconsciente y a aparecer en otro lugar. Esta vez estaba en una isla caribeña que él no reconocía. Un sentimiento de derrota invadió su corazón mientras observaba en su almanaque la fecha de aquel día, 23 de septiembre de 1868. En sus pensamientos el hombre recorría las memorias de los planes, sus deseos y por supuesto el monumental fracaso. La decepción de no poder lograr sus objetivos lo lastimaba profundamente y con una persistencia que lo molestaba hasta para respirar. Gonzalo, por su parte se llenó de pena, pues en el cuerpo de aquel hombre, él también sentía la derrota como si esta fuese suya, sin saber por qué. Gonzalo, se fue otra vez y vino de nuevo sintiendo un regocijo sin igual. Su alma llena de júbilo no podía explicar lo que estaba pasando, pues la última vez que poseyó el cuerpo del hombre, todo era tristezas y derrotas. Esta vez todo era alegría como la que siente un niño en la mañana del seis de enero cada año. El regalo se lo habían dado las cortes españolas decretando la libertad para los esclavos de su isla. La fecha de marzo 23 del 1873, pasó a ser el punto más jubiloso en la historia de aquel hombre de cuarenta y seis años viviendo desterrado de su patria, víctima de sus convicciones.

Gonzalo sentía como se levantaba un peso desde el alma de aquel hombre al que aún no podía ponerle un nombre, pues en las ocasiones que había poseído el cuerpo, nadie parecía llamarlo por el mismo. Aun así, con cada triunfo y con cada fracaso, su alma se sentía más viva que cuando él estaba vivo. Con los acontecimientos que había presenciado el vacío en su pecho se llenaba poco a poco, como se llena un frasco de cristal debajo de una gotera durante un aguacero largo. Paso unos minutos en aquel regocijo suyo, escuchando y viviendo las experiencias de aquel hombre. Así encontraba algo de paz para su propia existencia, aunque aún no podía ponerle un punto final a su problema. Ahora allí frente a la noticia que llenaba de alegría a aquel hombre, Gonzalo comenzó a contestarse las preguntas que le hicieron Anani, Francisco y Leiza. De repente, la obscuridad volvió a llenarlo y se levantó con un gran vacío en el pecho de aquel hombre. El almanaque apuntaba a la fecha, 12 de mayo de 1898 y con aquella decepción, la muerte del hombre llegó unos meses más tarde. Gonzalo aun habitando en el cuerpo de aquel hombre, sintió en su alma los estragos de una muerte en la decepción de una derrota que parecía eterna. Unas palabras que provenían desde lo más profundo de aquel ser: *"Tanta lucha para solo cambiar de dueños."* Luego de unos segundos volvió a abrir los ojos desde el fondo de las aguas de La Encantada, todavía sus compañeros lo sumergían en el agua como esperando que él les diera indicios de saber lo que ellos le estaban tratando de mostrar. Entonces los ojos del alma se le cerraron y se quedó en el limbo de la inexistencia.

Al abrir los ojos nuevamente, se encontró caminando por un camino cubierto por unas densas neblinas donde no se podía ver nada más allá de la nariz. Sintió que anduvo divagando por largas horas, y durante ese caminar hizo más de mil y una reflexión a su experiencia anterior en donde no solo vio a un hombre pelear por las causas de sus antepasados, sino que también habitó el cuerpo de éste. Ahora mientras caminaba sin rumbos se preguntaba de que valía aquella experiencia para un hombre que no solo había muerto, sino que estaba en el limbo de la muerte. Una brisa fresca chocaba con su cara empujando la blancura de las neblinas dentro de sus ojos, esto le ofrecía la esperanza de que no había llegado a ningún infierno como se lo pintaron en la religión de su madre doña Merced. De todas maneras, razonó que estaba en un infierno. No era un lugar lleno de fuegos y azufres, sino que aquel infierno era el infierno de no saber. De nunca haber encontrado aquello que buscaba su alma con la desesperación del que se aferra a una imagen religiosa y le enciende velas a un santo, esperando un milagro divino que nunca ha de llegar.

Deambulando por aquel su infierno privado, Gonzalo comenzó a sentirse cansado de las preguntas que entraban y salían de su mente de manera sucesiva y casi inmediata. *¿Quién sería ese señor?, ¿por qué me condenaron a sentir sus alegrías y penas?, ¿para qué carajos me sirve esto, ya que estoy muerto?, ¿qué será de Ildefonsa cuando encuentren mi cuerpo? ¿cuándo acabara todo esto?* Aquel torbellino de inquietudes lo mantenían ocupado en su purgatorio y no le ofrecían la oportunidad de analizar todo lo trascurrido desde que llegó a este monte buscando respuestas a preguntas indefinidas. Fue así como continuó su caminar, lento y tentativo, sin razón ni rumbo cierto. De repente un viento fuerte arrancó la neblina del lugar como si se tratara de un telón que cubría un amplio escenario y casi de inmediato, Gonzalo se encontró promulgando palabras desde su boca sin saber desde que parte de su alma venían las mismas:

"Quienquiera que padece por la verdad y la justicia, ese es mi amigo." -decía con una mezcla de orgullo e indignación a un grupo de personas que lo escuchaban con mucho interés en una esquina de una plazoleta de un país extranjero.

"¿Qué podemos hacer nosotros si el gobierno nos ignora y no reconoce nuestro derecho de existir?" -preguntaba uno de los individuos con interés.

"Debemos de insistir de una manera intelectual a un cambio de escenario para nuestras islas antillanas. Esta trayectoria en la que vamos no es sostenible."

"Ya has visto lo que pasó en Puerto Rico con aquel intento."

"Como no lo he de saber si mis compatriotas languidecen en las cárceles locales esperando que se les haga justicia."

"¿Y crees que los mataran, como lo han hecho con otros?"

"No lo sé, espero que el gobierno reconozca el error que está cometiendo."

"¿Él error, qué error?"

"El error de tratar de detener lo que es imparable, pues mientras haya seres humanos oprimidos, habrá los cuales peleen por la libertad hasta el día en que sean libres o hasta que tomen sus últimos respiros."

"Eso no quiere decir que no los ahorcaran para dar un ejemplo, para amedrantar a los demás."

"Debes de tomar en cuenta que hacer eso los volvería mártires en un país adonde ya la gente tiene la sangre hirviendo por tanto abuso."

"Espero que estés en lo cierto."

"Yo también espero eso, por la seguridad de nuestros compatriotas, yo también espero estar en lo cierto."

En un abrir y cerrar de ojos Gonzalo se encontró frente a unos funcionarios de alguna corte española, y a través de los labios de aquel hombre pronunciaba un discurso que le estremecía el alma. Aunque él sabía que aquellas no eran sus propias palabras, las sentía íntima y profundamente suyas:

"Tengo el honor de ser puertorriqueño y federalista. Siendo un colonial, un producto del despotismo colonial, y obstaculizado por él en mis sentimientos, pensamientos y acciones, me vengué de él imaginando una forma definitiva de libertad y concebí una confederación de ideas, dada la imposibilidad de una confederación política."

Al concluir el discurso, Gonzalo observó como lo aplaudían en aquel terreno que él podía percibir como hostil. La convicción de las palabras de aquel hombre era innegable para todo aquel que lo escuchase. En la reacción de aquella gente, Gonzalo se sintió orgulloso de estar ocupando aquel tiempo y espacio. En su corazón la admiración por éste nació como nace un sol del nuevo día; y en su mente deseo conocer más de su huésped espiritual. Luego de esto Gonzalo estuvo en varios lugares similares ofreciendo discursos desde la boca de aquel hombre en los cuales abordaba el mismo tema, la libertad para las islas antillanas. En todos aquellos lugares la reacción era prácticamente la misma, pero en su corazón, Gonzalo percibía que el hombre entendía que nada de lo que decía estaba siendo tomado en consideración. Después de muchos discursos y tal como había sucedido anteriormente Gonzalo se sintió cansado y exhausto, lo que ya le avisaba que su tiempo reviviendo la vida de aquel intelectual estaba próximo a llegar a su final.

Cuando abrió sus ojos nuevamente, Gonzalo estaba de vuelta en su propio cuerpo otra vez envuelto en neblinas espesas. Esto le dio la certeza de que estaba por presenciar algún otro momento histórico del que probablemente él no sabía nada. Esperó por unos minutos y esto hizo que se le alargase la percepción del tiempo. Durante aquellos largos minutos evaluaba su situación y la posibilidad de que en aquella muerte se le estaba ofreciendo una última oportunidad de entender algo que le permitiera descansar en paz. Aquella noche le no había servido de mucho, pues vino vivo buscando respuestas a preguntas sin definir y había encontrado que en su muerte las contestaciones no eran definidas tampoco. Y aunque le dolía haber dejado atrás a toda su familia, en su alma la tristeza de esta realidad no era lo suficiente para empañar la alegría que experimentaba con las experiencias a las que había sido sujeto desde que se estrelló en las piedras de la quebrada.

De repente y como había sucedido anteriormente, las neblinas se disiparon un poco y pudo ver a aquel hombre que había dado albergue a su alma unos minutos atrás, caminando en medio de estas neblinas, pensando en voz alta acerca de las cosas que le preocupaban constantemente. Gonzalo caminó rápido para alcanzarlo y ya cuando estaba a la par de éste lo reconoció de inmediato, aunque el nombre se le escapaba. El hombre tenía unos frondosos bigotes y una barba ancha que lo distinguían de cualquier persona que él hubiese visto jamás. Además, ya en aquel instante el hombre comenzaba a demostrar la caída de su cabello, lo que hacía que su frente se notase más larga. Gonzalo, conocía a aquel hombre, y en sus entrañas la emoción y el orgullo de estar en su presencia ocasionaban una mezcla de felicidad y admiración sin límites. No podía creer que había pensado los pensamientos del hombre y en su pecho la expectativa de lo que podría suceder ahora que era otra vez un espectador de las acciones de aquel individuo lo hacían sumamente feliz. Esa felicidad era algo que él no sentía desde que aquel sentimiento indefinido había entrado en su alma unos años atrás. Ahora caminando al lado del hombre al cual él le había asignado el nombre de él intelectual, lo escuchó decir:

"En esta sociedad adonde vivimos tenemos el problema de que todas las decisiones importantes las toman personas del género masculino y no estamos dispuestos a entretener perspectivas diferentes. Es por eso por lo que creo que tenemos que educar al sexo femenino, pues al educar a las mujeres para que usen todos sus cerebros, los hombres no solo serán justos, sino que también asegurarán el futuro de un nuevo orden social en el que las mujeres aplicarán su inteligencia y sentimientos cálidos a los problemas de la vida. Los hombres son tontos al confiar la educación de sus hijos, de quienes esperan que crezcan para amar la libertad, a mujeres que nunca han conocido esa libertad."

Esas últimas palabras, detuvieron los pasos de Gonzalo por completo, a la misma vez que la imagen de Nazaria inundaba sus pensamientos inmediatos y un hinco en su corazón le causó un poco de incomodidad existencial. Pensó en aquella niña de color, que no solo tuvo que enfrentar un mundo adonde la pigmentación obscura de su piel era uno de los factores que se usaban para determinar su valor, sino que también a una sociedad machista, que todavía trataba de impedir que las mujeres estuvieran al mismo nivel que los hombres en lo económico e intelectual. Gonzalo se autoanalizó él mismo y se decepcionó de las veces que su machismo fue uno de los factores más perjudiciales para la vida de su propia hija. Ahora con el intelectual pensando en voz alta, él mismo sintió la quemazón del arrepentimiento de haberle robado a su niña oportunidades a las que ella debió de tener acceso como sus hijos varones, por ser un hombre tan machista como lo habían sido sus padres y sus abuelos. De esta manera perdió de vista al hombre y corrió en varias direcciones buscando reencontrar el camino en el que éste viajaba. Finalmente, lo diviso en el momento en que éste abría una puerta y cuando tiro del manubrio para entrar, las neblinas se disiparon de inmediato haciendo visible para Gonzalo que el intelectual estaba ya acompañado de otros dos hombres de origen europeo. Entonces escuchó a uno de ellos hablar:

"Os estamos ofreciendo una gran oportunidad para vuestro futuro." -pronunciaba un funcionario.

"Y les doy las gracias por tan bondadosa oferta, pero..." -contestó el intelectual antes de ser interrumpido.

"Nosotros solo os pedimos que lo penséis detenidamente antes de darnos una respuesta."

"No creo que haiga mucho que pensar, yo solo estoy interesado en la libertad de mis países antillanos, especialmente la de mi isla de Puerto Rico."

"Aunque no lo creas así, esta posición os ofrece un poco más de influencia política para vuestra causa."

"Yo lo entiendo, pero me temo que, si me envuelvo en este mundo político, me podría perder en mi lucha por mi pueblo."

"¿Cómo figuras que pase algo así?"

"A veces la comodidad ha sido una de las cosas que merma las ganas del hombre. Yo prefiero estar incómodo para que mi alma continúe en movimiento hacia un mundo más justo."

"Nosotros no pensamos que vos seréis capaz de abandonar vuestra lucha, solo queremos demostraros nuestra apreciación por vuestra capacidad intelectual."

"Y yo deseo darles las más profundas muestras de agradecimiento, pero ser el gobernador de Barcelona, no es lo que deseo."

"¿Esa es vuestra última resolución?"

"Me temo que sí, pues yo prefiero ser ciudadano de mi Puerto Rico libre, más que cualquier otra cosa en este mundo."

Con esas palabras, la imagen se hizo opaca otra vez mientras que Gonzalo, escuchó al hombre decirse a sí mismo: *"Estos individuos con sus ofertas solo quieren silenciar mi voz y hacerla irreconocible para mis hermanos antillanos."* Trascurrieron unos segundos eternos de aquella noche interminable; y entre la obscuridad del vacío y la anticipación de su mente, Gonzalo esperaba ver un poco más de aquel hombre intelectual y de los sucesos que definieron su vida. Dentro de toda aquella experiencia había una lección, un motivo, una cura para el vacío en su pecho. Cualquiera que fuese la razón por la que era sometido a todas estas experiencias, algo tenía que darle la resolución a su problema para que él pudiese descansar en paz.

Luego de un tiempo, la imagen se aclaró y Gonzalo observó al intelectual en momentos sucesivos en los que viajaba por diferentes países ofreciendo lecturas y apoyos a movimientos similares al suyo. Algunas de las experiencias del intelectual lo llevaron a Nueva York adonde publicó sus pensamientos en un diario fundado por él mismo. Más tarde Gonzalo fue testigo de la vida nómada de aquel hombre que en persecución de su causa viajaba por Venezuela, adonde dirigió un colegio. Todas estas imágenes provocaron una reacción en Gonzalo, pues en su vida, él también había vivido un periodo de peregrinajes en los cuales solo buscaba mejores oportunidades económicas de las que tenía acceso en la juventud antes de inmigrar por primera vez. Fue de esta manera que recordó aquel primer viaje a Nueva York a trabajar en una fábrica. Luego se mudó unos ciento sesenta kilómetros sur a la ciudad de Philadelphia a trabajar en una bodega.

Un tiempo más tarde se pasó algunos años en Massachusetts, Chicago y Florida, haciendo trabajos que no devengaban sueldos con los que él pudiese sobrevivir cómodamente, se podía decir que cada día respiraba para seguir muriendo lentamente.

Fue así como llegó a una memoria del intelectual mientras éste se encontraba en el país de La República Dominicana en el 1879 trabajando en planes de iniciar una escuela a la que éste habría de llamar La Escuela Normal. Gonzalo estuvo presente cuando el intelectual discutía su idea con varias personas que lo rodeaban interesados en lo que él tenía que decir.

"Debemos de considerar normalizar nuestro sistema de enseñanza." -pronunciaba el intelectual a las personas que estaban presentes.

"¿Qué usted quiere decir con la palabra "normalizar"?" -preguntó un hombre curioso.

"A lo que me refiero es que debemos de crear un sistema educativo universal en el que eduquemos a nuestros maestros en la manera de enseñar a las futuras generaciones de maestros en la manera que deberían de educar a nuestros estudiantes del futuro."

"¿Y cómo hemos de lograr semejante forma?"

"Es por eso por lo que los he invitado aquí, para debatir cuales son las técnicas más importantes y relevantes para nuestros maestros... y maestras."

"Maestras. ¿Cómo que maestras?"

"Sí, maestras, debemos de educar a nuestras mujeres de la misma manera que educamos a nuestros hombres."

"Creo que eso no es viable, educar a la mujer no es necesario en nuestros países."

"Todo lo contrario, educar al sexo femenino es una de las prioridades de más importancia para una sociedad avanzada como la que queremos desarrollar."

"Yo no estoy de acuerdo con esta idea." -expresó uno de los hombres con incomodidad.

"Yo tampoco." -apoyó otro desde la parte de atrás.

De repente se desató una ardua discusión acerca de las ideas que el intelectual exponía, mientras Gonzalo observaba desde una esquina sorprendido por la oposición a la idea de ofrecer una educación igual a las mujeres de aquel tiempo. Los hombres incómodos por la proposición del intelectual caminaban entre sí mismos debatiendo sus razones, muy validas de acuerdo con ellos mismos, de no educar al sexo femenino. El intelectual por su parte los observaba sin decir mucho, a menos que alguien lo abordara directamente. Esta situación duro unos minutos y cuando ya se había puesto de acuerdo la mayoría, se dirigieron al intelectual:

"Maestro, nosotros lo admiramos por todo lo que usted ha hecho a través de su obra, pero..." -dijo uno hablándole al intelectual, antes de que éste lo interrumpiese.

"Pero les está faltando una visión clara para el futuro de su nación. No son los únicos."

"Disculpe." -respondió el hombre ofendido por el comentario.

"Lo que quiero decir es que están pensando como los colonizadores europeos, siempre asustados de que sus féminas obtengan los mismos conocimientos que ellos. Todo el tiempo tratando de doblegar lo que es la voluntad humana."

"¿Y eso no le preocupa a usted? Que las mujeres lleguen a tener la misma posición y el mismo poder que nosotros."

"Lo que me preocupa a mi es que estemos estancándonos en el pasado tratando de doblegar los deseos de las personas con las que no solo deseamos compartir nuestras afecciones, sino que también nuestros pensamientos libres. Ahora les preguntó: ¿de qué les vale tratar de tener una conversación complicada con sus mujeres, si ellas no cuentan con el entrenamiento intelectual para corresponderles?"

"¡Eso no hace falta en este país! Este es un país de machos." -gritó un hombre alterado.

"Por el contrario, esa es una de las mayores deficiencias de nuestros países, mujeres que están criando a hombres de los que esperamos liderazgo y amor por la libertad. Sin tomar en cuenta que ellas nunca han poseído la misma."

"Las mujeres no son capaces de liderar como un hombre. Eso es una fantasía."

"Eso no es cierto y la única razón por la que ellas no están más envueltas en sus asuntos es porque ustedes están pensando en el pasado, miren el futuro y verán que, si no cuentan con mujeres educadas, su nación está condenada a fracasar."

"Eso es una exageración. Nosotros podemos llevar a este país adelante sin tener que sacrificar el control que tenemos sobre nuestras mujeres."

"No esto es una observación libre. Yo solo les ofrezco una opción para un futuro más justo."

"Entonces que hemos de hacer si no estamos de acuerdo con su idea. ¿qué nos sugiere hacer?"

"Deberán de ponerse en la posición de sus mujeres y de analizar si les gustaría vivir en la obscuridad de la ignorancia, como las están forzando a vivir a ellas."

Aquella observación del intelectual provocó un estremecimiento en el alma de Gonzalo, pues a través de una noche que no parecía tener fin, se dio de cuentas de que vivió por muchos años bajo el velo de la ignorancia acerca de los acontecimientos que dieron paso a su vida. Ahora, en el purgatorio de la muerte se encontraba con todos estos fantasmas y sus experiencias. Para su deleite y su horror no solo podía observar a éstos, sino que también estaba forzado a vivir y sentir las experiencias de ellos. Más, sin embargo, lo que más lo incomodaba era su ignorancia acerca de quienes eran estas personas, y por qué él nunca se enteró de lo que éstos habían hecho antes de que él se matará en medio de un monte lleno de misterios.

"Ustedes deberán de confiar en la posibilidad de una mejor sociedad antillana si educan a sus féminas." -escuchó Gonzalo al intelectual, lo que lo hizo regresar desde sus propios pensamientos.

"Nosotros no sabemos que pensar de todo esto, pues es algo que no podemos aceptar como natural."

"¿Y es natural que ustedes se eduquen mientras que sus esposas se hunden en las arenas de la ignorancia?"

"Esa es la forma que el mundo es, y siempre ha sido así."

"Eso no es cierto; y si lo fuese, estaríamos obligados a cambiar el mundo."

Desde esta memoria Gonzalo dio otro brinco espiritual, y cuando abrió sus ojos se encontró con el intelectual celebrando la apertura de una organización en una ceremonia oficial atendida por hombres y mujeres en el día 18 de febrero del 1880 en la República Dominicana. El intelectual ofrecía un discurso en el que exponía los objetivos de aquella escuela, La Escuela Normal. Gonzalo sintió orgullo de ver que el hombre había perseverado como lo hizo tantas veces en el pasado, logrando cosas que hubiesen sido imposibles para cualquier otra persona. Cuando tenía el pecho repleto de aquella sensación de admiración, Gonzalo volvió a sentir que se le acaba en tiempo en presencia de aquel intelectual cuyo nombre se le escapaba. Así de esta manera la imagen del hombre desapareció al igual que la conciencia de Gonzalo.

Un sentimiento de profunda tristeza devolvió a Gonzalo al mundo de la conciencia y éste se encontró nuevamente habitando el cuerpo del intelectual mientras éste leía una noticia en un periódico con la fecha del

12 de mayo de 1898. Otra vez, en el cuerpo de otro de sus patriarcas Gonzalo sentía la decepción de enterarse de la noticia que había enviado a la tumba al abolicionista. Con aquella noticia pasaron lo que parecían ser unos años de decepción. Finalmente, Gonzalo sintió los estragos de la muerte inundar el cuerpo del intelectual, mientras éste con sus últimas fuerzas pronunciaba sus últimos deseos: *"Deseo que mis restos mortales permanezcan en La República Dominicana hasta que mi Puerto Rico sea libre y soberano. Entonces y solo entonces mis restos podrán ser llevados a mi tierra libre para que mi alma descanse en paz como se debe, en una tierra de gente libre."* Con aquellas palabras, las sábanas de la muerte arroparon a Gonzalo nuevamente y el hombre dejo de respirar.

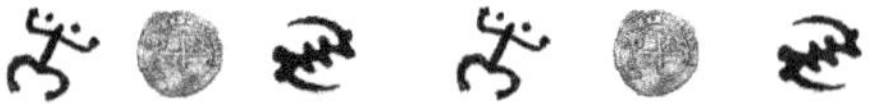

La decepción de aquella última muerte acompañó a Gonzalo por un largo momento mientras éste regresaba al camino de neblinas desde el que se había ido a habitar el cuerpo del intelectual. Entonces caminó por un momento largo analizando aquella última vida que vivió en pedazos, pero no encontró en ese análisis la razón por la que sus acompañantes del monte lo forzaban a experimentar todos aquellos torbellinos de alegrías y penas. Fue así como vino a sentarse bajo la sombra de un árbol de moca para descansar los nervios de su alma, que aun sentía los estragos de una muerte en la decepción. Cabizbajo trató de cerrar los ojos para despejar sus pensamientos de todos aquellos sucesos que estaba reviviendo de forma esporádica. De repente sintió en su nariz una incomodidad de malos olores. Fue así como un fuerte olor a orines y excrementos lo levantó del estupor, inmediatamente buscó a sus rededores el origen de aquel mal olor; y en una esquina del lugar encontró al culpable, un cubo sucio con lo que parecía ser un centenar de moscas volando a su rededor. Luego se dio cuenta de que caminaba, una cantidad de pasos hacia el frente y la misma cantidad de pasos para atrás. Su cuerpo se movía sin voluntad propia, la mente concentrada en no perder la cordura. En el corazón sintió la rabia ante lo injusto y en el pecho el sentido propio de los deseos de venganza. Confundido por la situación miró hacia arriba para ver a los guardias que lo observaban desde los corredores de aquella estructura en la que lo tenían confinado. Adentro de la celda los olores a orines y excrementos ya lastimaban su olfato, a la misma vez que los mosquitos hacían fiestas en su cuerpo, el cual estaba visiblemente deteriorándose. En un acto de confusión Gonzalo se preguntó: *¿Y ahora en que cuerpo ando metido? ¿qué abra hecho este infeliz para que lo traten de esta forma?* Recorrió los rededores con su vista buscando una respuesta para su situación y desde la parte de afuera de las rejas de la puerta, escuchó una voz que le repetía algo que al parecer no había captado de primera instancia.

"¿Entiendes lo que te acabo de decir acerca del indulto?" -dijo la voz desde afuera de la celda.

"Que se vaya con ese indulto al mismo carajo. Yo no necesito ser indultado por luchar por lo que es justo. Él sabe que lo que hizo conmigo es injusto. Hipócrita, le ofrece al pueblo pan, tierra y libertad, pero solo si aceptas vivir de la forma que sus dueños quieren que vivamos." -pensaba Gonzalo desde la mente de este hombre al que su alma fue parar después de su última inconsciencia.

"Aunque no lo quieras aceptar él es el gobernador y te ha concedido un indulto, tienes que aceptarlo, no hay otra solución." -le decía un hombre que aparentaba ser un abogado.

"Aceptar este indulto es como aceptar culpas por pelear contra el colonialismo que nos tiene oprimidos."

"Te has pasado la vida en la cárcel, desde que te metieron preso en el 1936. Alguien como tú que debería de estar viviendo más cómodo. ¿tú no estás cansado de estar en estas circunstancias?"

"Yo estoy aquí injustamente y tú lo sabes. Mi gente debe de ver que yo estoy dispuesto a todo por la libertad incondicional de mi Puerto Rico, pues si no fuese así no podría esperar que ellos dieran la misma batalla."

"Tú no tienes nada más que probar ya son tres años de esta última condena, todo el mundo conoce de tus acciones. Por eso es por lo que estás aquí pudriéndote en esta celda."

"Yo no quiero que el mundo conozca de mis acciones, lo que quiero es que el mundo reconozca mi derecho a mi libertad y a la libertad de mi pueblo."

"Como quiera que sea tienes que aceptar ese indulto, no puedes quedarte aquí. El gobernador ha dicho que te expulsara sino te vas por tu propia voluntad."

"¿Qué más puede hacerme ese infeliz? ¿no lleva años exponiéndome a radiación para causarme la muerte? Yo no me vendo como se vendió él."

"Tú sabes cómo son estos políticos hijos de puta, siempre buscando la comodidad ante lo difícil."

"Yo solo sé que, si no tuvo el valor de mandarme a matar como un hombre, va a tener que venirme a sacar de esta celda a la fuerza. Yo solo soy una víctima de mis convicciones."

"Créeme que la razón por la que todavía estás vivo es porque tus convicciones inspiran a tu gente."

"A la que ahora están tratando de comprar con dólares para cegarlos o para que se hagan de la vista larga ante lo obvio."

"Tú sabes que yo estoy de acuerdo con todo lo que dices, pero debemos aceptar que dimos todo lo que pudimos dar."

"Cuando yo de mi último respiro, habré dado todo lo que pude dar."

"¿Sabes cómo te llaman estos guardias infelices?"

"No me importa lo que estos ignorantes me llamen."

"Te llaman El Rey de las Toallas."

"Que importa, si a mí me preocupara lo que los otros piensan acerca de mí, no estaría aquí."

"Solo quiero dejarte saber que estos momentos están dañando tu reputación."

"¡No!, estás equivocado estos momentos están cementando mi causa ante los ojos de mi pueblo."

Nuevamente envuelto en aquellos pensamientos que no eran suyos, Gonzalo hacia un repaso de las memorias de aquel hombre que en aquellos momentos se encontraba en una prisión, sentenciado por su lucha en contra del colonialismo de los Estados Unidos de América. No era la primera vez que él se encontraba tras las rejas de una prisión, pues ya había sido víctima de la persecución política mucho más antes y hasta había sobrevivido atentados en su contra, algo que algunos de sus compatriotas no lograron evitar. Fue así como su recuerdo lo llevó a recordar a "La masacre de Rio Piedras." En esta ocasión sus compatriotas y compañeros de lucha fueron ultimados por el comando de la policía, la cual en aquel momento era dirigida por un extranjero asignado al puesto de verdugo de las aspiraciones nacionalistas de la población local.

Mientras aquel hombre recordaba todos los eventos de una vida que lo había llevado a aquella situación, Gonzalo, encontraba en un estado de éxtasis por la admiración que las convicciones de aquel hombre generaban en él a través de sus memorias. Observando todos aquellos recuerdos de un hombre que luchaba con cuerpo y alma por su libertad, Gonzalo pudo conectar aquella esencia a la de una anciana Taíno que vivió toda una vida luchando por la misma causa; sin dudas ni remordimientos. Esa esencia era algo persistente en aquel cuerpo, en aquel hombre. Otra vez se encontró avergonzado de su inhabilidad de reconocer aquel hombre tan determinado a cumplir con su objetivo.

Después de que se quedó solo, se sentó en la cama de su pequeña celda y como si estuviese haciendo un inventario de sus memorias y pasaron por su mente para el deleite y el horror de Gonzalo, las experiencias vividas por él antes de este preciso momento.

"Laura te tienes que ir por un tiempo fuera de la isla, preferiblemente con tu familia." -le decía Gonzalo desde aquel cuerpo a la que era la esposa del hombre.

"Irme para Perú sola ¿y por qué?" -preguntó la mujer con sorpresa y un poco de molestia en su rostro.

"Porque la situación está empeorando para nuestro movimiento y temo por tu vida y la de los niños."

"Ellos no serán capaces de hacerte nada a ti. Ya has llamado mucho la atención del pueblo."

"A lo mejor no a mí, pero a ustedes sí."

"¿Y los crees capaces de matar a mujeres y niños?"

"No los creo capaces, los conozco capacitados para matar a una familia entera si es necesario."

"¿Y qué vas a hacer tú?"

"Voy a vender nuestras propiedades y me iré por un tiempo al exterior a exponer mi caso."

"¿Entonces lo vamos a perder todo?"

"Todo no vale nada si no tenemos la libertad. Recuerda que la patria es valor y sacrificio."

Con estas palabras la mente del hombre tomo rumbos a países exteriores y se vio dando discursos en Cuba, La República Dominicana y otras islas caribeñas. Luego andando por Méjico, Guatemala y el resto de Centro América. Más tarde llegó a Venezuela. A través de esos viajes se reunió con personas que apoyaban su causa y dio discursos en contra del colonialismo en su isla de Puerto Rico. Pasó unos años fuera de su isla buscando apoyos para su movimiento, pero, así como el coquí no puede vivir lejos de su tierra, él tampoco era capaz y en el año 1930, regresó a su tierra natal con su familia, dispuesto a todo por defender sus derechos de vivir en el país que lo vio nacer.

Gonzalo, se encontraba tan envuelto en aquellas memorias prestadas que sintió su alma llenarse casi por completo. Ya el vacío que lo trajo de regresó a su isla en busca de respuestas se estaba disipando como se disipan las sombras de una noche obscura con los primeros rayos de un sol naciente. Ahora en su muerte, la satisfacción de ver, escuchar y sentir cosas que le faltaban a su alma hacía que su vida cobrara un sentido de ser su propio hombre, aunque ya fuese demasiado tarde y estuviese en el cuerpo de otro. Se lleno de esperanzas de que aquellas memorias del hombre continuaran rellenando los recovecos de los pocos espacios vacíos en su alma. De esta manera trató de callar a su mente, para dejar que la mente del hombre lo llevara a aquella incursión en el pasado. De repente sintió el mareo que había sentido varias veces desde que lo sumergieron en el agua, y se llenó de desesperación al razonar que su tiempo reviviendo la vida de aquel hombre parecía llegar a su final.

Cuando abrió los ojos nuevamente se vio otra vez a sí mismo, estaba de regreso en su propio cuerpo, pero algo le dijo que no estaba de regreso a su propio tiempo. Esta vez se encontró en una reunión de varias personas y su corazón dio un salto de sorpresas y suma alegría cuando escuchó la voz de aquel hombre en cuyo cuerpo él había pasado unas horas y repasando unas memorias. Como nadie parecía llamar a aquel hombre por su nombre éste decidió llamarlo: "El líder."

"¿Estás seguro de lo que dices?" -preguntaba la mujer con preocupación en su rostro.

"Te estoy diciendo que debes de proceder con mucho cuidado, pues ya hasta los nuestros están hablando de asesinarte." - dijo un hombre mirando al líder directamente a los ojos.

"Ramón, yo no pongo en duda tu palabra, he de tener precaución de ahora en adelante. Y tú también debes de tener cuidado de este momento. No te perdonaran esta traición. Me temo que te has sentenciado a muerte tú mismo."

"Yo no tengo miedo, mi vida no es más importante que mi misión. Esos hijos de puta pueden matarme a mí, pero no mataran a mis ideas."

"Esto solo es el comienzo, como te había explicado con anterioridad a estos colonizadores solo les duele el dinero, y lo que hicimos con las huelgas los han lastimado económicamente."

A partir de aquellas palabras, Gonzalo fue trasportado a otro tiempo, en los que el líder dirigía a una gran cantidad de obreros en una huelga en contra de unas compañías de energía eléctrica, llamadas Puerto Rico Railway y Light and Power Company. Esta huelga causó pérdidas monetarias y puso en estados de alertas a otros monopolios en la isla. El líder pasó a organizar otra huelga en contra de la industria de la caña en la isla. Con esto comenzó una persecución política a la que él enfrento como todo un guerrero. Desde esa memoria Gonzalo viajo a otro tiempo y esta vez el hombre daba un discurso en un lugar conocido para Gonzalo. Estaba en la Universidad de Puerto Rico y le llegaron noticias de la muerte de sus compañeros a manos de la policía.

"Mataron a Ramón, a Pedro y Eduardo en el pueblo de Rio Piedras. Los acribillaron mientras estaban en su carro esperándote." -le decía un muchacho con urgencia al líder, mientras Gonzalo escuchaba desde su anonimato.

"¿Muchacho estás seguro de lo que dices? ¿qué fue lo que pasó?" -preguntó el hombre con coraje.

"Sí, la policía los mató a sangre fría mientras esperaban por ti en el pueblo. No le dieron tiempo. Fue como una ejecución pública. Te lo dije, pa' eso fue que mandaron al gringo."

"Esto necesita una respuesta. Tenemos que contestar estos actos de violencia con actos de la misma magnitud. Ojo por ojo, diente por diente."

"Vida por vida...Yo lo que quiero es ir a matar a todos esos cabrones ahora mismo."

"Ten calma muchacho que un guerrero sin calma es un guerrero muerto."

Al escuchar aquellas palabras el corazón de Gonzalo latió tan rápido que éste sintió que se le saldría de su pecho. De inmediato su mente viajó al momento en que había perdido su calma frente a Francisco y la anciana Taíno le había dicho lo mismo: *"Calma, guazabara sin calma es guazabara muerto."* Con esta frase comenzó a analizar por qué lo habían condenado a repetir las historias de aquellos personajes sin identificación, pero a la vez tan identificables por algo desde la profundidad de su alma. Luego de esta pequeña introspección, Gonzalo continúo escuchando a los dos hombres hablar.

"¿Entonces qué hacemos?" -preguntaba el joven con inquietud.

"No te preocupes, enviaremos respuestas aquí y si es necesario en el exterior también." -respondió el líder con resolución absoluta.

"Pero primero aquí, ¿verdad? Tenemos que matar al gringo hijo de puta."

"Por supuesto hombre, tú vas a tener la oportunidad de entregar el mensaje personalmente."

Desde aquella memoria su mente volvió a distraerse con otros pensamientos y cuando se detuvo de aquel juego de azar, éste se encontró recibiendo un diploma de la universidad de Harvard y casi al mismo tiempo la noticia de que, aunque era el merecedor del título magna cum laude, su color lo hacía inelegible para dar el discurso a la clase graduanda. El sentimiento de decepción al confirmar que por su raza se le podía negar lo que era suyo. Después de trabajar arduamente para demostrar que él que tenía la capacidad de hacer lo que quisiese con su mente, ahí estaba la confirmación de que a veces la capacidad no es suficiente sí no puedes cambiar la pigmentación de tu piel.

En otra memoria esporádica se encontraba en su pueblo natal reuniéndose con personas pobres a los que representaba casi de gratis. Esta había sido su profesión desde que se negó aceptar un trabajo en la corte suprema de los Estados Unidos como premio de consolación a la injusticia de no poder ofrecer el discurso de comienzo de la clase graduanda de su año. Ahora practicaba el oficio de representar a personas de baja capacidad económica ante la injusticia de un gobierno corrupto o un negociante inescrupuloso. Fue así como un día, obreros de la industria de electricidad entraron en su pequeña oficina de su pueblo natal éstos buscaban representación legal ante la compañía que practicaban las políticas de monopolio en la isla. El líder se decidió a organizar aquellos empleados en un intento de forzar a las compañías a negociar mejores salarios y beneficios. Aquella campaña duró unos meses y luego de haber tenido éxito en aquella incursión, el líder pasó a ser enemigo número uno del gobierno local el cual era controlado por negociantes del extranjero

Después de aquella exitosa huelga de los empleados de la industria de energía eléctrica, los empleados de la industria azucarera decidieron tratar su suerte y solicitar los servicios de aquel hombre, para ellos también tratar de obtener mejores beneficios y salarios de la miseria que devengaban esclavizándose bajó el sol en aquella industria que endulzaba el mundo mientras amargaba de pobreza a sus empleados. El líder tomó el trabajo sin pensarlo, pues estaba guiado por un sentido de buscar justicia, nunca pensó que este simple acto de desafío lo volvería el enemigo número uno de un gobierno entero y de esa manera empezó la persecución que lo habría de llevar de ser un candidato a uno de los mejores abogados del mundo, a ser un luchador por las masas y los pobres. Fue por esta razón que el gobierno lo tildo de terrorista y lo envió a prisión en un intento de destruir todo lo que su movimiento representaba.

Luego de esto Gonzalo, regresó a su propio cuerpo para ser testigo de las tribulaciones de aquel hombre que vivió en su isla en un constante movimiento de persecución. Éste pudo ser testigo de las miles de horas que aquel líder gastó en diferentes cárceles. Los abusos físicos y psicológicos a los que era sometido día tras día. Aun así, también pudo atestiguar acerca de la tenacidad de aquel individuo. De su fuerza de voluntad. De su lucha por la libertad que le negaban a él y a todos en aquella isla. Gonzalo, analizaba aquella insistencia mientras observaba al hombre pasar por el tiempo y no dejaba de pensar en la mujer que le confesó acerca de los muchos hombres que ella misma había asesinado y por razones similares. Entonces recordó las palabras de Francisco cuando se quejaba de que sus herederos estaban condenados por su sangre. Si esto era posible, pensó Gonzalo, aquel líder estaba condenado por la sangre de la mujer Taíno y por todas las consecuencias de lo que esto representaba.

A través de aquella incursión en aquel tiempo, Gonzalo vio al hombre ser encarcelado por primera vez y juzgado por el crimen de costarle perdidas monetarias a los monopolios que controlaban la isla. Lo vio cuando lo trasladaron fuera de la isla a cumplir una condena injusta y luego lo vio enfermarse y pasar años en un hospital. También fue testigo de su regreso a casa y de la intensidad con la cual mucha gente lo seguía y lo admiraba a la vez que otros lo criticaban y le temían. Entonces, lo escuchó ofreciendo discursos acerca del colonialismo y la necesidad de la libertad ante los ojos del mundo.

"Ellos saben que tienen responsabilidades delante del mundo, todas las Naciones Latinoamericanas y todas las naciones del mundo porque delante de las Naciones Unidas, Puerto Rico tiene reconocimiento directo. El Partido Nacionalista, el cual repudia el poder que los Estados Unidos tiene dentro de la carta constitucional de las Naciones Unidas. Y como observador oficial con estatus diplomático, para hacer que la voz de Puerto Rico sea escuchada y decirle al mundo entero que los Estados Unidos como nación, es un violador de la constitución de las Naciones Unidas en la que ellos se pretenden defensores de la libertad de todas las naciones, excepto Puerto Rico, y solo son unos meros bandidos en la historia de los hombres."

Escuchando, discursos como aquel, Gonzalo experimentó dos sentimientos distintos, pero relacionados con aquel evento. Por una parte, se sintió un admirador convencido por las convicciones del líder. Por otro lado, sintió pena de que, durante toda su vida, nunca había escuchado a nadie que expresara los deseos de aquella parte de su alma, la cual muchas veces intentó decirle a él de aquella condición. La mezcla de estos sentimientos le provocaban ansias de sentirse vivo aun en la profundidad de su muerte de experiencias esporádicas. De esta manera Gonzalo, se llenó de admiración por aquel personaje y para su suerte pudo estar presente en las diversas ocasiones que, entre la libertad y la prisión, el líder habló de los deseos interminables de obtener algo que él mismo Gonzalo entendía que nunca había de llegar en los días de aquel hombre.

En una ocasión se encontró presente cuando el líder y sus confidentes planeaban algo importante y en sus discusiones Gonzalo se enteró de un último intento del líder de establecer una conversación formal con un hombre llamado Harry S. Truman. En otra ocasión lo vio hablando con el muchacho que le había comunicado la noticia de las muertes de Ramón, Pedro y Eduardo. Éste le recomendaba paciencia y calma al muchacho, para luego leer en un periódico local que el joven había ignorado sus consejos y había perecido luego de matar al capitán de la policía local un hombre lla-mado Francis E. Riggs, éste último había sido el autor de la masacre de Rio Piedras. Un hombre enviado por el gobierno de los Estados Unidos para servir de verdugo en aquella isla sin representación legal. Fue así como entre discursos, persecuciones y condenas el líder envejeció de cuerpo mientras que su espíritu continuaba la lucha en el vaivén del tiempo, cuan si fuese una ola que va y que viene, pero que nunca llega. Con aquel ir y venir de eventos, Gonzalo se encontró nuevamente albergado en el cuerpo del líder en una mañana del año 1956.

En aquel momento intentó mover sus manos y no pudo, partes de su cuerpo estaban paralizadas y no podía ver por su ojo izquierdo. Trató de pararse y caminar, pero su cuerpo estaba regido. Aun así, con todos los signos de que algo andaba mal el líder no se asustó, sino que se determinó a seguir en su eterna lucha, pero en el momento que intento llamar al guardia de prisión que patrullaba su celda, su alma se estremeció con un miedo que nunca había experimentado, pues desde su boca no podía pronunciar ninguna palabra. Luego de esto pensó: *"Finalmente me han silenciado, no puedo hablar."* Con aquella realización Gonzalo sintió el cuchillo de la decepción entrar en el cuerpo del líder. En la mente de éste pudo ver como las memorias del hombre hicieron un repaso de su vida. De todas las luchas, de todos los estragos a través del tiempo. Las memorias de los sacrificios físicos y mentales. Los recuerdos de los actos de terror que sus enemigos cometieron en contra de él, su familia, sus amigos y sus seguidores. La decepción de saber que personas que pretendían representar la ley, eran las mismas que escondidas detrás de un sistema de corrupción trataban de amordazar su voz con leyes que prohibían que la gente pensara por sí misma.

Gonzalo, experimentó unos sentimientos de decepción en el cuerpo de aquel hombre, pero el líder no parecía sentir lo mismo, sino que aun en su estado físico, estaba convencido que todavía quedaba más lucha en él. Acostado en la cama, esperando que alguien se diera de cuentas de su estado físico, pasaron varios días. El líder estaba convencido de que moriría allí, sin haber visto su misión completa, pero con la satisfacción de saber que sus palabras habían despertado la conciencia dormida de su pueblo. Aun así, su alma de guerrero incansable no le permitió morir en aquel estado y su cuerpo correspondió. Por razones inexplicables sobrevivió aquel percance físico, pero aun así sufrió daños de los que no se habría de recuperar nunca. Al parecer su voz lo había abandonado.

En un momento de reflexión, el líder se detuvo a pensar en su vida y el camino al que sus decisiones lo habían llevado. Pensó en las acciones violentas que autorizó en nombre de su movimiento y también en las razones por lo que alguna gente lo tildaban de violento. Reflexionó acerca de los triunfos obtenidos y la gran cantidad de fracasos a través de toda aquella lucha. Los muchos años que languideció en la prisión, algunas veces con razón y la mayor parte de estas, víctima de la persecución. En su corazón, entendió que sus métodos no siempre fueron aceptados, pero todavía cargaba la convicción de que eran necesarios para luchar en contra de los enemigos de su derecho a vivir como él lo deseaba. Ahora que sus labios ya no podían emitir palabras, la voz de su alma guerrera le decía que su guerra no era por odios, sino por amor, el amor a la idea de ser un ciudadano del mundo, libre de formular sus propios pensamientos y tomar sus propias decisiones.

Así se pasaron unos días en aquel silencio interminable. Algunos visitantes lo miraban con pena, lo que le causaba molestia, pues él estaba enfermo, pero no muerto. En aquel pensamiento Gonzalo, recordó que él si estaba muerto y en aquella extraña muerte, estaba reviviendo las experiencias de tantas personas a las que no conocía; y por alguna razón Anani, Francisco y Leiza lo habían forzado a vivir en los cuerpos y en los tiempos de todos ellos. Éste deducía que, dentro de todas aquellas vidas y muertes, había alguna lección para que su alma descansase en paz. De todas maneras, una pregunta se le escapaba desde la profundidad de su ser, *¿para qué me sirve todo esto ahora?* Con esa pregunta se gastó los últimos días del líder, postrado en su cama esperando las visitas de amistades que iban y venían haciendo las gestiones de velarlo como si se tratase de un cadáver. En la mente del líder, Gonzalo, percibía su incomodidad por la impotencia de no poder expresarse de aquella manera elocuente como él sabía hacerlo. Las dudas de que su misión no se cumpliría sin él, pero la insistente convicción de que su batalla había sido la correcta, pues su deseo de libertad provenía desde su misma sangre.

Así se pasaron varios años, antes de que llegase el día en el que el líder llegara hasta el final de sus días. Gonzalo, aun habitando el cuerpo sintió como la muerte lo arropaba una vez más. Solo que esta vez, el hombre no sufrió estragos de muerte, solo una resolución completa que le decía a su alma: *"Más vale vivir una vida de luchas y morir por una buena causa, que vivir en el desengaño de no controlar tu propio destino."* Y con aquel pensamiento en su mente, el líder dejo de ser y con su deceso, el alma de Gonzalo se quedó deambulando nuevamente en el infierno privado de su última muerte.

Después de deambular en la obscuridad de unas densas tinieblas, Gonzalo llegó a una playa de insuperable belleza y se sorprendió al verse rodeado de una naturaleza virgen sin rastros de la intervención humana. Esta situación hizo que Gonzalo se imaginara que aquel no era su infierno privado lleno de las neblinas del no saber, sino que era el paraíso del líder. Este lugar debería de ser su premio por haber dado todo en la vida por su causa. Aquel pensamiento le ofreció una gran satisfacción a su alma, pues éste pensaba que, si su teoría era cierta, aquel hombre había llegado a una versión de un paraíso adonde su alma habría de disfrutar de aquella libertad que se le había robado a través de su vida. Gonzalo se detuvo a observar el mar hasta que un olor a humos de cigarro se incrustó en su olfato y éste reaccionó de inmediato al darse cuenta de que no estaba solo. A su lado dos hombres hablaban palabras que él no comprendía. Uno de ellos fumaba parado en una esquina, mientras que el otro parecía sostener una conversación secreta con él. El hombre que estaba sentado al frente de él parecía ser un abogado y el que estaba parado fumando podría ser algún representante del gobierno. Gonzalo los miraba a los dos fijamente, sin mover su mirada en un acto de desafíos. Éstos hablaban en inglés sin mirarse directamente y para su sorpresa él no entendía aquel idioma. Era capaz de identificar el mismo, pero el significado de las palabras lo eludía ágilmente. Esta conversación solo duró unos minutos y al final de esta, el hombre que estaba fumando se viro a mirar a Gonzalo, mientras hablaba con el otro hombre, en un intento de comunicarse simultáneamente con los dos.

"Tell her that I am here on behalf of the United States Government." -dijo el hombre que fumaba, hablando en su idioma.

"Él dice que está aquí representado al gobierno de Los Estados Unidos." -tradujo el otro mirando a Gonzalo.

"¿Y qué es lo que quiere de mí?" -preguntó Gonzalo y brincó de la sorpresa al escuchar que sus palabras salían con una voz de mujer.

El hombre miró al representante, le dijo algo en inglés y éste los miró a los dos hablando de la misma forma, con los dos al mismo tiempo.

"Tell her that in the interest of peace, we are ready to offer her a full pardon, if she is willing to offer a public apology to the people of the United States."

"Él dice que el gobierno americano está listo para perdonarte si tú ofreces una disculpa en público a los Estados Unidos, para así lograr que las cosas queden en paz."

Gonzalo se sintió indignado dentro de aquel cuerpo por la imposición y miró al hombre que traducía a la cara y ofreció una oferta de respuesta a la misma vez que se ponía de pie.

"Dile a este gringo cabrón que yo me disculpo con su gobierno el día en que ellos se disculpen con la gente de Puerto Rico, por la masacre de Rio Piedras en el 1935, la masacre de Ponce en el 1937, los robos de terreno a sus dueños

cuando desvaloraron el peso puertorriqueño y por todas las cosas que estos hijos de la gran puta han hecho en mi amada isla."

El traductor se sorprendió de la forma en que la mujer respondió a las demandas del representante. Subió las cejas y dejo escapar un suspiro al mismo tiempo que se rascaba la cabeza. Luego volvió a mirar al hombre y tradujo lo que la mujer le había comunicado. El hombre se sonrojo del coraje y se dio la media vuelta para salir de la pequeña oficina. Pero antes de agarrar la cerradura de la puerta se viró y ofreció una última palabra para no irse humillado como lo estaba:

"Señorita, I am afraid that I will not be able to negotiate a deal with you."

Gonzalo que se había sentado nuevamente, se paró enardecido y miró al hombre de frente con una mezcla de coraje y orgullo, antes de decirle con un fuerte acento:

"Sorry, I do not negotiate with terrorists."[1]

El hombre sonrió, tímidamente sorprendido por aquella respuesta al darse de cuenta de la ironía del comentario. Abrió la puerta y se marchó dejando al traductor y a la mujer solos. Gonzalo, aun confundido por esta última transformación, miró a todos lados mientras que su acompañante hablaba palabras que él no escuchaba. Por alguna razón desconocida para él, esta vez tenía un cuerpo de mujer. Estuvo buscando en los anales de la memoria tratando de recordar a alguna mujer que sobresaliera de lo que conocía de su propia historia, pero, aun así, fue como con los primeros cuerpos del abolicionista, el intelectual y el líder, de los cuales él no sabía nada. Todos eran importantes de alguna forma, pero él no los conocía por sus acciones y eso le producía un sentimiento de defraudación en sí mismo. Luego de unos momentos, el hombre que lo acompañaba rompió su concentración al decir:

"Chica, ¿qué te pasa? Te están ofreciendo un indulto después de todo y tú todavía con esa insistencia. Ellos lo que quieren es quedar en paz."

"El amo que mantiene el yugo en el cuello de sus subyugados habla de paz, cuando lo que en verdad desea es continuar su opresión, sin que nadie se le resista en sus tendencias de oprimir."

"Tú sabes lo que ustedes hirieron a esos congresistas y aun así te niegas a aceptar que te perdonen por lo que hicieron."

"Yo no necesito el perdón, pues yo no vine a matar a nadie, yo solo vine dispuesta a morir por Puerto Rico. Lo que pasó ese día fue un accidente y

---

1. "sorry, I do not negotiate with terrorists.": *"Lo siento, no negocio con terroristas."*

nada más. La prensa lo hizo más grande de lo que fue porque nosotros no nos dejamos como los gringos quieren."

Con estas palabras, Gonzalo sintió una pasión incontrolable y un sentimiento casi maternal que la mujer sentía por su patria. Aunque había estado en el cuerpo del abolicionista, del intelectual y del líder; en ningún otro cuerpo sintió las pasiones que sentía en aquellos momentos. Era un sentir nuevo para él, el deseo incontenible de encontrar una solución al problema de su gente. Las ganas de proteger su identidad con todo si fuese necesario. Un instinto asesino por el que se atreviese a amenazar a su causa y la disposición a morir mil muertes si así lograba que su isla fuese libre y soberana. Gonzalo, analizó todo esto y pensó en las incursiones de Anani y en el sacrificio de Leiza, entonces razonó que solo una mujer estaría dispuesta a todo esto por un amor que no tiene límites.

Dentro de esta y otras memorias, la realidad del momento llevó a Gonzalo a un lugar en algún pueblo de Puerto Rico. En aquel momento las calles estaban llenas de diversas personas que al parecer se preparaban para iniciar algún tipo de marcha o protesta. Gonzalo en el cuerpo de aquella joven mujer se sentía emocionado, un sentir de satisfacción personal que él mismo casi nunca había experimentado. Por lo que él podía deducir de aquella emoción, la joven se encontraba llena de alegría y propósitos. Gonzalo, miró alrededor desde los ojos de la muchacha y vio como muchas personas caminaban por las calles angostas de algún pueblo, vociferando su desagrado con alguna situación o evento. La muchacha estaba en un acuerdo total con el mensaje y llena de júbilo de poder expresar su opinión, gritaba junto a los demás sus demandas a la representación local. Desde una esquina se escuchaba la canción La Borinqueña y todo parecía ser algo digno de aquel domingo de ramos.

De repente se escuchó el inconfundible sonido de un disparo, seguido por otros sonidos de la misma magnitud. En el tumulto que se formó después, Gonzalo corrió buscando algún lugar adonde estuviese seguro y terminó escondiéndose debajo de un vehículo estacionado en una esquina de la calle. Desde allí, pudo observar a través de los ojos de la muchacha, como la policía local ejecutaba a personas desarmadas disparándole en sus espaldas. Algunos de los heridos corrían en actos de desesperación y Gonzalo, sintiendo miedo por su vida dejo escapar lágrimas de dolor y rabia de no poder hacer nada para detener aquella masacre sin sentidos. Unos días más tarde Gonzalo, leyó en el periódico la noticia oficial de que hubo diecinueve muertos y doscientos heridos. Pero lo más que indignó a la muchacha fue las omisiones de quien dio la orden y de quienes fueron los responsables de tanto dolor y muerte. Entonces se hizo una promesa a sí misma de llevar la causa y la misión de las victimas siempre en su corazón.

Desde aquel fatídico momento, la muchacha a la que Gonzalo se decidió a llamar la *"guerrera"*, comenzó a envolverse más con la organización que representaba sus ideales políticos nacionales. En su ser Gonzalo, percibió el cambio de la muchacha de persona que apoyaba una causa sin acercarse mucho, a una persona que estaba dispuesta a todo para que se resolviesen las injusticias que se cometían en contra de su pueblo. La guerrera se empapó de toda la información que pudo obtener, hizo contactos locales que más tarde la llevarían a conocer a los lideres del movimiento político que las personas masacradas representaban. Con el tiempo, el nombre y la tenacidad de la mujer se comenzó a escuchar en los círculos de la organización, lo que la propulso a un ascenso en los rangos del movimiento. Fue así como Gonzalo sentado en el cuerpo de aquella muchacha hizo una llamada telefónica que lo sorprendió inmensamente, pues en la línea opuesta del teléfono, éste logró escuchar la voz del hombre al cual él se refería como el líder. La conversación fue corta y llena de palabras habladas en clave. La guerrera y el líder discutían acerca de eventos contemporáneos y también hablaban de sus ideales además de sus vidas y los caminos que unieron sus destinos. Esta situación se repitió en muchas ocasiones y Gonzalo aprendió a conocer la misión, sin aun entender por completo las palabras. De todas maneras, él estaba completamente seguro de que estos dos seres no eran una aberración en el tiempo, sino que la reflexión de otros seres que habían vivido y muerto buscando más o menos lo mismo.

Con el pasar del tiempo, Gonzalo pasó nuevamente y sin ningún problema al papel de espectador y desde su invisibilidad tuvo la oportunidad de observar a la guerrera dirigir varias operaciones clandestinas en favor de su causa en la isla. Fue así como un día fue testigo de una nueva asignación y con esta un nuevo lugar adonde ella tenía que mudarse, la ciudad de los rascacielos, Nueva York. La misión de la guerrera requería que se estableciera en aquel lugar antes de comenzar operaciones. Así fue como la mujer se vio forzada a dejar a su hijo atrás e irse a Nueva York adonde debería de instalarse de alguna manera u otra. Cuando llegó allí, se buscó un trabajo como costurera y como era de esperarse de una mujer indomable como ella, terminó teniendo problemas con sus jefes a los que acusó de discriminación sin ningún miedo. Muchas de las otras empleadas le advirtieron que se acoplara al abuso y ésta respondía que ella no estaba hecha para huir de una pelea, ella estaba hecha para dar la batalla.

"¿Tú estás loca chica? A nosotras nos hace falta este trabajo, pues sin trabajo aquí uno no come." -le decía una mujer trigueña con cara de sufrimientos y cansancios adquiridos.

"Es que nos humillan en nuestra isla y nos esclavizan aquí. ¿quién quiere vivir así?" -contestaba la guerrera.

"Nadie quiere vivir de esta forma, pero tú sabes que en la isla no hay trabajo si no <u>tienes una pala</u>[2]. ¡qué le vamos a hacer hay que sobrevivir de una forma u otra!"-dijo la mujer resignada.

"Esto no es sobrevivir..."-afirmó la guerrera antes de ser interrumpida.

"¿Y que tú crees que esto?"-inquirió la mujer levantando sus hombros.

"Esto es continuar respirando mientras esperamos un milagro o la muerte."

"Chica a la verdad que tú estás realmente loca."

"Yo estoy loca si, loca por que se me respete como la persona que soy."

"¿Y qué tipo persona eres tú?"

"Soy una persona libre. Nací libre y si a alguien le causa problemas mi deseo de vivir totalmente libre, se puede ir al mismo carajo. Yo soy una mujer libre."

"Si eres así me imagino que no te casaras nunca."

"Yo ya me casé una vez."

"¿Y cómo va trabajando eso?"

"No me escuchaste, si alguien tiene un problema con mi libertad como lo tenía mi marido, lo mando al infierno como lo mandé a él. Ningún hombre puede ser dueño de mis pensamientos."

"Entonces eres una mujer divorciada y por lo que se ve más agria que una toronja de jugo."

"Yo soy una mujer feliz, no necesito a un hombre para que me defina. Mis sentidos de felicidad no dependen de que una sociedad machista me de permiso para sentirme valorada. Bastante hacen para tratar de hacerme sentir invisible."

"¡Ya chica!, para ya, que me vas a meter en problemas con el forelman[3] y yo sí necesito este trabajo."

"Lo que tú digas mujer, lo que tú digas."

De esta manera se pasaban los días en el letargo de aquel trabajo esclavizador del que eran victimas miles de puertorriqueños, que habían emigrado

---

2. tener pala: se refiere a tener una persona que te acomoda en un trabajo

3. forelman: palabra correcta es foreman y significa capataz

desde su isla a la Gran Manzana buscando la fortuna que se le vendía con comerciales de televisión. En estos se les ofrecía la idea de la ciudad de Manhattan y sus lujos, pero cuando llegaban al estado, lo que ganaban solo se les alcanzaba para vivir arrumbados en los arrabales de Brooklyn. Un día Gonzalo se encontró albergado en el apartamento de la mujer y la pudo observar parada frente a la coqueta mirándose al espejo, mientras se arreglaba el pelo. Entonces escuchó a la mujer decirse a sí misma: *"Ha pasado mucho tiempo desde que te coronaron la reina del mes de mayo. Tanto premio absurdo que me trataba como si fuese un objeto inmóvil que no siente ni piensa por una misma."*

En aquellas palabras Gonzalo pudo observar los efectos del machismo un poco más a fondo y se hizo algunas preguntas que no se había hecho nunca: *¿Será así como se siente mi hija Nazaria?, ¿le habré dañado su autoestima tratándola como menos que a mis hijos?, ¿qué pude haber hecho para remediar esa situación tan injusta?* Continuó pensando en todas estas cosas hasta que dentro de la habitación el timbre del teléfono lo reenfocó en la mujer, quien caminaba hacia la sala a contestar el teléfono: *¡Hola! Si entiendo, aquí mismo en una hora.* Al pasar el tiempo acordado, Gonzalo escuchó unos golpes en la puerta y vio a la guerrera abrir la misma y saludar:

"¡Buenas noches, Oscar!¡Buenas noches, Griselio!" -saludó la mujer cordialmente.

"¡Buenas noches!"-respondieron los dos hombres casi al mismo tiempo.

"¿En qué les puedo ayudar?"-preguntó la mujer curiosa.

"Tenemos una misión encomendada por el líder."

"¿Qué misión es esa que yo no estoy al tanto de esta?"

"Llevamos correspondencia pa' el Truman ese."

"¿Para el presidente? ¿y qué es lo que dice la carta?"

"El líder solo quiere que se le preste más atención a la situación de Puerto Rico."

"¿Y ustedes están seguros de que pueden entregar esa carta a esta gente?"

"Pues seguro chica, nosotros no somos unos inútiles."

"Eso no es lo que yo quise decir, es que misiones como estas me dan mala espina."

"¿Y por qué te da mala espina?"

"No sé, pero de algo si estoy segura, de esta gente no se puede esperar nada bueno."

"Las mujeres siempre con sus presentimientos o la llamada intuición femenina." -dijo uno de los hombres al otro en forma de broma.

"Los hombres siempre pensando con su orgullo en vez de la cabeza." -reciprocó la mujer.

"¿Estás cuestionando al líder?"

"Yo lo que cuestiono es el método y el riesgo, nada más."

"La misión es la misión, nosotros estamos dispuestos a todo."

"Eso lo sé yo, pero para que la misión tenga éxito necesitamos sobrevivir antes que todo."

"¡Las mujeres siempre tienen miedo!" -exclamó uno de los hombres.

"Yo no tengo miedo, las mujeres no somos ningunas pendejas. Lo que tenemos es la oportunidad de usar la inteligencia que tenemos, antes de cometer errores irrevocables." -respondió la mujer molesta.

"Bueno eso no cambia nada, vamos mañana a entregar la correspondencia y solo necesitamos quedarnos aquí esta noche si tú no los permites."

"Mi casa es su casa."

"Muchas gracias mujer. No te preocupes que no va a pasar nada."

Gonzalo se mantuvo enfocado en aquella conversación y evito distraerse con sus propios pensamientos. En aquel momento estaba seguro de que estaba presenciando un suceso histórico del que nunca se enteró. Fue así como en un momento específico se encontró frente a la televisión escuchando las noticias del día, cuando de repente escuchó el nombre de uno de los hombres que habían visitado a la guerrera en la noche anterior. Sintió rabia en su corazón a la vez que decía: *"Se los dije, esa no era la forma."* Fue así como él se enteró de que había regresado a habitar el cuerpo de la mujer, pues lo sintió así a través de la incomodidad y el sentimiento de perdida que inundó el corazón de ésta. Gonzalo, concentró toda su atención en la televisión y la "noticia" que le informaba a la Nación Americana acerca de los dos individuos que habían intentado asesinar al presidente Harry S. Truman en su residencia. Según los informes, uno de los terroristas había muerto en una balacera con la policía y el otro se encontraba gravemente herido. Gonzalo, sintió como se le hervía la sangre en su cuerpo, pues él había sido testigo de la misión y su propósito. En ningún momento se había discutido asesinar a nadie y ahora escuchaba esta falsa narrativa acerca de lo sucedido. En el cuerpo de la mujer experimentaba la inconformidad de encontrarse justificada en su pensar en el momento en el que ella quisiera haber estado equivocada, pues su presentimiento se había hecho en una realidad; y ahora aquel hombre llamado Griselio estaba muerto y el otro llamado Óscar se enfrentaría a cargos de terrorismo y una posible condena a muerte.

Luego de esto, Gonzalo, habitando aun el cuerpo de la mujer, estuvo pendiente y envuelto en montar la defensa del sobreviviente al cual le querían aplicar la pena de muerte por el simple hecho de tratar de entregar una carta. Aquella lucha legal en los tribunales de los Estados Unidos duro más de dos años. La guerrera estuvo activa en la defensa de Oscar y esto consistió en muchas demostraciones públicas, recaudación de fondos y muchas declaraciones oficiales del líder esclareciendo que la misión no envolvía asesinar a nadie. La batalla en el ojo público fue feroz ya que la prensa americana en su eterna capacidad de minimizar el valor de personas que no son de origen anglosajón empujaba por la pena de muerte para aquel individuo al que ellos consideraban de una raza inferior. Aun así, la insistencia de la guerrera y muchos otros individuos forzaron el brazo del presidente, él cual tratando de demostrar humanidad le otorgó un "perdón" a aquel hombre, dejándolo en libertad a pesar de los llamados de muchos políticos locales de que lo hiciese un ejemplo condenándolo a morir por su falta de respeto.

Eso no fue suficiente para la guerrera en la cual el alma de Gonzalo habitaba, pues esto último confirmaba lo que ella entendía como una verdad absoluta: *"Esta gente son capaces de cualquier cosa por mantenernos bajo su yugo. Nosotros debemos de estar dispuestos a lo mismo, no importa el precio."* En este pensamiento Gonzalo volvió a pensar en la condena de la sangre y estaba seguro de saber de cual sangre pasaba por las venas de aquella mujer. Luego de unos meses comenzaron las preparaciones para una demostración de fuerza más grande que la primera y esta vez la violencia estaba autorizada como método de entrega. De esta manera la mujer comenzó los preparativos para atacar puntos estratégicos escogidos por el líder. La misión estaba asignada a ella y algunos otros individuos.

"Bueno el plan llama a que ataquemos algunas localidades en Washington DC." -declaró un hombre llamado Rafael.

"¿Hay algún lugar específico?" -preguntó otro hombre llamado Andrés.

"Según el líder debemos de escoger lugares que tengan gran importancia para este país." -ofreció un hombre llamado Irvin.

"Ustedes están perdiendo el tiempo buscando lugares, yo sé cuál es el lugar que hay que atacar."

"Tú no estás envuelta en este plan, nosotros somos los que llevaremos a cabo el ataque." -dijo Rafael.

"He estudiado su plan y aunque no tengo problemas con el mismo, yo estoy determinada a participar con o sin su apoyo." -expresó Gonzalo desde los labios de la mujer.

"Irvin y yo no estamos de acuerdo con estos planes." -ofreció Andrés.

"De todas maneras, el plan ha de continuar y yo soy la que voy a llevar el mando de esta misión."

"Tú no estás autorizada a..." -se quejó Rafael antes de que fuese interrumpido.

"Yo soy la que voy a llevar el mando, pues la última vez que fui parte de la planificación me ignoraron y Griselio pagó con su vida ese error. Lo último que necesitamos ahora es un grupo de hombres guiados por su testosterona y sus falsos orgullos de machos."

"¿Qué es lo que estás tratando de decir mujer?" -preguntó Andrés molesto.

"Lo que ya dije, yo estoy al mando de la misión y ustedes seguirán mi comando. ¿entendido?" -dijo la mujer levantando la voz.

"¡Pero mujer!"

"Pero nada, aquí la persona que más rango tiene soy yo. Además, ustedes ni saben el punto débil de esta nación. Yo sí lo sé." -declaró la mujer.

"¿Y cuál es ese punto débil si se puede saber?" -preguntó Irvin sarcásticamente.

"Eso es muy fácil: La Casa de los Representantes."

"La Casa de los Representantes, ¿tú estás loca chica?" - reaccionó Rafael.

"¡No! Piénsenlo bien. Es ahí adonde estos gringos se reúnen a pasar leyes que nos quitan nuestra voz. Es ahí adonde apuñalan el alma del pueblo. Es ahí adonde mueren nuestras libertades."

Luego de esta declaración los hombres se miraron entre sí, buscando alguna manera de debatir el punto de la mujer, pero no encontraron nada que pudiesen usar para mermar la determinación de aquella guerrera. Gonzalo, se sentía vindicado desde el cuerpo de la mujer. La pasión que sentía por defender su causa lo confundía un poco, pues él entendía lo que la mujer estaba declarando. Ningún hombre estaba tan determinado a hacer lo necesario. Él era testigo de esto, pues en su penitencia del no saber había habitado personajes históricos que peleaban por la misma causa que esta mujer. Pero en ninguno de ellos sintió las pasiones y el amor por su patria como las experimentó en este cuerpo femenino. De esta forma se pasaron unos días en la planificación del ataque y todo lo que transcurriría en el día en que se iba a realizar. Fue así como llegó la mañana del primero de marzo de 1954. La fecha fue escogida porque coincidía con la inauguración de la Conferencia Interamericana en Venezuela. Ya estaba todo determinado, se reunirían en una estación de tren y desde esta se transportarían a Washington a ejecutar lo planeado. La guerrera estaba dispuesta a usar aquella ocasión para llamar la atención mundial a la causa de la independencia de su isla. Antes de salir, se discutieron todos los pormenores del plan y se reiteró la única regla del día:

"Recuerden que nosotros no somos asesinos y no vamos a matar a nadie. Solo haremos nuestra demostración y aceptaremos las consecuencias. Disparen al techo y no lastimen a nadie. Si alguien ha de morir en esta ocasión deberá de ser uno de nosotros. ¿entendido?" -preguntó la mujer enfáticamente, mientras miraba a todos sus compañeros.

"Yo creo que debemos de dejar esto pa' otro día. Está lloviendo y ya estamos tarde." -sugirió Rafael.

"¿Y qué ustedes están hechos de papel de libreta? La misión se llevará a cabo hoy, no más excusas. ¿entendido?" -dijo la mujer con firmeza.

"¡Entendido!" - contestaron los hombres con reticencia.

Unas horas más tarde llegaron a Washington y entraron en la Casa de Representantes de los Estados Unidos de América. Aquel lugar adonde se representaban todos los intereses de la nación con la gran excepción de los intereses de ciudadanos conquistados y de menos valor. Era así como lo expresaban muchos de los políticos que se reunían allí a hacer reglas de control y beneficios para el que pudiese pagar por sus influencias. Ya dentro del área principal, los hombres y Gonzalo, aun en el cuerpo de le guerrera se sentaron en diferentes áreas esperando el momento para hacer su demostración política. Gonzalo, sintiendo el correr de la sangre en su pecho y la expectativa de una situación fuera de su control, miraba alrededor haciéndose preguntas a sí mismo: ¿que estoy haciendo?, ¿será que a esta mujer la van a matar hoy? Y la pregunta más profunda que provenía desde el fondo de su ser: *¿por qué no sé nada de esto?* De momento se sintió arrodillarse y comenzó a orar desde los labios de aquella mujer mientras buscaba en los diferentes puntos a sus cómplices que hacían lo mismo que él en aquel cuerpo. Luego saco una bandera puertorriqueña de un bulto, junto con un arma de fuego semi automática. Se puso de pie y mientras apretaba el gatillo grito con la pasión más intensa que Gonzalo sintiese en su vida a la misma vez que ésta gritaba:

"¡Viva Puerto Rico Libre!"

Con aquellas palabras aun resonándole en su alma, aquella bandera abrasándole el cuerpo y la pasión desbordándose desde el mismo con la intensidad de un huracán sin control, Gonzalo se fue nuevamente al viaje de la inconsciencia aun lleno de preguntas sin respuestas, pero con un sentimiento de jubilación que se escapaba de su cuerpo, sin inhibición ni límites.

Desde aquel momento se encontró perdido en una inconsciencia semiconsciente en la que su alma se sentía jubilosa de haber participado en aquel acto de rebelión. Se mantuvo en estado de éxtasis por unos momentos antes de que su mente se durmiera en un sueño eterno de no existir en ningún plano mortal o humano. Se encontraba en un estado de hibernación intelectual adonde nada existía en concreto, solo él y su ocasional presidio mental adonde revivía experiencias que no eran suyas, aunque las sintiese íntimamente de él. Estuvo en ese estado por un tiempo incontable hasta que un coraje intenso le apretó el pecho y esto lo regresó al mundo consiente. Estaba furioso como si alguien le hubiese robado algo o le hubiese faltado el respeto a su santa madre. Aquel sentir lo llevó a examinar sus rededores y se encontró en una lujosa oficina acompañado por otro hombre vestido con un uniforme oficial, sosteniendo una ardua discusión acerca de un asunto que le causaba aquel sentimiento interno tan intenso.

"Tenemos que hacer un ejemplo de esos infelices." -expresaba Gonzalo desde el cuerpo de algún funcionario del gobierno al que él reconoció como a un político.

"¿Qué podemos hacer?" -preguntaba el otro hombre vestido con uniforme de policía, con curiosidad.

"Haremos lo que sea para enviarle un mensaje a cualquier otro muerto de hambre que se quiera salir de línea."

"No sé qué es lo que usted quiere decir, sabe que lo único que podemos hacer es arrestarlos y enjuiciarlos como terroristas por lo que planean hacer."

"¡No!, ¡no! Al carajo con cargos de terrorismo eso toma mucho tiempo."

"Eso es lo único que podemos hacer legalmente, nada más."

"¿Quién te dijo a ti que tenemos que seguir la ley?"

"Jefe, mi trabajo es representar la ley y obedecer la misma."

"No para esta ocasión, tu trabajo es escuchar lo que te digo, pues, aunque tú no lo creas si estos pendejos triunfan, causarían implicaciones más allá de un simple acto de terrorismo."

"No sé qué decir; ¿qué es lo que quiere que yo haga entonces? Ya los tengo en las manos, ellos no van a lograr nada."

"Quiero que hagas un ejemplo de ellos, no me importa cómo, solo que el ejemplo llene de terror a otros que apoyan la misma causa que ellos."

"¿No sería suficiente con su arresto y encarcelamiento? ¿una condena larga?"

"No, yo necesito que se respete la ley de eso depende mi posición y mi progreso económico. Debo de mostrar una mano fuerte para que se me tome en serio, no puedo permitir que nadie ponga en duda mi resolución delante de mi gobierno.

"¿Qué quiere que haga, que los mande a matar?" -preguntó el hombre de uniforme en un tono irónico.

"Como si se tratase de dos animales salvajes, sin ninguna compasión... Otra cosa...quiero que la prensa muestre fotos que los hagan lucir como unos criminales peligrosos." -dijo el político, sin ni tan siquiera levantar la mirada para ver a su acompañante directamente.

"Esto puede traer consecuencias."

"No te preocupes por eso pues, hay muchas formas de culpar a otros, sin que llegue a nosotros."

"Esto no me huele bien, creo que es un error."

"No te preocupes de eso, nadie nos culpara de mantener el orden y acuérdate de que la gente aquí se deja de llevar por lo que ven en televisión. Además..." -dijo el político tomándose una pausa.

"¿Que?"

"Quiero ser el primero en ver las fotos, yo escojo lo que vamos a mostrar."

"¿Y si la cosa se pone difícil?"

"No te preocupes hay muchos otros pendejos a los que podemos inculpar si algo sale mal."

"Esto no me gusta, me parece un poco excesivo."

"No es cuestión de que te guste, es lo que espero que hagas. Aquí el que manda soy yo…"

Con estas palabras, Gonzalo se estremeció de terror al escuchar las palabras que salían de aquella boca. *¿Cómo iba a ser que se encontrase en el cuerpo de un hombre con instintos de asesino?* Aquella pregunta lo asustaba, pues estaba a punto de cometer un crimen o de ser testigo de este. Se puso de pie nervioso y caminó para atrás y para adelante en la amplia oficina adonde se encontraba. Preocupado por la premonición de que sería testigo o participante de algún evento que les costaría la vida a unos individuos a los que él ni tan siquiera conocía. Esta vez dentro del cuerpo de un extraño, Gonzalo comenzó a sentir que su alma perdía la llenura que había adquirido desde que se transformó en el abolicionista.

Después de que la conversación había concluido, Gonzalo se encontró transportado a otro lugar adonde se sentía preocupado por su aparente destino, trataba de cerrar los ojos y taparse los oídos del alma enlistando las experiencias positivas de sus interacciones anteriores, aun así, no pudo reconcentrar su mente. Ese pensamiento persistente lo invadía y lo llenaba de rabia. En su mente repasaba los beneficios que obtenía y la comodidad que disfrutaba siguiendo las ordenes de su gobierno extranjero. Esa insistencia de perseguir su bienestar por encima de todo era como un rio de aguas corruptas las cuales no se podrán detener ni construyendo una represa hecha de empatía y humildad. Nada en aquel ser que él habitaba habría de ponerle un pare al futuro de los que de seguro se convertirían en sus víctimas. Esto lo forzó a preguntarse quién era esta persona en cuyo cuerpo estaba atrapado. Gonzalo, deseo con fervor que esta fuese la única memoria de aquel hombre a la que estuviese expuesto, pues experimentar los sentimientos de aquel individuo lo hacía sentir sucio y lleno de un odio que él había experimentado en muy pocas ocasiones en su vida.

Con aquella preocupación llegó la decepción de la experiencia y también las dudas en forma de recuerdos esporádicos que lo llevaban al pasado y revivir momentos que le causaban vergüenza y pudor. Recordó una vez en la que informo a sus jefes acerca de las acciones de otro empleado, lo que causó que éste fuese despedido. En otra ocasión, ajustó sus valores para obtener beneficios del gobierno a los que no tenía derecho. Muchas veces se aprovechó de otros menos afortunados que él incluyendo a sus hermanos y primos. Entonces razonó que a lo mejor se merecía este momento, pero algo en él le decía que, aunque muchas veces en su juventud la ambición lo llevó a cometer faltas; ninguna de estas equivalía a llegar a matar a alguien. Aun así, razonaba que, en varios momentos de su vida, la ambición cegó sus principios morales por lo que tomó ventaja de otros, solo pensando en él, sin percatarse de que su ceguera ambiciosa le ocasionaba penas y pesares a personas que estaban a su alrededor.

En una de las memorias de su pasado que le causaba una dolorosa vergüenza tan profunda que él recordar la misma le causaba pesares, Gonzalo revivió una discusión que sostuvo con uno de sus hermanos mayores. En esta ocasión todo había comenzado con una oportunidad de trabajo que los dos necesitaban. Nicolás su hermano mayor y él esperaban por la oportunidad de hacer un trabajo de construcción con un vecino que solo necesitaba un ayudante. Gonzalo, siendo el menor se atrevió a cuestionar las habilidades de su hermano delante del empleador y éste creyendo lo que escuchaba del muchacho decidió a último momento contratar al menor de los hermanos. Luego de unos días, Nicolás se enteró de lo que su hermano había hecho y le fue a reclamar. Los dos hermanos comenzaron una discusión tan severa que terminaron dándose golpes. Luego de que fuesen separados, Nicolás se fue muy molesto y se dispuso a embriagarse para olvidarse de la ofensa de su hermano menor, unas horas más tarde cuando se dirigía a su casa embriagado, se le cruzó en el camino a un auto y fue atropellado fatalmente. Aquella memoria no abandonaba a Gonzalo nunca, pues en lo profundo de su corazón sentía que la muerte de su hermano fue el resultado directo de su ambición que no respetaba límites ni cadenas de sangre. Con este recuerdo, el sabor amargo de una culpa sin perdón invadió su alma y se acomodó en una esquina de esta, para siempre. *"A lo mejor me toca revivir las memorias de este cabrón por lo que le hice a Nicolás."* -se dijo a si mismo a la misma vez que las ganas intensas de llorar invadieron su alma. Deseó encontrarse con su hermano en aquella muerte para arrodillarse a pedirle su perdón, para que éste tuviese la oportunidad de mirar en sus ojos el arrepentimiento que había arrastrado en su alma a través de toda la vida, junto con la quemazón de una culpa imperdonable.

En un abrir y cerrar de ojos, Gonzalo se encontró leyendo un reporte de investigación acerca de los individuos que planeaban atacar un sistema de comunicación controlado por el gobierno local. En las notas se podía deducir que los sospechosos no eran considerados peligrosos, sino que eran unos jóvenes idealistas que estaban dejándose llevar por sus deseos de libertad y autonomía. Leyendo este reporte con los ojos de aquel político, Gonzalo pudo identificar en estos muchachos las mismas características de algunas de las personas en las que su alma estuvo albergada anteriormente. Ese incesante deseo de existir bajo su propio mando, sin dictaduras, ni decretos extranjeros.

De acuerdo con el agente que había proveído la mayor parte de la información, la cual obtuvo durante sus operaciones clandestinas de parte del gobierno, los jóvenes no eran criminales, ni peligrosos, solo idealistas. Aunque a él no le importaba lo que pasase con ellos, si vivían o morían en aquel intento, ese no era su problema, pues el solo quería progresar en su trabajo a todo costo. Mientras Gonzalo leía el reporte un pensamiento del político invadió su mente, y él reconoció aquel sentir: *"Buenos muchachos cojones, esos hijos de la gran puta no son buenos muchachos. Yo me voy a asegurar de que nadie se atreva a mirarlos como inocentes. Son culpables porque lo digo yo."* Esa rabia era lo que lo cegaba, sin dejarle ver que iba siendo arrastrado a la ira, víctima de sus propias ambiciones.

Pasaron unos días interminables para Gonzalo, que, albergado en el cuerpo de aquel oficial del gobierno, se pasaba el tiempo atendiendo reuniones con los embajadores de la corrupción. En estas mismas se planeaba como se le iba a robar lo poco que tenían la gente usando el lenguaje obscuro de la política aspiracional. Hablando así se le ofrecía al pueblo un paraíso de dulzura, usando palabras bonitas que estaban vacías de acción, para luego robarles todo detrás de sus espaldas. Gonzalo presentó planes de cómo usar el sistema de gobierno para enriquecer a sus amigos, sus familiares y sus apoyadores políticos, mientras que la mayor parte del pueblo empobrecía a causa de sus acciones. Una reunión en particular despertó el interés de Gonzalo cuando se reunió con unos extranjeros para discutir los pormenores de una obra de construcción en un país del exterior.

"¿Entonces vamos a estar representados en el lugar?" -preguntaba Gonzalo desde el cuerpo de aquel político.

"Sí, por supuesto estaréis representando a vuestro país en este lugar histórico. Puerto Rico no puede faltar allí." -respondió un extranjero con excitación en su rostro.

"Yo no estoy de acuerdo." -intervino una mujer que se encontraba en la reunión.

"Silvia esto es algo muy importante para nuestra isla." -recalcó el político.

"Esto es un gasto monumental del dinero del pueblo. Yo estoy de acuerdo que el idioma oficial de la isla sea él que es, pero en esto de gastarnos todo ese dinero para algo así, no."

"Señorita, si me permite, yo le puedo explicar porque este pabellón es algo importante para vuestra isla." -intervino el extranjero.

"Usted no tiene nada que explicarme, yo no estoy de acuerdo en gastarme treinta y un millón de dólares en cosas como esta mientras que no invertimos en la educación de nuestros niños, en la infraestructura de la isla y un sin número de cosas que hay que arreglar aquí." -respondió Silvia indignada por la insinuación del extranjero.

"Silvia, recuerda una cosa, aquí el que manda soy yo." -interpuso el político un poco agitado.

"Me pediste que diera mi opinión y la estoy dando. Ese dinero lo podemos usar para mejorar la vida de nuestra gente, no para enriquecer a nadie, y mucho menos a una nación que ya nos robó lo poco que teníamos." -comentó Sylvia mirando al extranjero a la cara.

"Esto es un asunto de que nos reconozcan como puertorriqueños." -respondió Gonzalo desde los labios del político.

"¿Y tú que ganas con esto? Treinta y un millón para algo así no tiene sentido."

"Es una victoria personal para mí y para todos los puertorriqueños."

"Es un gasto monumental de dinero para mí, pero como tú lo dijiste, tú eres el que manda. Ahora me excuso de esta reunión, pues para un buen entendedor pocas palabras bastan."

"Silvia, ya tendrás tiempo para apreciar lo que estamos haciendo aquí."

"¿Has leído el reporte fiscal que dejé en tu escritorio?"

"Ya lo leeré luego, ¿por qué preguntas eso ahora?"

"Porque ahí están las prioridades del pueblo, no en España. Si éstos querían reconocernos como nación, lo hubieran hecho antes. Ahora están quinientos años tarde."

Unos minutos más tarde, Gonzalo se encontraba en su oficina y como lo había dicho Silvia, había una carpeta con el título "Importante", escrito en su línea de descripción. Dentro del mismo Gonzalo encontró un listado de proyectos que requerían su inmediata atención. Había proyectos de mejoras de aulas escolares, hospitales, servicios al veterano, inversiones de improvisación del sistema de energías eléctricas, el sistema de acueductos y un sin número de carreteras y puentes que necesitaban reparaciones. Indignado Gonzalo lanzo los papeles al suelo mientras que pensaba: *"Aquí el que manda soy yo. Y nadie mejor que yo sabe lo que esta gente necesita o no."* Unos momentos más tarde firmo su orden de inversión del año, treinta y un millón para el pabellón que celebraba atrocidades y muertes, y cero para el pueblo que vivo, no tenía derecho a vivir un poco mejor.

Gonzalo, reflexionó acerca de aquel evento por un tiempo y vio como las acciones que aquel individuo en la que su alma se hospedaba era una de las razones por las que él inmigro fuera de la isla en su juventud, pues inversiones como aquellas le habían robado oportunidades a pobres como él, que no contaban con el dinero de sus padres para llegar a las rutas del progreso. Esas rutas solo se encontraban en la educación pública en la cual no se invertía un centavo más de lo mínimo por muchos años. Nuevamente sintió desprecio por aquel hombre y por su propia alma que participaba de aquellos eventos involuntariamente, pero, aun así, participaba. En un abrir y cerrar de ojos Gonzalo se encontró en otra memoria del hombre antes de que firmara unos papeles de alguna importancia rodeado de sus empleados de confianza.

"¿Estás seguro de que quieres hacer esto?" -preguntaba una mujer llamada Victoria.

"Es el único negocio que tenemos en solvencia."-respondió Gonzalo desde los labios del político.

"¿Y aun así estás dispuesto a vender lo único que tenemos que funciona correctamente?"-No hay de otra, ¿quién quiere comprar cosas que no sirven?

"¿Te has puesto a pensar que a lo mejor tienes algo que ver con la razón de que las otras cosas no sirvan?"

"Yo no veo como yo tengo nada que ver con todo esto."

"¿No? Tú eres él que ha firmado y aprobado todas esas iniciativas que ahora están dejándonos en banca rota."

"Bueno ya eso no importa, tenemos que hacer dinero de algún lado."

"¿Y vender el sistema de la comunicación telefónica es lo único que queda? El pueblo no está de acuerdo con esto."

"El pueblo no importa, aquí el que manda soy yo. Además, ellos me eligieron a mi para ser un líder."

"Qué es eso de que tú obedeces la voluntad del pueblo, si ignoras cuando te están hablando."

"Yo soy el que manda, no ellos."

Desde aquella conversación, Gonzalo saltó de tiempos y se encontró otra vez en el papel de espectador. En esta nueva ocasión estaba otra vez parado en una esquina del tiempo, invisible para el político que alojó a su alma por los últimos días. Éste se encontraba nuevamente acompañado del hombre con uniforme de oficial. Gonzalo se aproximó a éstos un poco para escuchar la conversación que sostenían.

"Ya está hecho."-dijo el hombre de uniforme de policía.

"¿Tienes las fotos que te pedí?"-preguntó el político.

"Sí, las tomó la persona que escogimos y de la forma que le pedimos."

"A ver déjame verlas."

El hombre sacó varias fotos de un maletín que cargaba y las puso sobre el escritorio del político. Gonzalo, se aproximó a mirarlas y en estas vio a dos muchachos que al parecer habían sido golpeados severamente y luego acribillados por un pelotón militar. En sus rostros se podía observar el dolor que experimentaron antes de morir. Todas las fotos fueron tomadas usando ángulos seleccionados que le robaban la humanidad a aquellas dos víctimas. Gonzalo se estremeció de la sorpresa, pues nunca había presenciado un crimen y ahora entendía que él estuvo envuelto en la planificación de aquellas muertes. De momento escuchó al político comentar:

"Me gusta esta, los hace ver como los maleantes que eran."

"Yo tengo miedo, esto puede traer consecuencias. Tú sabes que ellos no eran peligrosos." -expresó el policía.

"¿Me trajiste el listado que te pedí?"

"Por supuesto, lo tengo aquí, todos los nombres como me lo ordenó."

"¿Entonces de que te preocupas?, hay muchos peces más pequeños que nosotros."

"¿Y si se forma un revolú[4] ?"

"Eso déjamelo a mí. Ahora quiero que estas sean las fotos que diseminemos por la televisión."

Luego de esta reunión, Gonzalo fue testigo de cómo el político manipulaba la prensa y el mensaje acerca de las muertes de los dos muchachos. Protegido por un sistema que él mismo controlaba, nadie pudo amarrarlo al suceso y como lo había previsto, muchas personas de menos rango pagaron el precio de seguir ordenes sin hacer preguntas. Gonzalo, no se sorprendió de nada de esto, pues en su vida fue testigo de las muchas ocasiones en que el poderoso se escondía detrás de su poder, mientras que sus súbditos pagaban los precios más caros por seguir ordenes inescrupulosas. Así se pasaron unos días mientras que el político se debatía con el pueblo y la prensa lo que sabía y lo que no del crimen cometido. Finalmente, nadie pudo vincularlo al suceso y salió libre de toda culpa como éste lo había previsto.

Desde este momento Gonzalo dio otro salto en el tiempo y esta vez se encontró con el político huyendo del pueblo. Al parecer él se había arropado tanto de su propia divinidad que se atrevió a hacer comentarios derogatorios acerca de las mujeres de su isla. Algo que no cayó nada bien a la gente que ya estaba cansada de que éste los ignorara cuando se le daba la gana. Gonzalo escuchó el rugido de una protesta como nunca se había

---

4. revolú: revuelta o disturbio

visto, y al acercarse a una ventana pudo mirar miles de puertorriqueños congregados en las calles de San Juan pidiendo a gritos la renuncia del político. En la televisión de la sala de la casa de gobernación, la prensa mostraba imágenes de un pueblo harto de ser abusado e ignorados por aquel político que, a través de todo su mando, se sirvió de ayudarse a sí mismo y a los suyos. Al mismo tiempo que su pueblo sufría de la decepción de ser ignorado para complacer la ambición de éste que siempre estuvo dispuesto a hacer cualquier cosa para mantener su estatus y vivir en abundancias. Para el colmo antes de que saliera huyendo con su familia, como lo hace un pequeño dictador barato, se aseguró de acomodar a uno de sus títeres en las líneas de sucesión. Y de la mano de este último el pueblo continuaría sufriendo de la corrupción política cuando en sus primeros actos de mandato aquel hombre firmó un contrato con una compañía de energía eléctrica, a la cual se le asignó continuar destruyendo la seguridad económica de los habitantes, a la misma vez que le robaban con corrupción abierta lo poco que les quedaba.

Gonzalo, se sentó en una esquina y pensó en las otras personas que había habitado y en aquel político identifico algunos aspectos que había percibido en uno de sus anfitriones de aquella noche y por un instante encontró en él la condena de la sangre. Luego cuando se disponía a ver como acababa todo aquello, sintió que su mente se dormía lentamente dándole paso a la inconsciencia, y por primera vez aquella noche se alegró de que aquella faceta de su penitencia parecía haber llegado a su final, aunque en su corazón sentía una gran decepción que sentía tan suya como las otras experiencias de aquella noche.

Lidiando con las experiencias de aquel hombre ambicioso y corrupto Gonzalo se sintió tan despreciable como aquel su último anfitrión. Entonces abriendo los ojos vio que estaba en un bosque de árboles muertos. Caminó por el medio de muchos arboles llenos de polillas y huecos de hongos enfermos y mal olientes. Aquella peste lo motivo a cubrirse su nariz, pero aun así el mal olor permeaba por los poros de su piel. Se preocupa momentáneamente cuando el pensamiento de que a lo mejor debería de pasarse allí la eternidad de su muerte oliendo los malos olores de las obras de aquel hombre. Esto le causó pánico y Gonzalo comenzó a correr en la dirección del camino, pero mientras más corría más se internaba en aquel bosque de sueños muertos. De repente sintió que su cuerpo se comenzaba a calentar y por su mente pasó la posibilidad de que estuviese en el infierno del que su mamá le había hablado. Cerro sus ojos en la desesperación hasta que sintió que su alma se quedaba inmóvil en el lugar adonde se detuvo. Luego se quedó en un estado de inconsciencia.

Estuvo allí estancado hasta que un calor de sudores incómodos despertó su conciencia una vez más. Estaba sentado en un salón de clases, mientras que, en una esquina de este, un abanico empujaba más calores que frescura en el aula. Los estudiantes conversaban en voz baja acerca de las estupideces que ocurrieron la noche anterior en el mundo cibernético en el que la mayor parte de ellos gastaban su tiempo. Un jovencito le sacaba punta a su lápiz en el sacapuntas electrónico, mientras que otro le lanzaba pedacitos de papel en su espalda. En el escritorio del frente una mujer trigueña de edad mediana preparaba sus materiales para presentárselos a la clase, sin que ninguno de los jóvenes le prestara mucha atención. Al parecer no estaban muy interesados en nada de lo que ella tenía que decir. Todos hablaban y reían, excepto una muchacha que se esforzaba por leer el material asignado, aunque en su estómago, lo que leía le daba más asco que ganas de aprender. Ésta miraba a la parte de afuera del salón tratando de matar sus aburrimientos de espera con cualquier cosa que no fuese mirar aquel libro de la historia de los Estados Unidos. En un momento dado la maestra se puso de pies y levantó su voz, lo que causó que los estudiantes hicieran silencio y prestaran un poco de su atención esporádica.

Sentado en un pupitre, Gonzalo se encontró leyendo aquel libro de historia que hablaba de la gran hazaña de George Washington cuando cruzaba el rio del Delaware en rumbo a una batalla esencial para el nacimiento de la nación de los Estados Unidos de América. Se sorprendió de aquella situación un poco y hasta se hizo un comentario jocoso a sí mismo: *"Parece que la cagué de tal forma que me mandaron pa' atrás pa' la escuela."* A esto le siguió un pensamiento que no era suyo: *"Tanta mierda coño."* -pensaba la persona que el alma de Gonzalo ocupaba en aquella aula escolar. La incomodidad en aquella persona era tan obvia que Gonzalo la sintió en el fondo de su alma antes de que una voz le hiciese una pregunta:

"¿Te pasa algo Luz?" -preguntaba una profesora a Gonzalo, éste nuevamente habitaba un cuerpo femenino, aunque un poco más joven que la guerrera.

"Si, profesora, si me pasa algo." -respondió Gonzalo desde el cuerpo de Luz.

"¿Qué es lo que te pasa?" -preguntó la maestra respirando profundo.

"Usted me perdona Sra. Cotto, pero yo no entiendo para que tengo que aprenderme esta mierda." -dijo la muchacha irritada.

"¡Aquí vamos de nuevo! Luz no te expreses de esa forma tan grosera, por favor." -regaño la maestra de manera firme.

"Me vuelvo a disculpar Sra. Cotto, pero es que yo no entiendo cómo me beneficia aprender esta porquería acerca de estos gringos hijos de la gran…"

"¡Srta. Bonilla!" -gritó la Sra. Cotto interrumpiéndola.

"Está bien, está bien pero no me diga que esta basura debería de tener algún valor para mí."

"Desde que te conozco has estado quejándote de lo mismo y ya no sé qué hacer contigo."

"Es que yo no sé porque no se me enseña nada que valga la pena en esta clase."

"¿No has aprendido nada en esta clase?" -preguntó la profesora ofendida.

"Yo lo que digo es que en todos los años que llevo estudiando me han enseñado de todo y no he aprendido nada que valga la pena."

"¿Como qué no vale la pena?"

"He aprendido de Sigmund Freud, de Sócrates, de Plato, del Imperio Romano y de Los Griegos, Los Incas, Los Maya, Los Aztecas…"

"¿Y aun así dices que no has aprendido nada?"

"Yo lo que quiero saber es por qué demonios sé de todas estas cosas y aun no me han enseñado mi propia historia. ¿de qué me vale saber toda la historia de todo el mundo, si no conozco la mía?"

"Yo solo enseño lo que estoy autorizada a enseñar; y cambia esa manera de expresarte." -respondió la Sra. Cotto resignada, pero con firmeza.

"Pero usted debe de saber acerca de alguien en nuestra historia que hizo algo importante."

"Por supuesto que conozco de personas que han hecho cosas grandes por nuestra isla."

"Entonces ¿por qué no nos enseña eso?"

"Porque eso no es parte del currículo que se me asigna a enseñar."

"¿Y por qué no?"

"Yo no puedo contestar esa pregunta. Yo no soy la que decido esas cosas."

"¿Y quién puede decirme, pa' yo ir y preguntar?"

"Tú si eres idealista, eso no va a cambiar nada."

"Aunque no cambie un carajo yo prefiero que se rían de mi por lo que quiero saber, a que se rían de mi porque no lo sé."

"Aun así, eres un poco idealista. Y te repito deja de ser tan grosera o te voy a tener que dar una detención. Debes de aprender que las cosas son como son."

"No Sra. Cotto las cosas son como son, porque nosotros las aceptamos así. Yo solo digo que ya a mi tanta historia del mundo me apesta."

"¿Y qué quieres hacer sino quieres aprender?"

"Yo sí quiero aprender, pero es que yo no me veo reflejada en estas cosas que me están obligando a estudiar."

"Todos en esta clase están aprendiendo lo mismo que tú, y ninguno se está quejando."

"A mí no me importa que a todos los demás les gusten estas mentiras, yo solo sé que a mí me falta algo. Algo que me hace sentir como que no importo y eso me hace sentir...qué sé yo...como que vacía."

Con aquella explicación de la jovencita, Gonzalo, identificó en ella unos sentimientos que él mismo había enterrado en el tiempo, cuando era un adolescente. Él también se había hecho estas preguntas en la escuela, pero la única vez en que se decidió a expresarlas terminó sintiendo el ardor de la correa de su mamá. Recordó aquel momento cuando le enseñaron que, si no se sometía a la versión dada como oficial, pagaría por su atrevimiento de una manera u otra. En aquella memoria se encontraba en la clase del señor Rodríguez justo cuando se estaba discutiendo el descubrimiento de la isla por los europeos. El maestro ofrecía la versión de libro acerca del acontecimiento, cuando Gonzalo levantó su mano para hacer una observación que lo habría de aterrizar en el salón de detención.

"Mr. Rodríguez este libro está lleno de embustes." -dijo el niño sin pensarlo.

"Se dice mentiras, Gonzalo. ¿y cuáles son las mentiras de acuerdo contigo?" -respondió el maestro con repugnancia.*"Es que tú no puedes descubrir un sitio que ya tiene gente."*

"Es que los habitantes de nuestra isla eran unos salvajes."

"Comoquiera estaban aquí antes que ese hombre llegara. Así que ese señor no descubrió nada."

"Eso solo es una diferencia de opinión y nada más."

"No Mr. Rodríguez, eso es que el libro está lleno de embustes."

"Bueno Sr. Márquez, eso es lo que dice el libro y eso es lo que hay que creer."

"¿Por qué hay que creer eso?"

"Porque lo dicen los libros que saben más que nosotros."

"Comoquiera ese libro está lleno de embustes."

"Bueno jovencito usted ya se está pasando de la raya, así que pare de interrumpirme y preste atención." -demandó el Sr. Rodríguez irritado por la insistencia del joven.

"¿A que a los embustes del libro?" -preguntó el niño para tener la última palabra.

Este último comentario terminó con la paciencia del maestro, pues los otros estudiantes comenzaron a reírse. Por esta razón terminó por castigar al niño de sexto grado dándole un cantazo con la regla métrica y deteniéndolo a la hora de la salida. Luego llamó a los padres de Gonzalo y les ofreció una versión alterada de los hechos. Un poco más tarde cuando el niño regresó a su hogar se encontró con el ardor de la correa de su madre, la cual le pegó por que éste le había hecho pasar un bochorno frente al maestro. Fue así como Gonzalo recibió su primera lección: Nunca cuestiones a la figura de autoridad, ni tampoco lo que leas en un libro. Desde aquel momento Gonzalo comenzó a practicar la política de mentir cuando tenía una duda o cuando algo que se le enseñaba no cuadraba con la realidad.

A partir de aquel momento, nunca más se atrevió a expresar sus dudas como esta joven las expresaba. Lo que hizo fue que las enterró profundamente tratando de aceptar que las cosas eran como eran. Ahora con todo aquel vacío que lo llevó a la muerte, Gonzalo, identifico en aquella joven las acciones que debió de haber tomado, pero no lo hizo. Se distrajo con sus propios pensamientos por un rato hasta que la maestra volvió a gritarle a la muchacha haciendo que Gonzalo regresara a contestar la pregunta desde los labios de la joven.

"Luz no seas mal educada por favor." -reprendía la *Sra.* Cotto.

"Si soy mal educada, es que no me están educando como se debe." -respondió Gonzalo desde los labios de Luz.

"¡Volvemos con la misma cantaleta!" -reprendió la maestra.

"Sra. Cotto yo solo quiero que alguien me diga algo que me hable de mí. Yo no quiero saber de Lincoln, Jefferson, Franklin o ninguno de esos come mier..."

"Luz, es importante saber acerca de otras culturas otras perspectivas; y deja las malas crianzas ya."

"Yo lo sé, pero siempre y cuando sepas acerca de lo tuyo primero, y eso no es lo que está pasando aquí. Aprendemos de todos los demás y no de nosotros mismos."

"Creo que si seguimos esta conversación no vamos a llegar a nada. Ahora me haces el favor de mantenerte en silencio para yo poder continuar con mi clase o te vas a tener que quedar castigada por ser tan malcriada."

"Está bien Sra. Cotto, me callo, pero no porque estoy mal."

La maestra continuó la clase abriendo una discusión acerca de lo que ocurrió en el Delaware con Washington y sus soldados. Los estudiantes contestaban preguntas acerca del evento de acuerdo con lo que habían estudiado en el libro que se les asignó. Luego de unos minutos, la clase llegó a su final y la Sra. Cotto asignó los materiales para el próximo día. Luego dejo salir a los muchachos haciendo una anunció: *"Todos se pueden ir, menos la señorita Bonilla."* Los muchachos contentos de que aquella clase se había terminado salieron de inmediato del aula alumbrando sus caras con las luces de sus celulares otra vez. La Sra. Cotto y Luz se quedaron solas. La maestra cerró la puerta y se dirigió a Luz con una mirada de comprensión en su rostro, antes de comenzar a hablar:

"Niña tienes que lavarte esa boca con agua y jabón." -ofreció la Sra. Cotto con un poco de enojo dibujado en su rostro, pero ofreciendo en sus ojos un poco de comprensión.

"Perdóneme Sra. Cotto es que yo me enfogono[5] con tanta mierda."

"¡Niña!" -dijo la maestra levantando la voz otra vez.

"Ok, ok, me molesto con tanta basura."

"Yo sé que tú eres una muchacha inteligente y también sé que cuando quieres saber algo, buscas la información que te hace falta. Ahora bien, tienes que controlar esa manera de expresarte, pues si te ensucias la boca, opacas el mensaje."

"Ok, voy a tratar de expresarme un poco mejor, ¿ya me puedo ir?"

"No, todavía no."

"¿Y por qué no? ¿me va a dar una detención otra vez?"

"Ten paciencia muchacha." -dijo la maestra mientras buscaba algo dentro de su escritorio.

---

5. enfogono: molesto

"Es que voy a llegar tarde a mi otra clase, y el Sr. Candelaria no juega."

"No te preocupes yo llamo al Sr. Candelaria y te excusó por unos minutos."

"¿Qué me va a dar una tarea de castigo?"

"Algo así." -respondió la maestra con una sonrisa en su mirada.

"Creo que me la merezco, aunque para decir la verdad, no me importa."

Al cabo de unos segundos La Sra. Cotto sacó una carpeta vieja desde la profundidad de la papelería en su escritorio. Luz parada de frente la miraba con curiosidad, pero sin comentar nada para evitar más trabajos de castigos. La Sra. Cotto la miró fijamente a los ojos y le dijo:

"Quiero que te lleves esta carpeta, que estudies sus contenidos y que encuentres información acerca de los mismos. Luego discutimos lo que piensas."

"¿Y qué es esto?" -preguntó Gonzalo a través de Luz.

"Mija eso es una carpeta, no lo puedo creer que yo te estoy dando una carpeta." -dijo la maestra con un aire de ironía.

"Una carpeta, ¿y por qué no lo puede creer?" -preguntó la muchacha sin entender.

"Ábrelo en tu casa y ya verás. Las respuestas que buscas están ahí. Y otra cosa..."

"¿Que?"

"Debes de aprender a expresar tus frustraciones sin ensuciarte la boca, no debes de dejar que lo que te molesta te haga ver como una niña vulgar, pues eso le da excusas a la gente para ignorarte."

"Ok. Lo voy a tratar."

"Ahora vete que tengo que comenzar mi otra clase."

Luz salió del aula e inmediatamente fue a su otra clase con una curiosidad que no le cabía en el pecho. Aun así, esperó hasta llegar a su casa para abrir su bulto y sacar aquella vieja carpeta llena de papeles como biografías, artículos de periódico y algunas fotos. Noticias acerca de investigaciones clandestinas del gobierno y una nota única acerca las carpetas de información que dicho gobierno mantenía acerca de algunos ciudadanos. Entre tantos papeles encontró un archivo de corte en el que el nombre de la maestra estaba escrito acompañando a otros en una demanda en contra del gobierno por la colecta ilegal de su información. Gonzalo aun en el cuerpo de aquella joven leyó aquel documento y comprendió el porqué de la sonrisa de la Sra. Cotto cuando le entregó aquella carpeta de información. Más tarde mirando los contenidos de la carpeta, ésta encontró unas fotos de algunos personajes históricos puertorriqueños. El corazón de la muchacha dio un salto de alegría y su pecho se llenó de una emoción de verse por primera vez, aunque no fuese en un libro oficial de historia. Entonces se preguntó a sí misma: *¿y por qué carajo no nos enseñan esto en la escuela?* Y de inmediato se contestó su propia pregunta: *"Para mantenernos ignorantes y dóciles."* Luego se dijo a sí misma: *"Esto es algo que todos los puertorriqueños deberían de saber."*

A partir de aquel momento nació en Luz una admiración por su maestra de estudios sociales y por las luchas que ésta había sostenido. Entonces se sintió un poco avergonzada de su comportamiento en aquella aula escolar y de las veces que puso a aquella mujer por situaciones difíciles por su ignorancia y su desdén por lo que le enseñaban a través del currículo escolar. Allí frente a ella y por mucho tiempo tenía lo que ella andaba buscando, una persona en la cual ella se podía reflejar, además de la cual podía aprender las cosas que nadie quería enseñarle. Durante las próximas semanas se quedó atrás cuando sus compañeros abandonaban el salón e hizo miles de preguntas acerca de quien, como, cuando, donde y por qué. La Sra. Cotto contestó cada pregunta de la manera más honesta posible y en ella también se comenzó a desarrollar una admiración por aquella muchacha que le recordaba a una jovencita de su pasado, pues Luz le recordaba su juventud y las preguntas que la empujaron a un camino en donde ésta nunca dejo de querer tener lo que su alma deseaba. Pero por sobre todo nunca dejo de tener esperanzas de que hubiese otros que se sintiesen como ella. Luego de esto Gonzalo se encontró nuevamente en el papel de espectador y así fue testigo de cómo Luz y su maestra discutían asuntos relacionados a la carpeta de información clandestina y otros eventos, algunas veces en la casa de la profesora, otras en el parque, etc.

"¿Entonces se quedó pobre por liberar esclavos?" -preguntaba Luz con sorpresa.

"Eso es lo que se dice, que se gastó todo su dinero en eso y murió en la pobreza en Francia." -respondía la Sra. Cotto.

"¡Ay caramba ese hombre estaba loco!"

"A lo mejor sí, a lo mejor no."

"Quedarse pobre no es fácil, créame yo siempre he sido pobre."

"Algunas personas creen en lo que predican, y lo demuestran en sus convicciones."

"Ya veo que ese hombre creía en su mensaje."

"¿Y esa mujer era también parte de eso?"

"¿Quien? Mariana Bracetti, sí, ella, otra mujer llamada María Eduviges Beauchamp, Ana Martínez Pumarejo, y seguro que muchas más que los libros no mencionan porque eran mujeres."

"¿Y éste otro se pasó toda su vida viajando y hablando de su visión para las Antillas?"

"Sí, él era respetado en todo el mundo, incluyendo en España que era el dueño de la isla en su tiempo."

"¿Y sus restos están enterrados en La República Dominicana hasta hoy?"

"Así mismo, sus últimos deseos. No quería estar en un Puerto Rico que no fuera libre."

"A mí lo que más me ha molestado es lo que le hicieron al abogado."

"A ti y a todo el mundo, eso fue algo horrible que causó una crítica universal. Muchos países se quejaron del trato que le dieron."

"Ya ve porque yo me impaciento cuando leo un libro de historia de los Estados Unidos. Tanta mierda de que todo lo hicieron bien, mientras que matan y torturan a gente a escondidas."

"Y después se atreven a decir que no negocian con terroristas. ¿y que son ellos?" -añadió la Sra. Cotto.

"Hay que ser hijo de… pues ya usted sabe para matar a alguien con radiación. Y lo más que molesta es que los de aquí que se prestan para hacerle daño a los suyos."

"Muchos actúan guiados por la ambición y eso no les permite ver sus errores y maldad. Otros se han olvidado con el tiempo porque esto no lo enseñan en la escuela. Además de eso, los que abusan escriben sus propias historias y la gente los pone en un pedestal, pues se creen todo lo que se les dice sin cuestionar la versión oficial."

"¡Qué vergüenza me da!"

"Tienes que leer acerca del doctor y las esterilizaciones ilegales."

"¿De qué doctor usted habla? ¿esterilizaciones ilegales?"

"De un doctor gringo, hijo de la gran puta que vino a esterilizar mujeres puertorriqueñas en contra de su voluntad o sin decirles nada."

"Sra. Cotto no sea tan grosera." -dijo Luz con una sonrisa en su rostro al ver a la maestra perder su postura.

"Perdóname Luz, pero cada vez que pienso en la injusticia se me hierve la sangre y no me puedo controlar."

"Eso es lo que me pasa a mí y ni tan siquiera sé todo lo que usted sabe."

"Busca la información del doctor y ya verás. También busca lo que hicieron en Jayuya y Utuado en el año 1950."

"¿Qué hicieron en el 1950?"

"Busca y ya verás como es que eso de ciudadano americano y las protecciones bajo la constitución americana no le aplican al pueblo puertorriqueño. Después de eso busca lo que hicieron en Vieques en el 1941, y de los daños que dejaron atrás cuando por fin los sacaron de allí."

"Ahora me deja en suspenso buscando tanta información. ¿no me puede decir un poquito?"

"No, esa información la tienes que encontrar tú, para que veas las muchas cosas que no sabes."

"Me siento como una niña buscando regalos en el día de reyes, pues por fin estoy aprendiendo algo que vale la pena."

"Así me sentía yo cuando tenía tu edad, aunque yo no llamaría regalos enterarse de tanta injusticia. Y déjame decirte que en aquellos tiempos no era tan fácil como ahora que hasta en un teléfono encuentras mucha información. Para aquellos tiempos todo estaba más difícil, pues las versiones oficiales estaban llenas de omisiones o de puras mentiras; y hasta pasaron una ley en el 1948 para amordazar al pueblo para que no pudiese hablar de cómo se sentía."

"Entonces ¿cómo se hizo para encontrar todo esto sin meterse en problemas?"

"El gobierno puede controlar los libros oficiales, pero no lo que la gente recuerda y guarda. Muchos de los recortes de periódico que ves ahí me los dieron la gente que encontré poco a poco, y con mucho cuidado porque en aquellos tiempos te metían preso por solo preguntar."

"Veo que había mucha gente que no estaban de acuerdo con lo que estaba pasando."

"Ya lo has dicho, había...Ya la gente no recuerda, están contentos con vivir en la ignorancia de lo que se les enseña en las escuelas. Los únicos que se acuerdan son los que pagaron con su libertad el querer ser libres."

"Eso es lo que yo sentía que había algo que no me querían decir, eso es lo que me prendé a mí."

"Tú, Julia de Burgos, Lola Rodríguez, Blanca Canales, y deben de haber existido muchas otras mujeres de las cuales no conocemos nada, aunque lo dieron todo por esta isla."

Con el pasar del tiempo la maestra y la alumna forjaron una amistad de la que Gonzalo fue testigo a través de aquellos momentos que presencio en una colección de las memorias a las que estuvo expuesto. Por lo que vio, pasaron algunos años y en un momento dado, un día, regresó al cuerpo de Luz sin avisos previos. Estaba sentado en un escritorio de alguna escuela o colegio universitario. Dentro del aula, los jóvenes estudiantes conversaban sin mirarse, con el brillo de sus teléfonos celulares alumbrándole la mirada. Gonzalo miró alrededor desde los ojos de Luz y vio que en su escritorio había una foto de la señora Cotto. Sintió el dolor de la ausencia, ese que se siente cuando se mira un retrato de una persona a la que se la ha llevado el tiempo. A la misma vez experimentó un sentir de agradecimiento y orgullo que le llenaba el pecho. Luego se puso de pies y se introdujo oficialmente:

"Buenos días estudiantes mi nombre es Dra. Luz Bonilla y en este semestre he de ser su profesora de historia de Puerto Rico. Por favor guarden el libro de historia y presten atención." -instruyó Gonzalo desde el cuerpo de la Dra. Bonilla.

Los estudiantes obedecieron con las instrucciones, guardando el libro que compraron para el curso. Luego se miraron unos a los otros exhibiendo un poco de confusión en sus rostros, pues este era el único material requerido para completar el curso. Uno de los estudiantes levantó su mano para hacer una pregunta y la profesora lo miró para reconocer su intención de hablar. Entonces el estudiante preguntó:

"¿Profesora, no vamos a usar el libro hoy?"

"No joven, no usaremos ese libro hoy, ni mañana. A decir la verdad no lo usaremos nunca."

"¿Y entonces para qué lo compramos, si no lo vamos a usar?"

"Eso no lo decido yo, pues la universidad es la que determina los materiales aprobados por el departamento de educación."

"Entonces ¿con qué vamos a estudiar?" -preguntó otro estudiante.

"Nosotros vamos a estudiar..." - dijo la Dra. Bonilla mientras se dirigía a su escritorio y sacaba del mismo una vieja carpeta llena de papeles, artículos de periódico y fotos en blanco y negro:

"Usando la verdadera historia de nuestra isla de Puerto Rico."

Con aquellas palabras y aquel orgullo dentro del pecho Gonzalo, admiró la convicción de aquella mujer en la cual su alma se hospedaba por un tiempo. Esto lo llenó de júbilo, el saber que la muchacha había perseverado para aprender las cosas que a él se le negaron. También de saber que ésta estaba tratando de pasar adelante lo que su mentora, la señora Cotto, le había enseñado a ella. Se dijo a si mismo que a lo mejor había esperanzas para que otros evitaran el vacío que lo llevó a él a su muerte, buscando en unos mitos lo que debió de encontrar en algunos libros. Y aunque aún a aquella hora, no sabía la respuesta definitiva a su búsqueda, ya estaba pronto a formularse la pregunta que lo trajo a su muerte repentina. Con aquella realización llegó otra vez la obscuridad y con esta el deseo de morirse sintiéndose más completo que cuando llegó a La Encantada.

Luego todo se volvió obscuro y el silencio arropó todo el lugar mientras que, en sus últimos segundos de lucidez, Gonzalo se sentía renovado de todo lo que había experimentado desde que aquella noche había comenzado con su incursión en la vida de un abolicionista como coprotagonista o testigo de sus eventos importantes. Y de tanto entrar y salir de todas aquellas experiencias tan peculiares, su alma había rejuvenecido un poco y ya no se sentía insignificante, sino que sentía orgullo de saberse heredero de todas esas personas cuyas convicciones los hacían irreparables en la historia del pueblo de Puerto Rico. Aun así, en aquel momento Gonzalo deseo que su última muerte llegara y le diera el descanso y la paz que le faltaron en su vida. Entonces cerró sus ojos, lleno espiritualmente y seguro de que su alma poseía todo lo que necesitaba para descansar en paz. Pero para su sorpresa y decepción, su alma no llegaba a dormir el sueño de paz eterna, sino que se mantenía esperando algo más. Finalmente decidió que sería mejor quedarse allí con sus ojos cerrados, esperando otra incursión espiritual o una resolución que le pusiera finalidad a su problema.

U NA BRISA DE UN amanecer fresco chocaba con los pómulos de Gonzalo, éste aun sin abrir sus ojos, se dejaba llevar por aquel sentimiento de regocijo que entusiasmaba su alma. La rebeldía de la Dra. Luz Bonilla permanecía en su ser y él estaba dispuesto a disfrutar de aquel sentimiento por la mayor cantidad de tiempo posible. A través de sus parpados cerrados se permeaba un poco de luz, pero él se detuvo a sí mismo para no abrir sus ojos de manera que se proveería unos minutos más disfrutando de la llenura de aquella rebeldía incansable. Estaba otra vez sentado en la piedra donde se quedó a descansar sus golpes y en aquel monte lo único que escuchaba eran los pitirres y alguna que otra ave, cantando sus melodías a la mañana.

Después de unos minutos Gonzalo abrió sus ojos y verificó que un nuevo día había comenzado. La obscuridad de la noche había sido desplazada por los rayos del sol que se colaban entre las hojas de los árboles. Las aguas de La Encantada habían regresado a su estado original de transparencia. El agua ya no brillaba de ningún color sobrenatural mientras corría a su destino quebrada abajo. En el fondo del charco estaban acumuladas unas hojas secas como era lo normal en cualquier charco de monte como aquel. Gonzalo, se puso de pie y caminó unos metros hasta la orilla del charco, miró hacia el fondo del agua a la misma vez que se tomaba un respiro profundo que llenaba sus pulmones de aquel aire limpio y fresco. Se distrajo mirando alrededor por unos instantes y un sentimiento de completa paz lo lleno de repente. Se sintió completo por primera vez en muchos años. Nada ni nadie lo podría sacar de aquel trance espiritual adonde se encontraba. Resignado a la realidad de su muerte, extraño la presencia de su familia y se dijo a si mismo que ellos encontrarían paz con el pasar del tiempo. Volteó su cabeza a varios lugares y una leve sonrisa se le pinto en el rostro cuando la idea de que aquel iba a ser su lugar de descanso eterno entró en su mente. Pensó en su abuelo Paulino y se emocionó al pensar que él había pasado a ser uno de los fantasmas de los mitos que su abuelito le contaba. Con este pensamiento, la memoria de Anani, Francisco y Leiza regresaron inmediatamente, enviando la mente y los ojos de Gonzalo en mil direcciones. Los buscó mirando a todos lados, pero no logró verlos en ningún lugar. Sintió la extraña sensación de que, aunque éstos no eran visibles para él, aun lo miraban desde algún punto, invisibles para sus ojos como lo fue él muchas veces en la noche anterior.

Luego de esto, se dispuso a salir de la región del charco caminando a la esquina donde las piedras de la quebrada se encontraban con el monte, pero se dio cuenta de que no podía cruzar más allá de las orillas de la quebrada. Entonces trató de caminar quebrada abajo, y sucedió lo mismo. El lugar contenía algún tipo de barrera invisible que no le permitía alejarse más de unos metros de La Encantada. Esto alarmó al hombre, pues, aunque se sentía a gusto con aquel infierno privado, el prospecto de gastar allí su eternidad sin poder moverse, lo preocupaba, pues un hombre como él siempre se mantuvo en movimiento. Desconcertado por su inhabilidad de abandonar el lugar, se fue a sentar a las orillas del charco. Esta vez se sentó al lado opuesto de la piedra que le sirvió de sillón y resignado a no conocer los motivos para que su alma estuviese confinada a aquel lugar específico. Sentado allí cerro sus ojos para concentrar su audición en la corriente de las aguas. Luego de un momento volvió a escuchar los ruidos que había escuchado la noche anterior cuando el agua sonaba como si muchas personas estuviesen entrando al chaco en intervalos que solo duraban unos segundos. Sorprendido por lo que sus oídos oían abrió sus ojos y para su sorpresa vio como muchas personas de diferentes edades entraban al agua a sumergirse en ella. Todos caminaban uniformemente, pero no se miraban ni se dirigían una palabra antes de entrar a las aguas y desaparecerse de la vista de Gonzalo.

Gonzalo observó este suceso por varios minutos y concluyó que a lo mejor lo que tenía que hacer era darse un baño en las aguas claras del charco. Posiblemente esa era la manera de salir de allí a comenzar su vida eterna, su descanso eterno o algo parecido. Procedió a quitarse su camisa y sus botas de goma para meterse poco a poco en el agua. Caminó lentamente a la orilla menos profunda e intentó poner sus piernas en el agua. De repente escuchó una voz que le decía: *"Estás en un cu*[1]*."* Y con el tono de aquella voz, su cuerpo se encontró nuevamente sentado en la piedra con toda su ropa puesta.

Desde lo lejos y sentados en una esquina de La Encantada, Anani, Francisco y Leiza se miraban consternados por la aparente falta de entendimiento de parte de Gonzalo. Estaban agotados de tanto usar sus fuerzas místicas para enviar el alma del hombre en tantas direcciones del pasado y ahora que

---

1. cu': sitio sagrado

éste lucia confundido por las experiencias, los tres estaban preocupados de que aquel intento de mostrarle al hombre la razón de su pesar no había dado el fruto deseado. En un momento Francisco levantó su cabeza y fijo su mirada en dirección a Anani, y con su rostro luciendo derrotado y enojado dijo lo que estaba pensando:

"Ya veis que éste idiota no tiene la capacidad mental para deducir lo que le estamos tratando de mostrar. Debería de haber sido alguien con mi complexión, pues somos gentes que poseemos la inteligencia que les falta a personas de vuestro color."

"Calma, Akani, esto todavía ua'[2] *termina, guaroco*[3] *que esta situación es nueva para todos."* -respondió ésta con una mirada de comprensión y un poco de exasperación, mientras levantaba un brazo para tocar los hombros del hombre que ya estaba fuera de control.

"¿Y aane[4] *es verdad, si daabi*[5] *lo entiende?"* -preguntó Leiza preocupada, a la vez que se unía a los dos poniendo sus manos sobre los hombros de Anani.

"Que va a entender esa bestia, no tiene la capacidad como os he estado diciendo toda esta noche." -comentó Francisco frustrado, otra vez atrapado por sus concepciones de inteligencia e inferioridad.

"Nunca habíamos tenido a una persona como él para contarle nuestras historias." -comentó Leiza calmadamente, pero con dudas en su voz.

"Esta ha sido nuestra única oportunidad." -ofreció Anani mirando a sus dos compañeros.

"Yo solo quiero que se diga mi verdad, quiero la oportunidad de descansar, de que ese maldito búho me deje en paz." -expresó Francisco.

"¿Y aane se termina la anadwe[6] *y daabi entiende?"* -inquirió Leiza con inquietud.

---

2. ua': no

3. guaroco: recuerda, el recuerdo

4. aane: si

5. daabi: no

6. anadwe: noche

"Nada podemos hacer, solo esperar." -dijo Anani mirando en dirección a Gonzalo, esperanzada en que aquel hombre comprendiera la razón de todos aquellos viajes cósmicos.

Gonzalo por su parte se mostraba aun confundido por toda la situación y esto lo llevó a dudar de todo lo que había transcurrido desde que llegó al lugar. Volvió a pensar en las palabras de su primo: *"Usted está loco..."* Nuevamente aquel recuerdo invadió su alma a afligirlo, pero esta vez contaba con muchas experiencias que le habían enseñado a tener más resiliencia ante la adversidad; y esto solo era la adversidad de su alma queriéndose amarrar a las energías negativas que lo llevaron a la muerte. Entonces aceptó la condición de su muerte, pero no aceptó que su condición fuese el resultado de alguna deficiencia mental. De esta manera se paró de adonde estaba sentado y dijo en voz alta: *"Sé que están ahí y no importa el tiempo que tome, comprenderé lo que me están tratando de decir."*

Reanudó su autoanálisis acerca de la tan extraña lección que se le ofreció durante una noche de tumultos emocionales en la que había contestado las tres preguntas de sus ancestros, sin todavía llegar a formular la pregunta que abatía su alma afligida por la duda. Él fue testigo de los estragos de sus compatriotas luchando en contra de una corriente que los arrastraba al subyugamiento total. Éstos obstinados con defender su causa, sin entretener la posibilidad de rendirse, lucharon a sus propias maneras en contra del colonialismo en dos tiempos. La batalla estaba definida desde que la conciencia puertorriqueña despertó bajo el yugo español y desde el fondo de su alma deseó ser libre. Desde ese preciso momento aquella misión de obtener la libertad total comenzó a caminar paralela al tiempo, o algo así entendía Gonzalo ahora. Éste no dejaba de pensar en todos aquellos momentos adonde sintió la indignación de ser ignorado mientras incursionaba en aquellos cuerpos prestados, como si él no fuese digno del respeto que se les da a todas las otras personas.

Aquellas experiencias que revivió en cuerpos ajenos lo instigaron a recorrer los anales de su memoria buscando el preciso momento en que nació en él aquella duda que lo trajo desde el extranjero a una quebrada a buscar en unos mitos de su abuelo, su razón de vivir. Irónicamente fue esa misma persecución de lo místico lo que le había ocasionado una muerte prematura; y de seguro vergonzosa para su mujer y sus hijos. Ahora no había de otra, tenía que quedarse atrapado allí en aquel purgatorio hasta que su alma llegara a la realización de que era lo que faltaba dentro de su ser, causándole dudas existenciales. Así fue como durante lo que pareció ser unas horas eternas Gonzalo caminó de extremo a extremo en aquel lugar que lo confinaba, repasando todos aquellos momentos de su vida a los que todavía su mente tenía acceso total.

Comenzó por hacer un inventario de su juventud cuando corría por todas las esquinas de aquel barrio, cuando aún su vida no iba guiada por su propia voluntad. Encontró en aquellas memorias el regocijo de la compañía de sus seres queridos, como lo eran sus padres, sus abuelos, sus tíos y su familia extendida. Luego de esto su mente brincó al final de su juventud y los momentos en que las palabras de sus padres comenzaron a molestarlo, pues ellos no lo entendían y no sabían nada acerca de nada. Seguido de estos pensamientos llegaron sus primeros roces con la discriminación y la tortura mental de ver que siempre estaba confinado a no ser considerado para nada que valiera la pena. Finalmente, regresó al momento de su primera inmigración para irse a buscar al extranjero oportunidades que no se le ofrecían en su propia isla. Acompañando todas aquellas memorias llegaron las experiencias que formaron su carácter de hombre adulto, muchas de estas informadas por sus contactos con un mundo adonde él no valía lo mismo que otras gentes. Estos sentimientos eran muy difíciles de ignorar, pues su dignidad de ser humano y su orgullo de hombre eran lastimados cada vez que algo así le sucedía en su vida de extranjero.

Por fin éste decidió que la manera más efectiva de lidiar con aquella molestia era suprimiendo sus sentimientos, ignorando su propio dolor y caminando hacia adelante cargando todo aquel pesar encerrado en la profundidad de su corazón. De esta manera se le pasaron los años caminando de la mano de la decepción, agarrándola fuertemente para que ésta no se le escapase de su alma. Y cuando ya se le había gastado su juventud, la represión de aquellos sentimientos comenzó a escapársele poco a poco por los poros de la piel. Así pasó el tiempo hasta que un día se dijo a si mismo que estaba harto de estar amarrado por una sociedad que establecía reglas acerca de la manera que él debería de vivir su vida, sin nunca tomar en cuenta que él era su propia prsona, con un sin número de ideales que no se conformaban con que otros le dijeran a que tenía el derecho de pensar y a que no.

Desde aquella distancia empezó a ponerle atención a la situación de su isla del encanto y a los estragos que su gente vivía día a día, lejos de las prsonas que establecían las reglas, pero, aun así, amarrados por los caprichos de estas. Gonzalo sentía en su corazón que el puertorriqueño estaba atrapado entre tres malas realidades políticas. Una ofrecía asimilación total a los Estados Unidos y esto podía poner en riesgo la cultura y la seguridad del ciudadano local, pues Puerto Rico podría convertirse en otro Hawái. Esta isla del pacifico se había integrado por completo al sistema de gobierno de Los Estados Unidos de América en el año 1959. Desde aquel entonces y hasta el presente los ciudadanos locales están estancados en la pobreza, mientras que los anglosajones que se mudan a esta isla viven mejor que todos los locales. Otra de las opciones era la independencia total, lo cual dejaría a la isla en las manos de la corrupción total de su clase política, como sucedía en otras repúblicas latinas. En este sistema la isla contaría con la libertad de pertenecerles a las familias más adineradas del lugar. Y el progreso solo le pertenecería a todo el que pudiese asegurarse contacto directo con las mismas. La última mala opción era el sistema político actual

de libre asociación adonde lo único libre era los robos de los fondos gubernamentales y la venta de la isla por pedazos mientras los políticos aplastaban
al pueblo guiados por la ambición y sus caprichos de superioridad.

Este análisis de la situación hizo que naciese en Gonzalo la indignación de
ser un testigo presente de las tribulaciones que sus compatriotas experimentaban año tras año, víctimas de una corrupción política que asumía
el cargo de arbitrador entre gente que querían mantener sus raíces y las
gentes que deseaban volver a robarse las tierras de aquella isla, como lo
habían hecho después de tomar las riendas de la isla en el año 1898. Después de todo este sistema político estaba hecho por ellos y para ellos.
Lo peor de todo era que la gente todavía no sabía que opción tomar,
encerrados eternamente en la batalla heredada de su sangre, la cual estaba
constantemente tratando de decidir entre la libertad total o la comodidad y sus lujos. Fue así como durante toda aquella indecisión Gonzalo se
convirtió en un testigo de las atrocidades cometidas por los dueños del
sistema político. En un momento dado, vio como al pueblo se le impuso
una junta de control fiscal, esta institución estaba a cargo de rescatar al
pueblo del desastre económico que el gobierno había causado, o algo así
le dijeron al pueblo. Pero la realidad era que esta junta, era una junta de
gente corrupta apoyada por el mismo gobierno para continuar robándole
al pueblo lo último que tenían, su dignidad. Sin ser elegidos por nadie
gobernaban como dictadores, aprobaban reglas que iban desde cargar muy
altos impuestos, hasta el control total de los puertos marítimos locales. En
un momento dado se les ocurrió ponerle impuestos al sol y la energía que
éste producía. Otras veces se obsesionaban con controlar todos los aspectos
de la vida del puertorriqueño, para oprimirlo y forzarlo a abandonar aquel
paraíso que era la isla en busca de las oportunidades que se les negaban
en su tierra natal. Era así como muchas personas terminaban rellenando
los barrios pobres de las ciudades americanas, abandonando la isla por la
falta de opciones. Dejaban atrás la vida que tenían para irse al extranjero a
simplemente sobrevivir, pero sin vivir.

Desde los lejos, en el alma de Gonzalo crecía un resentimiento, pues desde
donde él estaba parado, todo lo que veía como prsona era la ofuscación de
la realidad, aquellas personas al igual que él no eran libres verdaderamente,
solo se les decía que lo eran para evitar inconvenientes al dueño de sus
destinos. Así fue, como con el pasar del tiempo él comenzó a expresar dudas
acerca de lo que se le había enseñado desde que era un niño que estudiaba
en una escuela local acerca de las lecciones de libertad de expresión, la idea
de que era libre para decidir su propio destino. La noción de ser igual que
los demás y otras cosas intangibles. Desde ese momento comenzó a salir a
relucir el mal educado que todos le decían que él era, pues nada causaba más
consternación en algunas personas que cuando alguien se atrevía a decir la
verdad sin miedos ni pudor. Esto le causó muchos problemas a Gonzalo,
que a sus cuarenta y tres años comenzó a retar las nociones de autoridad

que se la habían impuesto desde el día que el doctor le dio una nalgada en la sala de partos después de que éste abandonara el vientre de su mamá en contra de su voluntad.

Así como se encontró en muchas situaciones adversas cuando ya su corazón no podía aguantar atrás el coraje cada vez que se encontraba frente a frente con la injusticia. Sus contantes batallas en contra del estatus quo lo dejaron desempleado después de que éste se quejara que se le había negado oportunidades en una compañía adonde todos sabían que él era el empleado más responsable y efectivo. Luego de traer a la luz las prácticas discriminatorias del lugar, fue despedido con la excusa de que sus constantes quejas estaban afectando el rendimiento de otros empleados. Gonzalo, por su parte trató de obtener compensación por su tiempo y contribuciones para enriquecer el negocio, pero hasta el departamento del trabajo lo ignoro; después de todo prsonas como Gonzalo no eran el cliente que ellos estaban encargados de representar. Poco a poco todas esas luchas llevaron al hombre a la decepción y fue así como siguiendo un concejo de su esposa Ildefonsa, buscó ayuda profesional tratando de explicarse aquel sentir tan profundo en su alma, al que él mismo no le tenía explicación.

Pasaron unos meses que luego se convirtieron en años en los que Gonzalo asistió con regularidad a las citas con el psicólogo que le decía que él mostraba las primeras señales de esquizofrenia. Esto requeriría que Gonzalo comenzase a tomar medicamentos que mermaran aquellas tendencias autodestructivas en las que se envolvía. Éste por su parte trató de aceptar su diagnóstico y comenzó el régimen que se le prescribió. No obstante, las drogas eran capaces de mermar su deseo de rebelión, pero no eran suficientes para apagar aquella llama que se quemaba profundo en su alma. Luego de esto y para complacer a su mujer, Gonzalo comenzó a asistir a la iglesia buscando en un dios en el que él no tenía fe, algún tipo de asistencia divina, pero nada. Algo en su corazón le decía que él no tenía la enfermedad de su bisabuela y tampoco contaba con la interminable fe de su madre. Por aquellos días Ildefonsa ya estaba al borde de la desesperación y los constantes argumentos con su esposo estaban causándole un dolor que ya ella no sabía cómo aliviar. Fue así como un día mientras hervía café en la olla de la cocina, escuchó la voz de su esposo decirle algo que ella no esperaba:

"Quiero ir a Puerto Rico pa' ver si me mejoro un poco."

"A Puerto Rico, ¿cómo eso te va a mejorar?" -preguntó Ildefonsa con curiosidad.

"Quiero sentirme en casa otra vez, quiero respirar el calor de mi barrio, escuchar la melodía del coquí cuando canta en la noche."

"Tú sabes que allá no hay no hay ni médicos ni hospitales, es más allá no hay de nada."

"Yo lo sé, yo lo que voy es por un tiempo, no a quedarme. Tú sabes que ya yo no me acostumbro."

"¿De cuánto tiempo estamos hablando? Una o dos semanas."

"Yo no sé, pero eso no importa, pues yo no estoy tan enfermo como tú piensas."

"Tú estás un poco mal de salud y de la mente. ¿y si te pasa algo por allá?"

"Yo no estoy tan mal, además tú sabes que tanto aquí como allá los médicos no saben un carajo y todo lo resuelven llenándote de pastillas."

"No vuelvas a empezar con tus groserías, yo no estoy pa' eso."

"Chica, yo estoy desesperado y tengo en la mente una última carta bajo la manga pa' ver si me siento mejor."

"Oh, si, pues dime ¿cuál es esa carta?"

"No vayas a pensar que estoy loco y déjame terminar antes de que digas algo." -pidió Gonzalo como se le pide paciencia a una persona que ya está histérica.

Gonzalo le contó a su esposa acerca de su idea y ésta abrió su boca asombrada mientras le servía el café negro y sin azúcar como a éste le gustaba. Luego de esto, con la incomodidad de no saber cómo responder a la idea de su esposo, Ildefonsa se sentó frente a él y sin decir una palabra levantó su taza de café y sirvió un poco del líquido antes de hablar, sin poder esconder su preocupación que se mezclaba con un poco de enojo.

"A la verdad que creo que te estás volviendo loco."

Luego de esto, Gonzalo y su esposa sostuvieron varias conversaciones acerca de aquel tema loco. En un punto dado, los hijos de ambos trataron de convencer a su progenitor de abandonar aquella búsqueda fútil y de que aceptase las recomendaciones de su psiquiatra. Gonzalo por su parte insistió con fervor, y poco a poco todos comenzaron a rendirse dándolo por loco. Éste por su parte dejo de preocuparse de lo que pensaban ellos, en su alma y su mente existían unas dudas existenciales que le causaban un dolor que para él era tan doloroso como indefinido, y para el colmo ya sentía que no le quedaba mucho tiempo para encontrar las respuestas que buscaba. Además, así fue como llegó a la situación presente, reprimiendo sus sentimientos sin expresar lo que sentía, para que otros no se incomodaran con él.

Al concluir el repaso de su pasado Gonzalo se puso a amarrar sus experiencias, a las experiencias que había vivido la noche anterior y en su pecho el salto que su corazón dio por poco le abre un hoyo en el mismo. Sus ojos se llenaron de un brillo más intenso que un sol ardiente de verano y se puso de pies en un estado de éctasis que no podía contener, pues cuando por fin conectó todas aquellas vivencias esporádicas a las suyas ya tenía la pregunta que lo evadía desde siempre, al mismo tiempo que poseía en su alma la respuesta a la misma, la cual le había sido proveída por tres seres a los que conoció en una noche de aconteceres místicos.

Desde su invisibilidad, Anani comenzó a sollozar en voz alta de una manera incontenible y fuera de carácter para una guerrera como lo era ella. No había llorado así desde el día en que viajó al yucayeke del Turabo y se enteró de que su mamá y sus hermanos habían perecido junto con casi todos en aquel lugar de las manos de los invasores. Aquel dolor de la orfandad prematura y la realización de que ya todo lo que ella reconocía como su vida había acabado de las manos de aquellos malvados, tomó posesión de sus sentidos. Fue allí donde la finalidad de todas aquellas muertes cementó la venganza como su único vehículo a la aceptación de aquel sentimiento que nunca la dejó vivir en paz. Y ahora desde el fondo de su alma aquel deseo de que todos conocieran su verdad estaba más cerca de llegar a ser una realidad, después de toda su larga existencia mística con dolores atrapados por el tiempo. En su rostro envejecido las muestras de emoción y todo el dolor reprimido a través de los siglos se escapaban por sus ojos obscurecidos por la tragedia y el odio. Al ver esto, Francisco se paró al lado de ella y sin decir una palabra le puso una mano en uno de sus hombros. Y aunque no abrió su boca para decirle nada, en su mirada dijo todo lo que nunca había dicho en aquel purgatorio de su propio proceder. En un momento de esperanzas levantó su mirada para observar como el búho al que él tanto le temía, seguía parado en las ramas de un árbol adyacente a La Encantada. Respiró profundamente cuando por fin comprendió que algunos pecados no tienen perdón, ni con miles de años de purgatorio repetido. Resignado a aquella realidad, Francisco reconoció finalmente que aquella ave era un símbolo permanente de los horrores que causó mientras vivía, y debería de aprender a existir aceptando su lugar en los anales de la historia.

Mientras los dos seres se consolaban y se regocijaban en lo que sucedía con Gonzalo delante de sus ojos después de aquella revelación, Leiza cayó de rodillas frente a las orillas del charco y dejó escapar unos gritos de dolor mezclados con una alegría incontenible, mientras levantaba ambas manos en un signo de reverencia a Gonzalo. Esto causó que el alma de éste se estremeciese, sin que él la hubiese escuchado directamente, y sin saber por qué. Aquella mujer negra, a la cual se le había hecho tantos daños irreparables, gritaba sus penas mezcladas con la jubilación de saber que aquel hombre que cargaba la sangre de su único hijo, al que nunca pudo encontrar; era la prsona que ahora le otorgaba una libertad total. Una libertad para su alma. Una vindicación de su decisión de abandonar los intentos de regresar a su tierra natal, por tan solo la oportunidad de recuperar a aquel niño, nacido de las atrocidades de su cautiverio. Allí estaba Gonzalo Márquez Centeño cargando con él la herencia de su sangre y las esperanzas de su alma. Al mirar esto Anani y Francisco caminaron a su lado, y Anani se arrodilló frente a ésta para abrazarla con toda el alma. Los tres se emocionaron por la posibilidad que el destino les ofrecía después de tanto tiempo. Leiza miró a sus acompañantes antes de pronunciar unas palabras llenas de emoción y jubilo:

"Mi dɔfo[7] banyimba[8] carga con él la adedi[9] de mi nbogya[10], y él ya es libre. Mi nbogya es finalmente libre". -dijo la mujer sollozando mientras miraba a sus dos compañeros de la eternidad al encontrarse finalmente con la realidad de saber que aquel heredero su sangre poseía la libertad que le habían robado a ella.

Anani aun conmovida por el significado de aquel momento, apretó a Leiza un poco más fuerte, a la misma vez que le decía unas palabras y derramaba sus lágrimas sobre la cabeza de aquella mujer a la que trató de salvar; y la que igual que ella lo había perdido todo durante su paso por la vida.

"Leiza, me nuabea koro pɛ[11]."

Francisco parado al lado de éstas guardó silencio, pues sabía que para él no era apropiado hacer ningún tipo de comentarios a aquellas dos mujeres que fueron víctimas del movimiento que él representaba. Compungido por el visual de las alegrías que llegan después de un largo sufrimiento, levantó su mirada en dirección a Gonzalo y dijo en una voz baja y entrecortada por la emoción lo que sentía en el alma:

"Por favor, contad mi verdad, aunque causé rabias y destruya percepciones, contad mi verdad. Ofrecedme la oportunidad de ser libre como se la has brindado a ellas."

Después de esto, ofreció su mano a las dos mujeres para que se parasen del suelo. Éstas lo miraron tristes, comprendiendo que la noche no le trajo a aquella alma la absolución que esperaba. Al ponerse de pies, las dos hicieron algo que nunca había sucedido en los quinientos años de soledad compartida, abrazando al hombre que había sido responsable de sus tragedias individuales. Aquellas dos almas le ofrecieron la compasión

---

7. dɔfo: amado

8. banyimba: niño

9. adedi: herencia

10. nbogya: sangre

11. me nuabea koro pɛ: *mi única hermana*

que le falto a él, cuando vino desde su país a esta isla a repartir terrores en el nombre de su dios, causando daños irreparables. En aquel momento existió una armonía que Gonzalo llegó a sentir de la misma forma que había sentido los gritos de jubilación y dolor de su ancestro paternal de veinte generaciones atrás.

A unos pasos de éstos, Gonzalo caminaba de un lado a otro buscando a sus tres anfitriones de aquella noche, entusiasmado por decirles que ya él sabía. Pero, aunque los sentía allí, ya no los podía ver. En su pecho la satisfacción de haber encontrado la pregunta que las inquietudes de su alma le habían insinuado por tanto tiempo corría de un lado a otro. Éste se repetía la misma jubilosamente: *"¿Qué me hace a mí una prsona?"* Era la respuesta que se le había mostrado de una manera sobrenatural lo que más lo excitaba, pues pensar, sentir y ver las fundaciones de su misma existencia, no es una oportunidad que otros tienen en su vida y probablemente tampoco en la muerte. De manera que Gonzalo, era en aquel momento un ser completo, feliz de ser la prsona que era, a él que la verdad estaba dejándolo experimentar un sentido de libertad total.

Gonzalo Márquez Centeño era libre, como lo fue Anani, antes de que su modo de vida fuese destruido por los invasores extranjeros. Libre como lo era Leiza, antes de ser atrapada por sus compatriotas y vendida a una vida de tribulaciones bajo el yugo de la esclavitud. Aun después de quinientos años, la sangre de estas dentro de sus descendientes se debatía con la sangre del invasor buscando un balance que le permitiera a aquellas prsonas aceptar que la condena de aquellas sangres era real y no abstracta como algunos quisieran pensar. Era esta condena la razón por la que todavía en el tiempo de Gonzalo había almas regresando a aquel lugar de La Encantada, buscando una respuesta a aquel sentimiento indefinido que sintieron por toda una vida. En aquel lugar descansaban las almas del abolicionista, el intelectual, el líder, la guerrera y la del político. Todos llegaron allí guiados por una parte de su sangre u otra. Todos amarrados por las cadenas biológicas de su genealogía.

Y aunque no eran los únicos huéspedes de aquel lugar sagrado, ellos eran los mejores ejemplos de lo que agobiaba a la mayoría de los herederos de aquellos seres. El abolicionista, que representaba el nacimiento de la conciencia puertorriqueña ante el yugo español. El intelectual, que daba muestras de la inteligencia y capacidad de su gente para ser independientes de yugos extranjeros. El líder, un hombre de carácter que combinaba dos rasgos que heredaba del abolicionista y el intelectual, pues era un hombre de incuestionable inteligencia, con un alma de guerrero dispuesto a todo para obtener su derecho a ser libre. La guerrera, una mujer que como Anani estaba dispuesta a todo por el amor a su patria y el deseo en su alma de no estar amarrada por cadenas reales o místicas. El político, muestra de que la sangre del invasor también estaba representada en los herederos de aquella era, guiado por una ambición ciega y sin escrúpulos, todo por vivir atrapados por una comodidad ficticia que se le presentaba en un espejismo de libertad.

Así fue como Gonzalo comprendió que, aunque nunca nadie le quiso decir la verdad escondiéndole su historia, enseñándole en la escuela una idea de perfeccionismo irreal y aunque le mintieron con versiones oficiales que omitían todas las atrocidades y toda la sangre que se había derramado durante el proceso del primer y segundo colonialismo; la verdad residía en su cuerpo mediante la presencia de la sangre de sus ancestros. Él era un prsona más de aquel pueblo, que en el presente vivía bajo el yugo de otros. Aunque subyugado políticamente, su alma deseaba muchas veces la libertad de ser su propia gente. De comandar su propio destino como le diese la gana. De guiar sus pasos basándose en su cultura y su percepción de lo que está bien o mal. Fue como resultado de todo aquello que su alma anhelaba, que terminó enfermándose del no saber. Y cuando buscó ayuda, terminaron recetándole unas pastillas que aplacaran los deseos de su alma, aceptara que las cosas eran como eran y dejará de causarle problemas a los que mandan. Pero, en la profundidad de su sangre aquel deseo se movía como se mueven las aguas de un rio hacia el mar, pues se le puede construir toda una represa para aguantarlas, pero solo son retenidas momentáneamente.

Ahora allí sentado en el medio de aquel monte, frente al charco de La Encantada, el hombre había llegado a la conclusión que sus ancestros esperaban. Era un hombre que cargaba en su sangre lo bueno y lo malo de sus antepasados. Todavía en su alma había una parte que buscaba la libertad a todo costo. Esta también era la realidad para algunos de sus compatriotas que lo dejaban saber abiertamente, mientras que otros vivían ignorantes de lo que aquel sentimiento dentro de ellos les decía. Aun así, todos sabían de una manera u otra que deseaban ser los amos de sus propios destinos. Cuando se defendían ferozmente de que los identificasen con otros títulos que no fuesen los que ellos aceptaban. Si los llamaban gringos se ofendían. Si les decían que eran ciudadanos americanos se molestaban, aunque el sistema político lo estableciese así. Ellos al igual que Gonzalo, eran boricuas de pura cepa o simplemente puertorriqueños. Tenían este sentir en el fondo de su ser, en las sangres de Anani y de Leiza. También había otros que solo se dejaban llevar por la comodidad, los lujos y la seguridad económica que recibían del sistema político. A éstos también les picaba la sangre como a Gonzalo, pero sus deseos de vivir cómodos eran más grandes en su pecho que sus tendencias de poseer su libre albedrío.

Eran esos sentimientos los que hacían de Gonzalo, lo que siempre fue, una prsona del pueblo de Puerto Rico que vivía aun aplastado por yugos extranjeros, dentro y afuera de la isla. Pero, aun así, con la frente en alto y gritando a voces que, aunque el mundo pretendiese no reconocer su derecho a existir, existía de cualquier manera. La prsona tenía sus propias virtudes y sus propios defectos. Una identidad única que lo continuaba separando de los habitantes de los Estados Unidos en el presente, de la misma manera que en el pasado los separaba de los habitantes de España. Esa identidad no podía ser oprimida omitiendo datos en los libros de historias o medicando las ansias de la gente de llegar adonde los lleva la sangre de sus antepasados. Todos estos pensamientos pasaron por la mente de aquel hombre de manera sucesiva y terminaron por llenar el vació del no saber. Y mientras éste se regocijaba en su reconocimiento de su existencia, Anani, Francisco y Leiza aun lo miraban con sus esperanzas de obtener la misma libertad que le habían otorgado a aquel pobre hombre. Llenos de aquella esperanza sabían que había llegado la hora y los tres caminaron hasta adonde estaba Gonzalo; y cada uno de ellos puso su mano en el pecho de éste, aunque él no los podía ver.

Gonzalo, aun lleno de la revelación y el júbilo de sentirse como se sentía en aquel momento, se sentó nuevamente en la piedra lleno del alivio que ocasiona la felicidad. De momento una leve llovizna comenzó a caer y él levantó su cara y cerró los ojos para disfrutar de aquel evento atmosférico como si fuese un niño que otra vez volvía a redescubrir la inocencia que su alma había perdido con el pasar del tiempo. De repente sintió una quemazón debajo del costado, al mismo tiempo que un dolor intenso le amarraba una de sus piernas, mientras su cuerpo temblaba de unos escalofríos espeluznantes. Gonzalo dejo escapar un gemido tímido que cargaba toda la intensidad de aquel dolor que arropaba varias partes de su cuerpo. En un momento sintió un fuerte olor a humos de alcohol invadir su nariz y escuchó una voz que reconoció de inmediato:

"Muchachos está vivo, gracias a Dios, está vivo." -gritaba Alejandro con regocijo en su voz.

"¿Dónde estoy?" -preguntó Gonzalo débilmente.

"Primo por poco me rompo una pata buscándolo. Nos ha dáo[12] *un susto de madre a tos. Ildefonsa está loca llamando desde ayer, y yo me tuve que tirar para este monte a buscarlo. Yo se lo dije a usted que nosotros no somos unos nenes de teta y mírelo ahora, está usted to' agolpiao*[13] . -respondió Alejandro ignorando la pregunta de su primo, mientras le reprochaba el haberlo ignorado."

"¿Alejandro dónde estoy? ¿qué pasó?" -volvió a preguntar Gonzalo con un poco más de fuerza.

---

12. dáo: dado

13. agolpiao: golpeado

*"¿Dónde carajo usted cree que está? En el charco de La Encantada to'
chavao[14] porque parece que se cayó y se dio un mal golpe. Creo que se rompió
una pata y sabrá Dios que otra cosa."*

"Eso ya lo sé, dime ¿cuánto tiempo llevó aquí?" -preguntó Gonzalo lentamente afligido por el dolor.

*"Bueno primo usted se desapareció desde ayer creo yo; lleva solamente una
noche aquí, no lleva mucho tiempo. Suerte que lo encontramos a tiempo
tenemos que llevarlo al hospital pa' que le curen to' esos golpes que se dio. Mire
pa' llá lo que le pasó por no hacer caso y ser tan terco como el viejo Paulino."*

Aquellas palabras enviaron a Gonzalo a la decepción total de saber que
estaba realmente vivo; y la inconsistencia de su situación lo hizo pensar en
su bisabuela Manuela, en la esquizofrenia, en los inventos que su mente
se había confabulado para explicarse todo lo que en su alma no tenía explicación. Experimentó un dolor intenso, sin dejar que una lágrima saliese
de sus ojos, pues Anani, Francisco y Leiza parecían ser el producto de
su imaginación enferma y el delirio de las fiebres que ahora envolvían su
cuerpo en sudores llenos de frio. Se llenó de vergüenza por dentro y así
débil como estaba deseo morirse allí mismo, para no tener que enfrentar a
su familia. Para no tener que tomarse aquellos medicamentos que lo hacían
sentir como la cosa más insignificante del universo. Entreabrió sus ojos para
ver como Alejandro les instruía a sus acompañantes la ruta más apropiada
para cargar aquella camilla improvisada de regreso al Camino Real, para
llevar al accidentado hasta el barrio Los Infiernos y desde allí tomar la ruta
más corta al hospital local.

Hundido en la decepción total, trató de asegurarse a sí mismo que los
momentos de la noche anterior no eran falsos, pues muchas de las cosas
que vio, escuchó y sintió no estaban al alcance de sus conocimientos antes
de su llegada al monte. En su inquietud, analizó cada momento detal-
ladamente buscando alguna falta en su lógica y aunque no la encontró
unas palabras del pasado llegaron para desmoronar todas las columnas de
la fundación de la fe en su mente: *"Su condición se llama esquizofrenia".*
Y según él y su esposa habían leído en los panfletos de información que el
doctor les proveyó y alguna información que sus hijos encontraron en la
internet, los síntomas de aquella enfermedad mental eran algunos como la
tendencia a inventarse fantasías, sufrir alucinaciones, tener pensamientos
desorientados y otros factores adversos. Estos síntomas, pensó, podrían ser
los causantes de todas aquellas experiencias fantásticas. Si esta era la razón
para toda aquella noche, lo que sintió cuando se encontraba delirando al
borde del charco, cuando creyó encontrar finalmente la pregunta, era solo
una fantasía de dolor. Entonces deseó sinceramente morirse allí mismo y

---

14. chavao: jodido, lastimado

no pasar la vergüenza de tener que admitir que todo lo que hizo había sido un esfuerzo inútil de no aceptar la realidad como era, como lo hacían todos los demás.

Alejandro por su parte continuaba hablando del milagro y le daba gracias a Dios porque le había permitido rescatar a aquel primo que él adoraba desde siempre. Gonzalo envuelto en un dolor que lo molestaba hasta para respirar escuchaba a su primo, pero no lo oía. Estaba dispuesto a morir y se decidió a tratar de aplacar su respiración para ver si se asfixiaba de decepción. Desde sus ojos comenzaron a salir lágrimas de aquel dolor espiritual para el asombro de su primo. Este último le puso una mano en el hombro pensando que Gonzalo estaba tan adolorido que quería que lo llevaran al hospital lo más pronto posible. Entonces les dijo a sus acompañantes que caminaran más rápido, pues su primo del alma se le moría allí mismo. Esto no estaba lejos de la realidad, pues Gonzalo se moría, pero por dentro. Se moría de la desdicha, se moría de la desesperación de sentirse defraudado e insignificante en el mundo. Fue así, como en un momento levantó sus manos y se las entró a los bolsillos sangrados de su pantalón, como todo hombre vencido por el peso de la realidad. Fue entonces que notó que en su bolsillo derecho tenía algo que él no pudo identificar táctilmente. Sacó su mano de su bolsillo y la levantó para ponérsela frente a los ojos y mirar. Para su sorpresa encontró en su mano tres amuletos que no eran de su pertenencia. Al mirarlos en su alma renació la vida nuevamente, pues estaba aguantando un eslabón roto de una cadena oxidada, una moneda de oro española y una piedrita con un símbolo Taíno en el frente.

Fue así como finalmente le llegó la revelación de todo lo que aquella lección le había enseñado a ver, sentir y escuchar, pues por fin aprendió que su espíritu era un espíritu que buscaba la libertad. Aunque a veces se dejara llevar por la ambición y los deseos de comodidad. Aunque a veces el terror que había en su sangre le causase dudas y lo hiciese titubear al momento de decidir su propio destino, aun así, su espíritu quería ser libre. Libre para soñar los sueños que le diese la gana. Libre para vivir como le pareciese. Libre solo por ser libre, como lo deseaban las sangres de sus ancestros desde sus entrañas. Y si más de quinientos años no han podido mermar aquel deseo de la sangre, no habría en el mundo una fortuna que pudiese comprarle silencios a su alma. No existiría medicamento alguno que pudiese apagar aquel deseo, pues él al igual que muchos de sus compatriotas puertorriqueños continuarían caminando en busca de su mejor versión de lo que es una libertad total. Gonzalo era una prsona más de aquel pueblo de Puerto Rico.

Y con todos aquellos pensamientos cruzándole por la mente, Gonzalo deseó encontrar la manera más perfecta de expresar lo que estaba sintiendo en las profundidades de su alma renaciente. Buscó en el fondo de su ser y encontró que ya él conocía las palabras más apropiadas para expresar aquel sentimiento tan grande. Fue así como dejó escapar lo que sentía desde el fondo de su alma, a través de estas palabras que una vez un hombre escuchó allí mismo en aquel monte, en el momento que su vida llegaba al final. Fueron estas unas palabras que salieron de la boca de una mujer Taíno en el momento que terminaba con la vida del hombre que representaba la opresión de su espíritu. Y eran ahora esas mismas palabras las que salían de la boca de Gonzalo, liberándolo de la opresión del no saber. Entonces se tomó un respiro profundo y abrió la boca para gritarle al mundo el mensaje que su sangre le traía a través de los tiempos:

"Daca[15] BO'ricu'a, daca libre, mi goeiz[16] es libre, y siempre será libre."

Fin

---

15. daca: yo soy

16. goeiz: espíritu de una persona viva

El Camino Real

Foto por: Alex Yandel Diaz Torres

El Camino Real es un camino de tierra entre los pueblos de Trujillo Alto y Gurabo en Puerto Rico. En mi niñez era usado para mover el ganado de una compañía lechera local desde el centro de ordeño hasta la finca del negocio a pastorear. Esta finca estaba distribuida a través de 16 cuerdas de terreno, mejor conocida para los habitantes del lugar como "Las 16". Para los años ochenta la gente del barrio usaba El Camino Real para internarse en el monte a buscar frutas y/o excavar verduras que crecían alrededor del mismo. A veces la gente pasaba por este camino rumbo a quebrada y el charco de La Encantada para pecar camarones y/o bañarse en las aguas refrescantes del lugar. Solo quiero que como lector tengas la oportunidad de ver el camino que Gonzalo tomó antes de llegar al charco.

El Charco de la Encantada

El charco de La Encantada adonde se desarrolla la historia de PRSONA es un lugar real. Este se encuentra en una quebrada del pueblo de Trujillo Alto, Puerto Rico. Se llega al sitio por un camino conocido como El Camino Real. Desde mi niñez escuché muchas historias acerca de acontecimientos paranormales que sucedían alrededor de este charco. Algunas de las historias que escribí en mi segundo libro: Memorias de Otras Vidas, están basadas en los mitos que circulaban acerca de este lugar y que escuché de la boca de mi abuelo Pello (1911-2005). La posibilidad de que lo que mi abuelito me decía fuese verdad me mantenía en un estado de expectativas siempre que iba por esos rumbos. La fotografía que ves aquí es del charco La Encantada en el presente. Solo quiero que como lector puedas ver con tus propios ojos el lugar adonde Gonzalo se pasó el tiempo de la historia.

Portada Original Abierta

Glosario

A

aane: si

aban: gobierno

Abibir: África

adaka: caja

adasa: humanidad

adedi: herencia

adɛn: por qué

aduasa: treinta

aduonu: veinte

adwumawura: capataz

agolpiao: golpeado

agya: padre

akani: enemigo

akoa: esclavos

akoma: corazón

ama: rio, cuerpo de agua

anadwo: noche

anki: persona malvada

anyiwa: ojos

apomuden: salud

ara': gente

aracoel: abuela

areito: un baile y canto histórico tradicional

ari': invasor

arijua: extranjeros

arocoel: abuelo

atabey: la madre tierra

atoro: mentira

awerɛhow: dolor

awiei: fin

B

baba: padre

bagua: mar

bajucu': alba, luz del amanecer

banyimba: niño o niños

banyin: hombre

bara: matar o muerte

basa: preguntar

batey: patio

bɔne: mal

bɔnefakyɛ: perdón

beaeε: lugar

bepↄw: montaña

bibi: madre

bimini: Florida

bisa: preguntar

bohiti: Shaman, líder espiritual

BOricu'a: la gente valiente de la casa sacreda

Borike'n: Puerto Rico

bra: vida

bufeando: mofándose de una persona

buruquenas: jaibas

busua: Familia

C

cacike: jefe o líder

caniba: Caribes

caona: oro amarillo

carne de puerco: persona sumamente arrogante

ↄdↄ: amor

chavao: jodido, lastimado

choretos: en abundancia.

Ↄkra: alma

cu': sitio sagrado

cu': sitio sagrado

D

d'eso: de eso

da ita': yo no sé

da: día

da: yo o mi

daabi: no

daca: yo soy

dáo: dado

dɔfo: amado

din: nombre

dujo: asiento ceremonial

ector: maíz

enfogono: molesto

Ɛpo: mar

F

famu: piso

forelman: palabra correcta es foreman y significa capataz

fɛw: hermosa

G

goeiz: el espíritu de una persona viva

gua'kia: nosotros nuestro

guaiba': retírate o vete

guaitiao: amigos

guali: niño

Guami'Ke'Ni': nombre taíno para Cristóbal Colon

guani: hombre noble

guara: el sitio

guarico: venga

guaroco: el recuerdo o conocer

guata: mentira, mentiroso

guatu': fuego

guazabara: guerra o guerrero

guey: sol

H

han: sí

haw: moleste

honamdua: cuerpo

hu: ver

hyɛ: llenar

I

i'ro: hombres

iguaca: cotorra verde.

ita: rojo

ita': no sé

jiba: monte o bosque

jiribia; sandia

K

kai: alimentos

kɔn: cuello

kɔte: pene

Ke': tierra

ketewa: poco

ki': espíritu de tierra

kum: matar

kur': lugar o templo sagrado

kyerɛ: enseño

L

li: él, lo, ellos

liani: esposa

M

maame: madre

maboya: espíritu maligno

mabuya: fantasma

machucao: maltratado, lastimado

man: país

mape: mapa

mbɔden: esfuerzo

mbogya: sangre

mbrɛw: débil

me nuabea koro pɛ: mi única hermana

me: yo, mi

mfeɛ: años

mmoa: animal

moin: sangre

monaatoɔ: violo

mpa: cama

múcaro: búho

N

naboria: clase trabajadora

nana': nena

n'anim: cara

natiao: hermano o hermanos

nboa: ayuda

nbogya: sangre

ni: agua

nkraman: perros

nnuane: alimentos

nnuane: hierbas

nokorɛ: verdad

nsa: mano

nsateaa: dedo

nsesa: cambio

ntare: ropa

nua-banyin: hermanos

nuabea: hermana

nwoma: libros

nyame: Dios

O

obiara hia mmoa: todos necesitan ayuda.

ocama: oye

oío: oído

onipa: ser humano

P

pe: perfecto

piragua: barco grande

pohyɛn: barco

pokyere: cadenas

puñeta: expresión de enfado en P.R.

qu'emi: conejo.

R

raje: hija

raju: hijo

revolú: revuelta o disturbio

ri: valiente, valor bravo espíritu

roco: recuerdo

S

sika kɔkɔɔ: oroika kɔkɔɔ

"sorry, I do not negotiate with terrorists." : "Lo siento, no negocio con terroristas".

suro: miedo

T

taicaraya: buena luna

taiguey: buen día o buen sol

tau: hola

tener pala: se refiere a tener una persona que te acomoda en un trabajo

tiri: cabeza

to: nalgas

tumm: obscuro

tuntum: negro

twɛ: vagina

U

ua': no

uara': tú

W

wu: morir

wu'a: no, pero con fuerza

wura: amo

Y

Y'ay'a: el creador o gran espíritu

yafunu: estomago

yareɛ: enfermedad

yere: esposa

yucayeke: villa

Z

zinato: irritado

Palabras del Lenguage Taíno que son usadas aun en Puerto Rico de la misma forma que ellos las usaban

Arepa, Areito, Batata, Batey, Borinken, Boricua, Cabuya, Carey, Caribe, Casabe, Cocuyo, Dajao, Fotuto, Guaba, Guama, Guanime, Haití, Huracan, Hamaca, Jagua, Jaiba, Jicotea, Mabi', Macana, Inagua, Manati, Maraca, Mime, Mucaro, Guaraguao, Guayo, Bija, Bohio, Conuco, Coki, Colibri, Cucubano, Choreto y Iguana.

Bibliografía

Zinn, Howard. A People's History of the United States.

Reissue Edition, Harper Perennial Modern Classics, 2015

Denis, Nelson A. War Against All Puerto Ricans: Revolution and Terror in America's Colony.

Reprint Edition, Bold Type Books, 2016

Recursos de la red

El Proyecto Del Lenguaje Taíno TTTC! 1993,1999 El Diccionario Del Lenguaje Hablado Taíno

https://www.taíno-tribe.org/tsdict.html

Kasahorrow, 2023. Akan-Español Translator

https://es.kasahorow.org/app/d?d=1

Glosbe, 2023. Akan-Español Translator

https://glosbe.com/es/ak/amo

Bibliografías Y Vidas, 2004-2023. Ramón Emeterio Betances

https://www.biografiasyvidas.com/biografia/b/betances.htm

Bibliografías Y Vidas, 2004-2023. Eugenio María de Hostos

https://www.biografiasyvidas.com/biografia/h/hostos.htm

Bibliografías Y Vidas, 2004-2023. Pedro Albizu Campos

https://www.biografiasyvidas.com/biografia/a/albizu.htm

Wikipedia, 2023. Lolita Lebrón

Autobiografía

Nací en el centro médico de Rio Piedras de San Juan, Puerto Rico en los años setenta, pero soy de un barrio rural de Trujillo Alto. Soy de una familia pobre y por supuesto asistí a las escuelas públicas del pueblo. Mi primera escuela fue la escuela elemental José Julián Acosta (clausurada). Mi segunda escuela La Segunda Unidad Rafael Cordero (clausurada) y mi escuela superior fue la Vocacional Miguel Such. Luego completar esta última me mudé a Nueva York y ahí atendí dos colegios del sistema universitario de CUNY (City University of New York), adonde completé mis estudios universitarios.

Durante mi niñez trabajé en diferentes cosas, como lo fue el recogido de latas de aluminio con mi viejo por todo el barrio y los barrios adyacentes. También aprendí a pescar para vender pescado frito y en ocasiones también vendíamos dulce de coco y otras cosas como alcapurrias y diferentes frituras. Durante algún tiempo en el barrio no había agua potable, lo que nos forzaba a ir a bañarnos a un manantial adyacente a nuestra humilde casa. En los años ochenta, mi papá, mi hermano mayor Félix y yo trabajamos para agrandar la casa que era muy pequeña con las ayudas que proveía el municipio para familias de bajos ingresos, y ahí también aprendí un poco de construcción para defenderme. A través de todos esos años nada era fácil, pero tampoco insuperable, y de los ejemplos de mis padres aprendí a ser lo que soy hoy, un hombre de trabajo. Nunca escuché a mi papá quejarse de la situación; más, sin embargo, hoy como adulto comprendo que se callaba todo lo que le causaba preocupación o dolor con una dignidad que muy pocas personas poseen. Aunque esto fue parte de mi niñez, hoy en día no me avergüenzo ni me quejo de nada, pues de mi viejo aprendí, que la lucha es parte del camino de la vida.

Aunque en el presente tengo un grado universitario, no le doy mucha importancia; pues para mí un papel no te cualifica como buena persona y pienso que, si me encontrase haciendo eso, le estaría faltando el respeto a mis padres y abuelos. Por eso en mi vida siempre he tratado a la gente con el respeto que me tratan a mí, como me lo enseñaron en casa. Eso no quiere decir que no aprecio las oportunidades que mi educación me ha brindado. Por el contrario, vivo eternamente agradecido de todos mis maestros que a través de mi vida educacional me enseñaron todo, y sé que sin su dedicación y empeño yo no hubiese logrado salir de la eterna pobreza en la que nací.

No pretendo ser perfecto y tampoco que otra gente lo sea. En lo personal odio las reglas de etiqueta, especialmente las que me piden comportarme de una manera u otra. Me gusta reírme de todo y eso es algo que aprendí de mi familia por parte de mi papá, no teníamos mucho, pero no andábamos lamentando que otros tuvieran más que nosotros. Mi papá "Felo" siempre fue para mí la persona que más admiraba, pues su tenacidad y determinación ante los retos me enseñaron a vivir con ánimos sin estar mirando hacia atrás tratando de cambiar lo que no se puede. Es por eso por lo que el retrato que incluyo en mis libros es de él, pues sin sus ejemplos de trabajo y lucha, yo no estaría aquí escribiendo historias para honrar su memoria y mantener parte de su historia viva a través de estas letras.

Otros Trabajos del Autor

E STIMADO LECTOR: S I TE gustó este libro, te invito a compartir tu opinión en las redes sociales.

Escanea el codigo QR para ver otros trabajos del autor

Libros Talanco

Ayúdame a llegar a más personas para que también disfruten de mis historias.